如何读懂
中国古典诗歌

郑振铎 等 著

应急管理出版社
· 北京 ·

图书在版编目（CIP）数据

如何读懂中国古典诗歌／郑振铎等著．－－北京：应急管理出版社，2022

ISBN 978－7－5020－9370－9

Ⅰ．①如…　Ⅱ．①郑…　Ⅲ．①古典诗歌—诗歌研究—中国　Ⅳ．①I207.22

中国版本图书馆 CIP 数据核字（2022）第 082532 号

如何读懂中国古典诗歌

著　者	郑振铎
责任编辑	高红勤
封面设计	郑广明

出版发行　应急管理出版社（北京市朝阳区芍药居 35 号　100029）
电　话　010－84657898（总编室）　010－84657880（读者服务部）
网　址　www. cciph. com. cn
印　刷　北京市兆成印刷有限责任公司
经　销　全国新华书店

开　本　710mm×1000mm$^1/_{16}$　印张　15　字数　249 千字
版　次　2022 年 9 月第 1 版　2022 年 9 月第 1 次印刷
社内编号　20211434　　　　定价　49.80 元

目　录

下 篇　中国古典诗歌名家名作解析

序一　文学的历史动向

闻一多

人类在进化的途程中蹒跚了多少万年，忽然对近世文明影响最大最深的四个古老民族——中国，印度，以色列，希腊——都在差不多同时猛抬头，迈开了大步。约当公元前一千年左右，在这四个国度里，人们都歌唱起来，并将他们的歌记录在文字里，给流传到后代。在中国，《三百篇》里最古部分——《周颂》和《大雅》，印度的《黎俱吠陀》（Rig-veda），《旧约》里最早的《希伯来诗篇》，希腊的《伊利亚特》（Iliad）和《奥德赛》（Odyssey）——都约略同时产生。再过几百年，在四处思想都醒觉了，跟着是比较可靠的历史记载的出现。从此，四个文化，在悠久的年代里，起先是沿着各自的路线，分途发展，不相闻问，然后，慢慢地随着文化势力的扩张，一个个的胳臂碰上了胳臂，于是吃惊，点头，招手，交谈，日子久了，也就交换了观念思想与习惯。最后，四个文化慢慢地都起着变化，互相吸收，融合，以至总有那么一天，四个的个别性渐渐消失，于是文化只有一个世界的文化。这是人类历史发展的必然路线，谁都不能改变，也不必改变。

上文说过，四个文化猛进的开端都表现在文学上，四个国度里同时迸出歌声。但那歌的性质并非一致的。印度希腊，是在歌中讲着故事，他们那歌是比较近乎小说戏剧性质的，而且篇幅都很长，而中国以色列则都唱着以人生与宗教为主题的较短的抒情诗。中国与以色列许是偶同，印度与希腊都是雅利安人种，说着同一系统的语言，他们唱着性质比较类似的歌，倒也不足怪。

中国，和其余那三个民族一样，在他开宗第一声歌里，便预告了他以后数千年间文学发展的路线。《三百篇》的时代，确乎是一个伟大的时代，我们的文化大体上是从这一刚开端的时期就定型了。文化定型了，文学也定型了，从此以后两千年间，诗——抒情诗，始终是我国文学的正统的类型，甚至除散文外，它是唯一的类型。赋，词，曲，是诗的支流，一部分散文，如赠序，碑志等，是诗的副产品，而小说和戏剧又往往以各自不同的方式夹杂些诗。诗，不但支配了整个文学领域，还影响了造型艺术，它同化了绘画，又装饰了建筑（如楹联，春帖等）和许多工艺美术品。

诗似乎也没有在第二个国度里，像它在这里发挥过的那样大的社会功能。在我们这里，一出世，它就是宗教，是政治，是教育，是社交，它是全面的生活。维系封建精神的是礼乐，阐发礼乐意义的是诗，所以诗支持了那整个封建时代的文化。此后，在不变的主流中，文化随着时代的进行，在细节上曾多少发生过一些不同的花样。诗，它一面对主流尽着传统的呵护的职责，一方面仍给那些新花样忠心的服务。最显著的例子是唐朝。那是一个诗最发达的时期，也是诗与生活拉拢得最紧的一个时期。

从西周到春秋中叶，从建安到盛唐，这中国文学史上两个最光荣的时期，都是诗的时期。两个时期个个拖着一条姿势稍异，但同样灿烂的尾巴，前者的是楚辞、汉赋，后者的是五代宋词。而这辞赋与词还是诗的支流。然则从西周到宋，我们这大半部文学史，实质上只是一部诗史。但是诗的发展到北宋实际也就完了。南宋的词已经是强弩之末。就诗本身说，

连尤、杨、范、陆和稍后的元遗山似乎都是多余的、重复的，以后的更不必提了。我们只觉得明清两代关于诗的那许多运动和争论，都是无谓的挣扎。每一度挣扎的失败，无非重新证实一遍那挣扎的徒劳无益而已。本来从西周唱到北宋，足足二千年的工夫也够长的了，可能的调子都已唱完了。到此，中国文学史可能不必再写，假如不是两种外来的文艺形式——小说与戏剧，早在旁边静候着，准备届时上前来"接力"。是的，中国文学史的路线南宋起便转向了，从此以后是小说戏剧的时代。

故事与雏形的歌舞剧，以前在中国本土不是没有，但从未发展成为文学的部门。对于讲故事，听故事，我们似乎一向就不大热心。不是教诲的寓言，就是纪实的历史，我们从未养成单纯的为故事而讲故事，听故事的兴趣。我们至少可说，是那充满故事兴味的佛典之翻译与宣讲，唤醒了本土的故事兴趣的萌芽，使它与那较进步的外来形式相结合，而产生了我们的小说与戏剧。故事本是民间的产物，不用讳言，它的本质是低级的。（便在小说戏剧里，过多的故事成分不也当悬为戒条吗？）正如从故事发展出来的小说戏剧，其本质是平民的，诗的本质是贵族的。要晓得它们之间距离很大，而距离是会孕育恨的。所以我们的文学传统既是诗，就不但是非小说戏剧的，而且推到极端，可能还是反小说戏剧的。若非宗教势力带进来那点新鲜刺激，而且自己的歌实在也唱到无可再唱的了，我们可能还继续产生些《韩非说储》，或《燕丹子》一类的故事，和《九歌》一类的雏形歌舞剧，但是，元剧和章回小说绝不会有。然而本土形式的花开到极盛，必归于衰谢，那是一切生命的规律，而两个文化波轮由扩大而接触而交织，以致新的异国形式必然要闯进来，也是早经历史命运注定了的。异国形式也许早就来到了，早到起码是汉朝佛教初输入的时候，你可以在几百年中不注意它，等到注意了之后，还可以延宕，踌躇个又一度几百年，直到最后，万不得已的，这才死心塌地，接受了吧！但那只是迟早问题。反正自己的花无法再开，那命数你得承认。新的种子从外面来到，给你一个再生的机会，那是你的福分。你有勇气接受它，是你的聪明，肯细心培植它，是有出息，结果居然开出很不寒伧的花朵来，更足以使你自豪！

第一度外来影响刚刚扎根，现在又来了第二度的。第一度佛教带来的印度影响是小说戏剧，第二度基督教带来的欧洲影响又是小说戏剧（小说戏剧是欧洲文学的主干，至少是特色），你说这是碰巧吗？

不然。欧洲文化正如它的鼻祖希腊文化一样，和印度文化，往大处看，还不是一家？这样说来，在这两度异乡文化东渐的阵容中，印度不过是欧洲的头，欧洲是印度的尾而已。就文化接触的全盘局势来看，头已进来，尾迟早必须来到，应该也是早已料到的事。第一度外来影响，已经由扎根而开花了，但还不算开到最茂盛的地步，而本土的旧形式，自从枯萎后，还不见再荣的迹象，也实在没有再荣的理由。现在第二度外来影响，又与第一度同一种类，毫无问题，未来的中国文学还要继续那些伟大的元、明、清人的方向，在小说戏剧的园地上发展。待写的一页文学史，必然又是一段小说戏剧史，而且较向前的一段，更为热闹，更为充实。

但在这新时代的文学动向中，最值得揣摩的，是新诗的前途。你说，旧诗的生命诚然早已结束，但新诗——这几乎是完全重新再做起的新诗，也没有生命吗？对了，除非它真能放弃传统意识，完全洗心革面，重新做起。但那差不多等于说，要把诗做得不像诗了。也对。说得更准确点，不像诗，而像小说戏剧，至少让它多像点小说戏剧，少像点诗。太多"诗"的诗，和所谓"纯诗"者，将来恐怕只能以一种类似解嘲与抱歉的姿态，为极少数人存在着。在一个小说戏剧的时代，诗得尽量采取小说戏剧的态度，利用小说戏剧的技巧，才能获得广大的读众。这样做法并不是不可能的，在历史上多少人已经做过，只是不大彻底罢了。新诗所用的语言更是

向小说戏剧跨近了一大步，这是新诗之所以为"新"的第一个也是最主要的理由。其它在态度上，在技巧上的种种进一步的试验，也正在进行着。请放心，历史上常常有人把诗写得不像诗，如阮籍，陈子昂，孟郊，如华茨渥斯（Wordsworth），惠特曼（Whitmen），而转瞬间便是最真实的诗了。诗这东西的长处就在它有无限度的弹性，变得出无穷的花样，装得进无限的内容。只有固执与狭隘才是诗的致命伤，纵没有时代的威胁，它也难立足。

每一时代有每一时代的主潮，小的波澜总得跟着主潮的方向推进，跟不上的只好留在港汊里干死完事。战国秦汉时代的主潮是散文。一部分诗服从了时代的意志，散文化了，便成就了《楚辞》和初期的"汉赋"，成就了《铙歌》，这些都是那时代的光荣。另一部分诗，如《郊祀歌·安世房中歌》，韦孟《讽谏诗》之类，跟不上潮流，便成了港汊中的泥淖。

明代的主潮是小说，《先妣事略》《寒花葬志》和《项脊轩志》的作者归有光，采取了小说的以寻常人物的日常生活为描写对象的态度，和刻画景物的技巧，总算是沾上了点时代潮流的边儿（他自己以为是读《史记》读来了的，那是自欺欺人的话），所以是散文家中欧公以来唯一顶天立地的人物。其他同时代的散文家，依照各人小说化的程度的比例，也多多少少有些成就，至于那般诗人们只忙于复古，没有理会时代，无疑那将被未来的时代忘掉。以上两个历史的教训，是值得我们的新诗人书绅的。

四个文化同时出发，三个文化都转了手，有的转给近亲，有的转给外人，主人自己却都没落了，那许是因为他们都只勇于"予"而怯于"受"。中国是勇于"予"而不太怯于"受"的，所以还是自己的文化的主人，然而也只仅免于没落的劫运而已。为文化的主人自己打算，"取"不比"予"还重要吗？所以仅仅不怯于"受"是不够的，要真正勇于"受"。让我们的文学更彻底的向小说戏剧发展，等于说要我们死心塌地走人家的路。这是一个"受"的勇气的测验，也是我们能否继续自己文化的主人的测验。

过去记录里有未来的风色。历史已给我们指示了方向——"受"的方向，如今要的只是勇气，更多的勇气啊！

序二　中国文学的遗产问题

郑振铎

许多人提出了"文学遗产"问题。人类的文明有一部分是以人类的血与肉，泪与汗建筑起来的。当我们徘徊于埃及荒原上的金字塔旁，或踏上了罗马斗兽场的石阶，或踯躅在雅典处女神庙的遗址而不忍离开的时候，我们曾否想到：这些弘伟壮丽的先民的遗产，乃是以无量数的奴隶的血与肉，泪与汗所堆砌而成！这可怕的膏血涂抹的遗产，显示出来的是蹂躏与鞭打，铁锁与饥饿，他们无限凄凉地被映照在夕阳的金光里，仿佛每一支断柱，每一块巨瓦废砖，都会开口诉述出人类是如何的在驱使、鞭策、奴役自己的圆颅方趾的兄弟们。差不多，可以"发思古之幽情"的所在，没有一所不是可以使我们想象到那可怕的过去的。

文学的遗产在其间却是最没有血腥气的——虽然有一部分也会被嗅到一点这种气息，和显露出些过去文士们的谀媚的丑态。

一部人类的历史，便是一本血迹斑斑的相斫书，或可以说，人类的历史，是以血写成的。这相斫书到什么时候才告个了结，这历史，到什么时候才不会再以血去写它，那是，谁也不能知道。——然而有人是在努力着，在呼号着，想要把血淋淋的笔从萨坦手上抢去了；而用自己的和平的心，清莹的墨水，去写成自己的历史；虽然他们还不曾说服了大多数的为魔鬼的狂酒所醉的帝国主义者们。

但在其间，人类的文学的历史，却比较的是以具有伟大心胸的文士们的同情的热诚的笔写成的；——虽然也有一部分是曾被娟嫉、谀媚、愤咒的烟气纠绕于中。

所以在人类的许多遗产里，文学的遗产也许是最足以使我们夸耀自己的文明与伟大的。

我们憧憬于歌中之歌的景色。我们沉醉于《依利亚特》《奥特赛》的歌唱。我们被感动于释迦摩尼的自我牺牲的"从井救人"的精神。我们为希腊悲剧所写的人与运命的争斗，生命与名誉或正义的选择的纠纷，而兴奋，而慷慨悲歌。

我们也为无穷尽的冗长而幻怪百出的印度、阿剌伯的故事所迷惘。我们也为《吉诃德先生传》而笑乐，而被打动得欲泣。为《韩米雷德》、为《麦克伯》、为《仲夏夜梦》而惹得悲郁的想，或轻松的笑。为《神曲》、为《新生》、为《失乐园》、为《仙后》、为《刚脱白莱故事》、为《十日谈》而感受到新鲜的弘伟的感觉。

我们也为歌德、席勒、拜伦、雪莱、卢骚、福禄贝尔诸人的作品，而感泣，而奋发，而沉思，而热情沸腾。

我们也为嚣俄、屠格涅夫、托尔斯泰、易卜生、柴霍甫、狄更司、高尔基、高尔斯华绥诸人的小说、戏曲所提醒，所指示，而愤懑，而悲戚，而欲起来做些事。

乃至奥维特的《变形记》，中世纪的《玫瑰与狐狸》，大仲马的《三个火枪手》，史格得的《萨克森劫后英雄略》等等，也各给我们以许多的问题，许多的资料，和许多的愉快的感觉。

这些，都足以表示我们的人群里，自古来，便有许多不是渴欲饮血，"欲苦苍生数十年"的英雄的模式的人物。他们具有伟大、和平的心胸，

救世拯溺的热情，精敏锐利的眼光，与乎丰富繁赜的想象，以不忍人之心，发为不忍人之呼号。他们的工作的结果是伟大而永久的。

在人类的历史里，属于他们的一部分是不被嗅出血腥气来的。

而在想从萨坦手里夺去了血淋的那支巨笔，不使他们再以人的血书写下去的人们里，他们也便是其中的一部分。

在这些世界的不朽的文学遗产里，中国也自有其伟大的可以夸耀的一份儿。

但这所谓"以文立国"的古老的国家，究竟产生了什么呢？

当希腊的荷马、阿士齐洛士，印度的释迦摩尼、瓦尔米基在歌唱，在说道，在演奏他们的伟大的著作的时候，我们的孔子和屈原也已诞生于世。这几千年来，是不断的在产出无量数的诗歌、戏曲、小说、散文来。

在这无量数的诗、剧、小说与散文的遗产里，究竟是有若干值得被称为伟大的，值得永久的被赞许着的。

碎砖破瓦是太多了，简直难得一时清理出那一片文学的古址出来。有如披沙淘金似的，沙粒是无量数的多。

假如把沙粒当作了金砂，那不是很无聊的可悲的情形吗？但金砂是永远的在闪闪作光的，并不难于拣出。

为了几千年来，许多的文人学士们只是把文学当作了宫廷的供奉之具，当作了个人的泄发牢骚，表弄丑态的东西，于是文学便被个人主义与实用主义压迫得透不过气来。

"不学诗，无以言""登高能赋，可以为大夫"，这些便都是浅而狭的实用主义的呼声。这些作品便占了我们文学遗产的一大部分。他们只是皇帝的应声虫，只是皇帝的弄人；被夸称为"文学侍从之臣"的人物，原来也不过是优旃、优孟之流，东方朔自诉得最痛快！杨循吉、徐霖辈受不了那不平的待遇，却硬抽身跑脱了。（其实也只是露骨些的不平的待遇。）

然而被笼络住了的"文学侍从之臣"们，却在自欺欺人的鸣盛世的太平，为皇家作忠实的走狗；还在洋洋得意的训诲、教导着无穷尽的青年们走上他们的道路。

然而"登龙无术"的被淘汰了的文人们，为了身子矮，吃不到葡萄，却只好嚷着葡萄酸，其实是一样的热衷！在那谈穷诉苦的呼声里面，我们看出了他们的希求。只要抛下了一块骨头，他们还不争着抢吗？尤侗写他的《钧天乐》传奇的时候，是那样愤懑不平；然而不久异族的皇帝，招他来做"侍臣"了，他便贴然地跪拜嵩呼，而且还将那些"胡服胡冠"，图而传之久远！这还不够使人见了感到浑身不舒服么？

这些纯以个人主义或个人的利禄功名的思想为中心的作品，又占了我们的文学遗产的一大部分。

那么，我们所留下的有些什么呢？还不该仔细的拣选、表彰着他们么？

在无量数的黄沙堆里，金砂永远是闪闪的在作光，并不难以把他们拣出。

假如我们把黄砂也当作了金粒，而呼号的鼓吹着，那么这错误是可以补救的么？

我们要放大了眼光，在实用主义与个人主义以外的作品里去拣。我们不需要供奉文学，也不需要纯以个人的富贵功名为中心的牢骚文学，我们所需要的是更伟大的更具有永久生命的作品。而这些伟大的作品，在我们的文学遗产里，却并不是少！

所以，提出了文学遗产问题，并不是说，一切的丑态百出的东西，都可以算作遗产，我们真正的伟大的遗产，足以无愧的加入世界文学的宝库中者，还要待我们用敏锐博大的眼光去拣选！至于怎样的拣选以及拣选的标准的问题，那是另外一会事，需要许多人来合作的。

上 篇

中国古典诗歌的历史源流

中国古典文学中的诗歌传统

郑振铎

一、什么是诗，它与散文有何区别？

诗是最年轻的，人类在儿童时代就会口中念念有词，任何一个民族在它还没有文字记载的时候就有诗。在文学中诗又是最成熟的、最高级的形式，它是最自然的、脱口成章的东西。如刘邦向来不会写文章，但当他心中有感便脱口唱出"大风起兮云飞扬……"，项羽临死也能唱出"虞兮！虞兮！奈若何？……"抗美援朝志愿军战士就有许多枪杆诗，农村的老百姓也能作快板诗。诗不是分行写的散文，它是最精练毫不拖沓的，感情更集中，更洗练，更提高，有音节，有起伏，有音律的东西。它是人民喜欢的文学形式，是人人都能欣赏的东西。诗都是有韵的，韵还可以顿挫，最早的诗都能唱。采取了韵文形式就容易记忆，容易传达感情，所以古代散文也多是有韵的。

诗一般可分两种：一种是徒歌，是不带音乐唱的，叫吟诗，和戏曲中的干唱干念类似。吟诗也叫唱诗，调子抑扬，富有音韵节奏之美，即在现在南方广东、福建、四川等地还很流行，如唱《木兰词》，李白、杜甫等诗。另一种是乐歌（乐曲），是配合音乐唱的，随着音乐的调子有许多衬字和虚字。古乐府调（如六朝乐府），唐诗、宋词、元曲等都是合乐而唱

的。总之，不管徒歌还是乐歌，都是音节非常调和，本身就包括很高的音乐的美。

从诗的性质讲，一般也分两类：一是抒情诗，一是叙事诗（史诗为其中一种）。抒情诗是直接表达感情，是最精练的，其中没有故事，是借音乐和诗表现出来的。叙事诗是有故事的，是表现民族传统、民族历史、命运、生活的；史诗是叙事诗发展的最高形式，它可以说是民族的百科全书，表现出很多可歌可泣的事迹，如希腊荷马史诗《奥地赛》《依里亚特》；印度古代的两部史诗《马哈巴拉泰》（Mahabarata）、《拉马耶那》（Ramayana），其中表现了为人民服务的英雄人物，他们是该民族的光明与正义的化身。中国古代可以说没有史诗，在《诗经》中虽有几篇类似的东西，但和印度、希腊的史诗还很不相同。中国叙事诗的产生是比较晚的，像《离骚》只是叙事诗和抒情诗的结合。抒情诗在中国是最发达的，也是产生最早的，是我们民族最精练最高的诗歌形式。

诗人所歌唱的是人民的希望与要求，人民的快乐与悲伤，人民的痛苦与不幸，清楚的表现出人民拥护的是什么，反对的是什么，人民喜欢什么，怨恨什么，表现的最深刻，最有力，而且也最能够击中敌人要害。因此，诗和散文肯定是不同的。诗比散文形式更高，更加洗练，更加集中，作为一个诗人要有更高、更丰富、更集中的感情和更好的艺术修养。

中国诗的形式到现在还是一个没解决的问题，是否可以五七言诗为主要形式呢？它是否最适合中国语言的特点和习惯呢？用古代形式写新的情绪是不是合适？枪杆诗、快板诗是诗中的最高形式，还是拟模外国形式？现在尚无定论（但抄袭外国诗的排列方式——豆腐块式，没问题是否定的）。我们的诗人们都正在创造自己的诗的形式。至于继承古代诗五七言传统，这样是否容易使诗变成不严肃的，流入油腔滑调？这是一个问题，到现在为止，诗的形式还正在一个摸索阶段。中国诗的传统是伟大的，丰富的，是有很高的成就的，可是现在还没产生一首令人一念永远不忘的好诗，可见新诗创作中还是存在一些问题的。

二、诗经

中国诗比任何文学形式都产生得早，它是我们民族文学创作中最年轻的。《诗经》是中国最早的诗集，它的编成约在纪元前五世纪（孔子死于纪元前四七九年）。据说，古代有采风官到各地采诗，孔子再加以选择编删，差不多把纪元前五世纪以前的诗都编到里面了，其中包括的诗，最早的有纪元前八百七十年以前的作品。

《诗经》共有三百零五篇。按其内容可分三种，即风、雅、颂。其中"风"是民间歌谣，占一百六十篇；"雅"是文人创作，有一百零五篇；"颂"是祭祀宗庙歌曲，共有四十篇。若编辑《诗经》的真是孔子，看来孔子倒不是一个狭隘的人。《诗经》中包罗万象，把两千五百年到两千八百年间社会生活的整个情况都反映了出来。要研究春秋时代的社会性质的话，《诗经》给我们提供了大量的可靠的材料。《诗经》包括的范围很广，从民间歌谣直至祭祀歌曲等。但所反映的地域很小，集中在河南、河北、山东、山西，大部分在黄河以北，小部分在黄河以南，长江流域的则完全没接触到。

《诗经》中主要的是民间歌谣，它是无穷的最可宝贵的材料，把我们初期封建社会的祖先在黄河流域所歌唱的，所反对的，所希望的，所要求的，以及快乐忧伤与不幸等感情都表现出来。在《诗经》中还有占很大成分的恋歌，写得很好（不下于现在好的情歌），是非常活泼新鲜的东西。其中更重要的一种是反映农民生活的歌曲，很明确地表现了农民和地主的关系，反映了地主的残酷剥削以及农民的痛苦，把农民的憎恨与反抗，表

现得非常深刻，如《伐檀》就是农民很尖锐地讽刺地主，再如《小雅·七月》反映农民生活非常生动具体。还有反映入门女婿之苦的如《黄鸟》写得也很好。

"雅"分《大雅》《小雅》两个部分。据说《小雅》是讽刺，《大雅》是歌颂，但实际上《大雅》也有讽刺的，揭发当时社会的黑暗情况的。这些作者虽出身于统治阶级，但他们站出了自己的阶级，不满意贵族的统治，深刻地揭发了当时贵族统治阶级的黑暗腐化。

"颂"是祭祀文章，其中《公刘》有史诗的意味，描写初期封建社会周民族的迁移，怎样搬家，怎样定居（定居一定要背山面水），怎样选择地方、条件盖房子，写得很好。这种描写法在"颂"中很多，还有其他宗庙祭祀诗等，反映了我国古代初期农业社会生活。

三、楚辞

《楚辞》是两千三百年前的著作，《楚辞》弥补了《诗经》的缺陷，收集了长江以南的民间歌曲。在春秋时代（《诗经》采诗时代），楚民族被认为是蛮夷，受中原人士的排斥，同时语言不通，民歌很不好搜集，所以《诗经》中没包括这一部分。《楚辞》表现了南方文学的成就，他的特点是想象力更丰富，表现自己的感情更流畅，更充沛，更大胆地勇敢地反抗当时的黑暗统治，讽刺当时朝廷的腐败。这些特点主要集中在屈原的二十五篇作品中，其中以《离骚》为主。《离骚》是我国古代最长的一首抒情诗，它反复地表示了作者的政治情感。《九章》中也有几篇很好的东西。《天问》也很好。其中与民歌关系最密切的，或是在民歌中提炼出来的如《九歌》和《招魂》。《九歌》是写楚国的神话，用最漂亮的句子，改写民间的祭神歌，写出民间最崇拜的是什么，最畏惧的是什么，这可以表现两千三百年以前，长江以南的祖先是怎样歌颂祭祀神鬼的。中国古代宗教一直停留在多神教、拜物教的阶段，天堂地狱不分明，就是分人间和人间以外的世界。《招魂》中反映了人间是最快乐的，人间以外的地方，天上、地下、东、南、西、北，都是可怕的，这是根据当时民间风俗习惯写的，影响非常之大。

屈原的著作一向是采用民间文学形式加以提高加工而成的。而他之所以伟大，是因为他的反抗情绪代表了当时人民对贵族统治的反抗情绪；他通过自己的悲愤表现人民的悲愤；通过他自己的感情表现人民的感情。屈原是否有统一中国的野心，现在还不可考，但屈原却是一个爱国诗人，他爱他的乡土、乡人，他极力想保护他的诸侯王国不受外族的欺凌和压迫。

宋玉在屈原之后，是否是屈原的学生，却是问题。宋玉赋有十六篇，年代约在纪元前三世纪，现在在《文选》《古文苑》等书中，又有署名宋玉的作品，如《大言赋》《小言赋》，写得很漂亮，《大言赋》就尽量说大话，越大越好，《小言赋》就尽量说小事，说一个蚊子肝九族人吃还没吃了。这可以表现出两千多年以前我们祖先想象力的丰富。但是今日看来，肯定不是宋玉所作。还有《风赋》《高唐赋》《神女赋》，写得都很好，但是否写成于战国时代也成问题。宋玉作品选入《楚辞》中的有《九辩》。《九辩》潇洒之气过于《离骚》《九章》，不满当时统治的情绪是和《离骚》相同的。看《九辩》可知宋玉的人格很高（决不像《屈原》剧里那样），在《高唐赋》《神女赋》中说宋玉是楚王的弄臣，但是不是这样也很难说。

《楚辞》的影响很大，其内容多不满意统治阶级，代老百姓发牢骚，表达了人民的情绪。后来的汉赋就是受《楚辞》影响而产生的。中国古代六百到七百年的时代，赋的产量很多，司马相如、枚乘、贾谊，甚至张衡、班固等人，皆未可厚非。其中也有很好的作品，反映了当代

人民的生活。

四、五言诗

五言诗的产生约在纪元前一世纪，汉成帝时代，据考证《李陵答苏武书》并非李陵所作，而是公元前两世纪的作品。当时五言诗大部是民歌民谣，古诗十九首、《孔雀东南飞》是五言诗的代表作，也是产生于民间的最好的作品。到第三世纪初期，建安时代（一九六—二二〇年），五言诗才掌握在有天才的诗人手里，并加以提高。当时最主要的诗人是曹氏父子三人（曹操、曹丕、曹植），他们最先掌握并提高了民间形式。曹操多写四言。其子曹植最重要，写得最好，他是统治阶级的游离分子，由于自己境遇的不幸很受压迫，所以也比较能够了解人民的痛苦，同情人民。五言诗的最盛时代到六朝为止，当时作者很多，重要作品如嵇康的《幽愤诗》、阮籍的《咏怀诗》、郭璞的《游仙诗》及左思的《咏史诗》等都充满了自己的感慨悲愤的感情。最重要的诗人是陶渊明（第四—第五世纪，六朝初期），现在对他的评价一般人还不大敢下断语。他是田园诗人，歌颂自然，表现农村生活，但他不仅像苏东坡所说的那样表面平淡无奇，实际上他是很热情的人，他还是一个伟大的现实主义者，《桃花源记》表现了他理想的社会，代表了他的政治理想，他并不是远离人间、脱离政治的。

六朝诗人很多，我们再举陶渊明以后的两个重要诗人，即鲍照、庾信。鲍照的诗充满了不幸时代的悲痛的情绪，其内容极其丰富，他的诗虽多拟古，但他却用很丰富的感情表现了当时的时代。庾信也反映了当时不幸的、动乱的、被压迫的、沉痛的时代，杜甫曾说"清新庾开府，俊逸鲍参军"，庾信的《哀江南赋》（当时北方游牧民族侵入，庾信被俘未回）写得非常沉痛。他们的诗都是言之有物的作品，他们本身也决不是貌为诗人，就脱离人民而飘飘然了，而是生根于人民中，一直与人民有密切的联系。

六朝时南北方的民间歌曲都是五言的，江南流行的民歌叫"徒歌"，分二种：一种是流行于太湖流域的叫"吴歌"，如《大子夜歌》《小子夜歌》《子夜四时歌》《读曲歌》等。其中有很重要的东西。言词清新，不下于《诗经》中的恋歌。一种是流行于湖南、湖北、长江流域的叫"荆楚西声"（也收在《乐府诗集》中），是南方码头水路上的人吟的，调子软绵绵的。北方的乐歌，如游牧民族的"梁鼓角横吹曲"（胡乐），其中虽也有很漂亮的恋歌，但调子不像南方那样软绵绵的，而是大刀阔斧，高头大马，气魄很大。这时不但有大量的出自民间的歌曲，还有文人学士受民间歌曲的影响，而发挥其天才创造出的许许多多的重要作品，它们是和现实紧密结合在一起的。

五、李白与杜甫

诗到唐朝发生了很大的变化，不仅用五言，又运用了更适合的七言。诗歌大盛，形式很多，譬如有不限句数的可长可短的古诗（又称《古风》），八句的律诗，四句的绝句和从律诗发展起来的排律。唐诗有这些体裁，所以说唐朝是诗歌全盛时代。《全唐诗》有九百卷，有作品流传下来的诗人约两千人左右，作品在一万首以上。

唐朝诗人很多。在李白、杜甫以前，值得注意的有初唐四杰中的卢照邻，他的诗很有特别情调，他终年生病，在待死的情况中，写了很多诗，专描写自己病中的痛苦。还有骆宾王，他所描写的当时社会及个人的悲愤的长诗，写得很好，以写骂武则天的文章而著名。此外陈子昂的《感遇诗》，风格很高。再是王梵志，他的诗影响很大，但在宋以后便不为人所知。直到很长时间以后，才在敦煌石室中发现他的诗，他作了许多格言诗、哲理诗、教训诗等，写得很自然，风格很通俗。

到了第八世纪开元、天宝时代，李白、杜甫产生。他们所以重要，是因为他们表现了那个时代——中国历史上一个繁荣富庶的时期，在文化艺术上也是最发达的时候。当时长安变成繁华的国际大都市，日本、朝鲜等五十多个国家都来入贡，而且各国都派留学生到中国来。中国的文化普遍传到东西南北四方，音乐、舞蹈、美术等都极其发达（西藏今日的舞蹈、音乐还保留着唐朝的风味）。这时唐朝已达到全盛时代。当时以诗取士，是两级考试制度，先举进士，后考诗赋，没有学问、不会作诗的人就不能受举，永远不能做官，所以作诗的风气越来越盛。李白、杜甫就是在社会最繁盛和诗的气息特别浓厚的情况下出现的，他们又继承了古代诗歌最优秀的传统，而且使它更加发展起来。

　　李白在一般人的印象中是浪漫诗人，整天醉熏熏的，似乎离人间很远，而对杜甫的估价比李白高得多。其实这种看法是不对的，杜甫的脾气也很大，好喝酒，生活并不很规矩，不像一般人想象的那么谨慎。他们之间有其共同点，就是他们都真实地表现了那时的时代，但表现形式不同，李白是比喻或反面描写，如《蜀道难》，杜甫则是正面地老老实实地表现人民的痛苦，反抗那个时代，如"三吏""三别"。

　　与杜甫、李白同时代的还有王维与孟浩然，都是描写自然风景极好的田园诗人。王维是静的描写，客观的描写，不加一点自己的见解。孟浩然是动的描写，把自然人格化了，喜欢用许许多多的人的行为描写自然，或是把人参加到自然中去，写得很好。这种田园诗或风景诗和宋代的画很相似，表现得非常细腻。

　　李白、杜甫之后，主要有顾况、白居易、皮日休、聂夷中，后二人是最近才被提出来的，因为他们的的确确地真切地表现了当时社会，表现了自己的不满，替人民说了话，反映了当时社会的黑暗与悲痛。如聂夷中的"花下一禾生，去之为恶草"。他把人民的需要和希望都写出来，他大概是受了王梵志的影响，多是格言诗。再有唐末的罗隐、杜荀鹤，他们把人民生活的痛苦都用诗反映出来，句句是格言，现在流传着的格言还有许多是罗隐的诗。

六、词

唐诗限制很严，不适合于配合音乐唱，配合音乐唱需掺杂很多虚字，这就产生了另一种体裁，名为词。最早的词产生在第八世纪，它完全是配合音乐唱的，范围很广，其中一部分是能唱的诗，一部分是民歌，一部分是外国传来的音乐调子（如有一部曲调即是从印度来的调子），再一部分是文人创作。其中最重要的是民歌。

词到五代时大盛，产生了许多写词的人，如《花间集》选了十八个词人的作品，其中以四川的作品为主，并包括中原、长江上游、黄河流域一带作家的作品，而把长江下游、江南一带作家的词都漏掉了（当时江南词人是南唐二主，他们的作品今尚流传一小部分）。再有《阳春集》（冯延巳编），这是真正唱的词，这些词也正是表现了词人的感情。

到了宋朝，词成了与人民生活不可分的东西，在游戏场中说书的都要先唱一段词给大家听。原来词都是很短的，在五代时，词叫"小令"，唐代词也很短，到了宋朝发展成为"慢词"（长篇，约在百字以上）。慢词又可分为两派，一派以柳永最著名，其词流传遍天下，所谓"凡有井水处，皆歌柳词"，他的词多写离情别绪悲伤之情，但入情入理，非常通俗。还有一派是苏轼，他完全是为自己而写，发泄个人感情，不一定能唱，爱怎样写就怎样写，作风很豪爽，与柳永恰恰相反。

宋朝变乱很多，北宋末南宋初，许多作家在作品中表现了自己的痛苦和人民的痛苦。如赵佶（宋徽宗）他在政治上是失败了，但在学术上则有

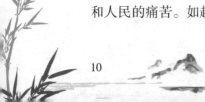

很大的成功，他的词作得很好，描写他被俘的生活，非常沉痛，和庾信类似。还有女作家李清照，她经过很多流离的痛苦，能相当大胆地写出个人的感情。

南宋末，局面比较稳定，产生两个比较好的爱国词人，即辛弃疾和陆游。辛弃疾的作品慷慨激昂。陆游的作品里，表现了迫切希望恢复中原的心情。从他们的作品里都可以看到局面稳定后的情况及人民对恢复中原的要求。

到宋朝末年有两个大诗人，即文天祥和汪元量，他们本身是大政治家。文天祥的作品反映出人民的痛苦及个人的痛苦，沉痛异常。汪元量诗写得也很沉痛，他们的词也都写得很好。

宋时的叙事歌曲很流行，开头只是把几篇词连在一起唱，如用《蝶恋花》的调子唱《西厢记》的故事等等，这叫"鼓子词"。在宋仁宗时很快就发展成为很伟大的叙事歌曲，叫"诸宫调"。其创造者是孔三传（民间诗人）。诸宫调中最有名的是董解元的《西厢记》，写得非常漂亮。再是帝俄时的考古学家在甘肃发现的《刘知远诸宫调》，写得好极了，把民间生活表现得非常好。当时唱诸宫调的有男班，有女班（《风月紫云亭》就是描写女班唱诸宫调的情形），但这些长篇叙事歌曲，今天还流传的已经不多。到了南宋末年，词的调子已经不像从前那样被人欢迎，而又产生了一种新的体裁来代替了它。

七、散　曲

词调俗了以后，就出现了散曲。过去有人称词是诗余，曲是词余，这是瞧不起词曲的论调。其实词、曲是诗中更加重要的，它表现了元、明两朝带音乐的诗的主体。在戏台上唱的叫"剧曲"。清唱叫散曲，他的形式是多种多样的，包括的成分很多，收集了大批的民歌，并吸收了蒙古、色目人的调子，以及文人创作等。它是元、明两朝能唱的曲子的总称。

散曲分"南曲""北曲"两大派。南曲多是描写恋爱生活为主，写的柔软。北曲虽有的也描写恋爱，但和南曲不同，很健壮豪放，这些都是由民歌而来。元朝散曲以北曲为主。

当时散曲家兼戏曲家有关汉卿、马致远、乔梦符（乔吉）、白仁甫（白朴）等人，还有一个专写散曲的叫刘致（刘时中），他把元朝社会的黑暗，在两篇散曲中都表现出来，如描写钞票制度的害人等等。

明朝的散曲家很多，但值得提出来的却不多，明朝主要是以南曲为主。这时有一个特点，即凡是真正好的作家都产生于民间，好的作品都是从民间吸取营养的。例如金銮，他抓住了民间新鲜的调子来加工改编。还有刘效祖也写了很多民间歌曲。凌濛初则在理论上公开提出，说文人的作品没有能赶得上民间的《打枣竿》《吴歌》等的。冯梦龙收集了许多北方的《挂枝儿》、南方的《山歌》刻印出来，流传遍天下，现存的还有一百多首。再一个是赵南星，他更进一步利用民间歌谣，模仿民歌写了不少的东西。还有一个相当伟大的作家施绍莘，他在当时是受排斥的，他不用民歌，只用旧调来创作，如《花影集》是很好的东西，今尚流传。

八、清代的诗、词、曲

清朝的诗是古代诗歌传统的总结时期，凡是古代用过的形式，都好像回光返照似的重现一遍，各种形式都有人运用，而且作得还很好，如吴伟业便是一个很有天才的诗人。

乾隆时重要作者有袁枚、赵翼（他的讽刺诗写得很好），还有一个专写散曲的蒋士铨，后来较重要的有黄遵宪，他整理提炼了广东梅县的山歌。

满族有两个大词人，即纳兰性德和西林太清君，他们都有很大的成

就，纳兰性德的《饮水词》写的非常好，很流行。女词人西林太清君的《渔歌》甚著名，虽写的有很多不合规格的地方，但很新鲜。后来她和大诗人龚自珍恋爱，两个人都写了许多恋歌。

在曲中发现新生命的是"道情"，这时南方如福建、广东、长江、九江以及北方的民间歌曲都复活起来，很多文人作家们将它整理提高。如招子庸收集整理广东的《粤讴》。还有满族作家戴全德（在九江浔阳作官）曾用满语与汉语混起来写了不少的诗，有的内容是很好的，如《浔阳诗稿》，其中就有很好的小调。

当时有两部比较重要的曲选，即收集北方民歌的《霓裳续谱》及收集长江流域的民歌的《白雪遗音》，都有极好的内容。

总之，中国诗的传统是民间歌谣的传统。中国各种形式风格的诗，都首先产生于民间，为老百姓所喜好，而后才为文人所掌握。文人只有从民间吸取养料，他才能有所成就，只有掌握住并提高了民间形式的诗人，他的诗才一定是新鲜活泼而又富于生命力的。诗的形式的发展既是来自民间，生长于民间，它当然是与广大人民密切结合的。据说《楚辞》中的《九歌》，在湖南等地现在还有人唱。所以民间文学是非常重要的，他有优良的传统，我们学习诗歌传统，不仅要向古代大诗人学习，而且更要向民间作品学习，这样我们才能够得到更好的成绩。

谈谈《诗经》

朱自清

　　诗的源头是歌谣。上古时候，没有文字，只有唱的歌谣，没有写的诗。一个人高兴的时候或悲哀的时候，常愿意将自己的心情诉说出来，给别人或自己听。日常的言语不够劲儿，便用歌唱；一唱三叹得叫别人回肠荡气。唱叹再不够的话，便手也舞起来了，脚也蹈起来了，反正要将劲儿使到了家。碰到节日，大家聚在一起酬神作乐，唱歌的机会更多。或一唱众和，或彼此竞胜。传说葛天氏的乐八章，三个人唱，拿着牛尾，踏着脚，似乎就是描写这种光景的。歌谣越唱越多，虽没有书，却存在人的记忆里。有了现成的歌儿，就可借他人酒杯，浇自己块垒；随时拣一支合式的唱唱，也足可消愁解闷。若没有完全合式的，尽可删一些改一些，到称意为止。流行的歌谣中往往不同的词句并行不悖，就是为此。可也有经过众人修饰，成为定本的。歌谣真可说是"一人的机锋，多人的智慧"了。

　　歌谣可分为徒歌和乐歌。徒歌是随口唱，乐歌是随着乐器唱。徒歌也有节奏，手舞脚蹈便是帮助节奏的；可是乐歌的节奏更规律化些。乐器在中国似乎早就有了，《礼记》里说的土鼓、土槌儿、芦管儿，也许是我们乐器的老祖宗。到了《诗经》时代，有了琴瑟钟鼓，已是洋洋大观了。歌谣的节奏最主要的靠重叠或叫复沓；本来歌谣以表情为主，只要翻来覆去

将情表到了家就成，用不着费话。重叠可以说原是歌谣的生命，节奏也便建立在这上头。字数的均齐，韵脚的调协，似乎是后来发展出来的。有了这些，重叠才在诗歌里失去主要的地位。

有了文字以后，才有人将那些歌谣纪录下来，便是最初的写的诗了。但纪录的人似乎并不是因为欣赏的缘故，更不是因为研究的缘故。他们大概是些乐工，乐工的职务是奏乐和唱歌；唱歌得有词儿，一面是口头传授，一面也就有了唱本儿。歌谣便是这么写下来的。我们知道春秋时的乐工就和后世阔人家的戏班子一样，老板叫做太师。那时各国都养着一班乐工，各国使臣来往，宴会时都得奏乐唱歌。太师们不但得搜集本国乐歌，还得搜集别国乐歌。不但搜集乐词，还得搜集乐谱。那时的社会有贵族与平民两级。太师们是伺候贵族的，所搜集的歌儿自然得合贵族们的口味；平民的作品是不会入选的。他们搜得的歌谣，有些是乐歌，有些是徒歌。徒歌得合乐才好用。合乐的时候，往往得增加重叠的字句或章节，便不能保存歌词的原来样子。除了这种搜集的歌谣以外，太师们所保存的还有贵族们为了特种事情，如祭祖、宴客、房屋落成、出兵、打猎等等作的诗。这些可以说是典礼的诗。又有讽谏、颂美等等的献诗；献诗是臣下作了献给君上，准备让乐工唱给君上听的，可以说是政治的诗。太师们保存下这些唱本儿，带着乐谱，唱词儿共有三百多篇，当时通称作"《诗》三百"。到了战国时代，贵族渐渐衰落，平民渐渐抬头，新乐代替了古乐，职业的乐工纷纷散走。乐谱就此亡失，但是还有三百来篇唱词儿流传下来，便是后来的《诗经》了。

"诗言志"是一句古话；"诗"訨这个字就是"言""志"两个字合成的。但古代所谓"言志"和现在所谓"抒情"并不一样；那"志"总是关联着政治或教化的。春秋时通行赋诗。在外交的宴会里，各国使臣往往得点一篇诗或几篇诗叫乐工唱。这很像现在的请客点戏，不同处是所点的诗句必加上政治的意味。这可以表示这国对那国或这人对那人的愿望、感谢、责难等等，都是从诗篇里断章取义。断章取义是不管上下文的意义，只将一章中一两句拉出来，就当前的环境，作政治的暗示。如《左传》襄公二十七年，郑伯宴晋使赵孟于垂陇，赵孟请大家赋诗，他想看看大家的"志"。太子叔赋的是《野有蔓草》。原诗首章云"野有蔓草，零露漙兮。有美一人，清扬婉兮。邂逅相遇，适我愿兮。"子太叔只取末两句，借以表示郑国欢迎赵孟的意思；上文他就不管。全诗原是男女私情之作，他更不管了。可是这样办正是"诗言志"；在那回宴会里，赵孟就和子太叔说了"诗以言志"这句话。

到了孔子时代，赋诗的事已经不行了，孔子却采取了断章取义的办法，用《诗》来讨论做学问做人的道理。"如切如磋，如琢如磨"，本来说的是治玉，将玉比人。他却用来教训学生做学问的工夫。"巧笑倩兮，美目盼兮，素以为绚兮"，本来说的是美人，所谓天生丽质。他却拉出末句来比方作画，说先有白底子，才会有画，是一步步进展的；作画还是比方，他说的是文化，人先是朴野的，后来才进展了文化——文化必须修养而得，并不是与生俱来的。他如此解诗，所以说"思无邪"一句话可以包括"《诗》三百"的道理；又说诗可以鼓舞人，联合人，增加阅历，发泄牢骚，事父事君的道理都在里面。孔子以后，"《诗》三百"成为儒家的"六经"之一，《庄子》和《荀子》里都说到"诗言志"，那个"志"便指教化而言。

但春秋时列国的赋诗只是用诗，并非解诗；那时诗的主要作用还在乐歌，因乐歌而加以借用，不过是一种方便罢了。至于诗篇本来的意义，那时原很明白，用不着讨论。到了孔子时代，诗已经不常歌唱了，诗篇本来的意义，经过了多年的借用，也渐渐含糊了。他就按着借用的办法，根据他教授学生的需要，断章取义地来解释那些诗篇。后来解释《诗经》的儒

生都跟着他的脚步走。最有权威的毛氏《诗传》和郑玄《诗笺》差不多全是断章取义，甚至断句取义——断句取义是在一句两句里拉出一个两个字来发挥，比起断章取义，真是变本加厉了。

毛氏有两个人：一个毛亨，汉时鲁国人，人称为大毛公；一个毛苌，赵国人，人称为小毛公。是大毛公创始《诗经》的注解，传给小毛公，在小毛公手里完成的。郑玄是东汉人，他是专给《毛传》作《笺》的，有时也采取别家的解说；不过别家的解说在原则上也还和毛氏一鼻孔出气，他们都是以史证诗。他们接受了孔子"无邪"的见解，又摘取了孟子的"知人论世"的见解，以为用孔子的诗的哲学，别裁古代的史说，拿来证明那些诗篇是什么时代作的，为什么事作的，便是孟子所谓"以意逆志"。其实孟子所谓"以意逆志"倒是说要看全篇大意，不可拘泥在字句上，与他们不同。他们这样猜出来的作诗人的志，自然不会与作诗人相合；但那种志倒是关联着政治教化而与"诗言志"一语相合的。这样的以史证诗的思想，最先具体地表现在《诗序》里。

《诗序》有《大序》《小序》。《大序》好像总论，托名子夏，说不定是谁作的。《小序》每篇一条，大约是大小毛公作的。以史证诗，似乎是《小序》的专门任务；传里虽也偶然提及，却总以训诂为主，不过所选取的字义，意在助成序说，无形中有个一定方向罢了。可是《小序》也还是泛说的多，确指的少。到了郑玄，才更详密地发展了这个条理。他按着《诗经》中的国别和篇次，系统地附合史料，编成了《诗谱》，差不多给每篇诗确定了时代；《笺》中也更多地发挥了作为各篇诗的背景的历史。以史证诗，在他手里算是集大成了。

《大序》说明诗的教化作用；这种作用似乎建立在风、雅、颂、赋、比、兴，所谓"六义"上。《大序》只解释了风、雅、颂。说风是风化（感化）、讽刺的意思，雅是正的意思，颂是形容盛德的意思。这都是按着教化作用解释的。照近人的研究，这三个字大概都从音乐得名。风是各地方的乐调，《国风》便是各国土乐的意思。雅就是"乌"字，似乎是描写这种乐的呜呜之音。雅也就是"夏"字，古代乐章叫做"夏"的很多，也许原是地名或族名。雅又分《大雅》《小雅》，大约也是乐调不同的缘故。颂就是"容"字，容就是"样子"；这种乐连歌带舞，舞就有种种样子了。风、雅、颂之外，其实还该有个"南"。南是南音或南调，《诗经》中《周南》《召南》的诗，原是相当于现在河南、湖北一带地方的歌谣。《国风》旧有十五，分出二南，还剩十三；而其中邶、鄘两国的诗，现经考定，都是卫诗，那么只有十一《国风》了。颂有《周颂》《鲁颂》《商颂》，《商颂》经考定实是《宋颂》。至于搜集的歌谣，大概是在二南、《国风》和《小雅》里。

赋、比、兴的意义，说数最多。大约这三个名字原都含有政治和教化的意味。赋本是唱诗给人听，但在《大序》里，也许是"直铺陈今之政教善恶"的意思。比、兴都是《大序》所谓"主文而谲谏"；不直陈而用譬喻叫"主文"，委婉讽刺叫"谲谏"。说的人无罪；听的人却可警诫自己。《诗经》里许多譬喻就在比、兴的看法下，断章断句地硬派作政教的意义了。比、兴都是政教的譬喻，但在诗篇发端则叫做兴。《毛传》只在有兴的地方标出，不标赋、比；想来赋义是见的，比、兴虽都是曲折成义，但兴在发端，往往关系全诗，比较重要些，所以便特别标出了。《毛传》标出的兴诗，共一百十六，《国风》中最多，《小雅》第二；按现在说，这两部分搜集的歌谣多，所以譬喻的句子也便多了。

歌与诗

闻一多

一

想象原始人最初因情感的激荡而发出有如"啊""哦""唉"或"呜呼""噫嘻"一类的声音，那便是音乐的萌芽，也是孕而未化的语言。声音可以拉得很长，在声调上也有相当的变化，所以是音乐的萌芽。那不是一个词句，甚至不是一个字，然而代表一种颇复杂的涵义，所以是孕而未化的语言。这样界乎音乐与语言之间的一声"啊～～"便是歌的起源。不错，"歌"就是"啊"，二者皆从可陪声，古音大概是没有分别的。在后世的歌辞中有时又写作"猗"。

断断猗无他技！（《书·秦誓》）

河水清且涟猗！（《诗·伐檀》）

而已反其真而我犹为人猗！（《庄子·大宗师篇》载孟子反、子琴张相和歌）

候人兮猗！（《吕氏春秋·音初篇》载涂山氏妾歌）

或作"我"，

有酒湑我！无酒酤我！坎坎鼓我！蹲蹲舞我！（《诗·伐木》）

乌生八九子，端座秦氏桂树间。唶我！秦氏有游遨荡子，工用睢阳强

19

（弓），苏合弹，左手持强（弓）弹两丸，出入乌东西。噭我！一丸即发中乌身，乌死魂魄飞扬上天，……（《乐府古辞·乌生》）

什九则作"兮"，古书往往用"猗"或"我"代替兮字，可知三字声音原来相同，其实只是啊的若干不同的写法而已。至于由啊又辗转变为其他较远的语音，又可写作各样不同的字体，这里不能，也不必一一举例。总之，严格的讲，只有带这类感叹虚字的句子，及由同样句子组成的篇章，才合乎最原始的歌的性质，因为，按句法发展的程序说，带感叹字的句子，应当是由那感叹字滋长出来的。借最习见的兮字句为例，在纯粹理论上，我们必须说最初是一个感叹字"兮"，然后在前面加上实字，由加一字如《诗经》"子兮子兮""蓁兮蓁兮"，递增至大概最多不过十字，如《说苑》所载柳下惠妻《谏柳下惠辞》"夫子之信成而与人无害兮"。（感叹字在句首或句中者，可以类推。）为什么我们必须这样说呢？因为实字之增加是歌者对于情绪的自觉之表现。感叹字是情绪的发泄，实字是情绪的形容，分析与解释。前者是冲动的，后者是理智的。由冲动的发泄情绪，到理智的形容、分析、解释情绪，歌者是由主观转入了客观的地位。辨明了感叹字与实字主客的地位，二者的产生谁先谁后，便不言而喻了。在感叹字上加实字，歌者等于替自己当翻译，译辞当然不能在原辞之前。感叹字本只有声而无字，所以是音乐的，实字则是已成形的语言，因此我们又可以说，感叹字是伯牙的琴声，实字乃钟子期讲的"志在高山""志在流水"。自然伯牙不鼓琴，钟子期也就没有这两句话了。感叹字必须发生在实字之前，如此的明显，后人乃称歌中最主要的感叹字"兮"为语助、语尾，真是车子放在马前面了。

但后人这种误会，也不是没有理由的。在后世歌辞里，感叹字确乎失去了它固有的重要性，而变成仅仅一个虚字而已。人究竟是个社会动物，

发泄情绪的目的，至少一半是要给人知道，以图兑换一点同情。这一来，歌中的实字便不可少了，因为情绪全靠它传递给对方。实字用得愈多，愈精巧，情绪的传递愈有效，原来那声"啊～"便显着不重要，而渐渐退居附庸地位（如后世一般歌中的"兮"字），甚至用文字写定时，还可以完全省去。《九歌·山鬼》，据《宋书·乐志》所载当时乐工的底本，便把兮字都删去了。《史记·乐书》所载《天马歌》二章皆有兮字，《汉书·礼乐志》便没有了。这些都是具体的例证。然而兮字的省去，究竟是一个损失。

> 若有人兮山之阿，被薜荔兮带女萝。

试把兮字省去，再读读看，还是味儿吗？对了，损失了的正是歌的意味儿。你说那不过是声调的关系，意义并未变更。但是你要知道，特别在歌里，"意味"比"意义"要紧得多，而意味正是寄托在声调里的。最有趣的例是梁鸿的《五噫》：

> 陟彼北芒兮，噫！顾瞻帝京兮，噫！宫阙崔嵬兮，噫！人之劬劳兮，噫！辽辽未央兮，噫！

作者本意是要这些兮字重行担起那原始时期的重要职责，无奈在当时的习惯中，兮字已无这能力了，不得已，这才在"兮"下又补上一个"噫"以为之辅佐，使它在沾染作用中，更能充分的发挥它固有的力量。因此，为体贴作者这番用意，我们不妨把"兮噫"二字索性捆紧些当作一个单元，而以如下的方式读这首歌：

> 陟彼北芒（兮～～噫～～）顾瞻帝京（兮～～噫～～）……

记住"兮"即"啊"的后身，那么"兮噫"的音值便可拟作"O～～O～～"了。这一来，歌的面目便十足的显露出来了。此刻若再把"兮噫"去掉，让它成了一首四言诗，那与原来的意味相差该多么远！

以上我们反复地说明了感叹字确乎是歌的核心与原动力，而感叹字本身则是情绪的发泄，那么歌的本质是抒情的，也就是必然的结论了。

二

至于"诗"字最初在古人的观念中，却离现在的意义太远了。汉朝人每训诗为志：

诗之为言志也。（《诗谱序·疏》引《春秋说题词》）

诗之言志也。（《洪范·五行传》郑注）

诗志也。（《吕氏春秋·慎大览》高注，《楚辞·悲回风》王注，《说文》）

从下文种种方面，我们可以证明志与诗原来是一个字。志有三个意义：一记忆，二记录，三怀抱，这三个意义正代表诗的发展途径上三个主要阶段。

志字从坐。卜辞坐作坐，从止下一，像人足停止在地上，所以坐本训停止。卜辞"其雨庚坐"犹言"将雨，至庚日而止"。志从坐从心，本义是停止在心上。停在心上亦可说是藏在心里，故《荀子·解蔽篇》曰"志也者臧（藏）也"，注曰"在心为志"，正谓藏在心，《诗序》疏曰"蕴藏在心谓之为志"，最为确诂。藏在心即记忆，故志又训记。《礼记·哀公问篇》"子志之心也"，犹言记在心上，《国语·楚语》上"闻一二之言，必诵志而纳之，以训导我"谓背诵之记忆之以纳于我也。《楚语》以"诵志"二字连言尤可注意，因为诗字训志最初正指记诵而言。诗之产生本在有文字以前，当时专凭记忆以口耳相传。诗之有韵及整齐的句法，不都是为着便于记诵吗？所以诗有时又称诵。这样说来，最古的诗实相当于后世的歌诀，如《百家姓》《四言杂字》之类。就《三百篇》论，《七月》（一篇韵语的《夏小正》或《月令》）大致还可以代表这阶段，虽则它的产生决不能早到一个太辽远的时期。

无文字时专凭记忆，文字产生以后，则用文字记载以代记忆，故记忆之记又孳乳为记载之记。记忆谓之志，记载亦谓之志。古时几乎一切文字记载皆曰志。

　　1.《左传·文二年》："《周志》有之，'勇则害上，不登于明堂。'"注："《周志》，《周书》也。"案二语见《逸周书·大匡篇》。

　　2.襄廿五年："志有之，'言以足志文以足言。'"注："志，古书也。"

　　3.襄三十年："《仲虺之志》云：'乱者取之，亡者侮之。'"案即《仲虺之诰》，此真古文《尚书》的佚文。

　　4.《国语·晋语》四："礼志有之曰：'将有请于人，必先有人焉。'"

　　5.同上："夫先王之法志，德义之府也。"注："志，记也。"案《左传·僖二十七年》作"《诗》《书》，义之府也"，是所谓法志者即《诗》《书》。

　　6.《晋语》六："夫成子导前志以左先君，导法而卒以政，可不谓文乎？"注："志，记也。"

　　7.《晋语》九："志有之曰'高山峻原，不生草木，松柏之地，其土不肥'。"注同。

　　8.《楚语》上："教之故志，使知废兴者而戒惧焉。"注："故志谓所记前世成败之书。"

　　9.《周礼》："小史，掌邦国之志。"司农注："志谓记也，《春秋》所谓《周志》，《国语》所谓《郑书》之属也。"

　　10.同上："外史掌四方之志。"郑注："志，记也，谓若鲁之《春秋》，晋之《乘》，楚之《梼杌》。"

11.《孟子·滕文公上篇》："且志曰'丧祭从先祖'。"赵注："志，记也。"

12.又下篇："且志曰'枉尺而直寻，宜若可为也'。"注同。

13.《荀子·大略篇》："《聘礼志》曰'币厚则伤德，财侈则殄礼'。"

14.《吕氏春秋·贵当篇》："志曰'骄惑之事，不亡奚待?'"注："志，古记也。"

一切记载既皆谓之志，而韵文产生又必早于散文，那么最初的志（记载）就没有不是诗（韵语）的了。上揭1、14二例所引的"志"正是韵语，而现在的先秦古籍中韵语的成分还不少，这些都保存着记载的较古的状态。承认初期的记载必须是韵语的，便承认了诗训志的第二个古义必须是"记载"。《管子·山权数篇》"诗所以记物也"，正谓记载事物；《贾子·道德说篇》"诗者志德之理而明其指，令人缘之以自戒也"，志德之理亦即记德之理。前者说记物，后者说记理，所记之对象虽不同，但说诗的任务是记载却是相同的，可见诗字较古的涵义，直至汉初还未被忘掉。

上文我们说过"歌"的本质是抒情的，现在我们说"诗"的本质是记事的，诗与歌根本不同之点，这来就完全明白了。再进一步的揭露二者之间的对垒性，我们还可以这样说：古代歌所据有的是后世所谓诗的范围，而古代诗所管领的乃是后世史的疆域。要测验上面这看法的正确性，我们只将上揭各古书称志的例子分析一下就思过半了。除一部分性质未详外，那些例子可依《六经》的类目分为（一）《书》类，1、3、5、6、8属之；（二）《礼》类，4、10、13属之；（三）《春秋》类，9、10属之。有《书》，有《春秋》，有《礼》，三者皆称志，岂不与后世史部的书称志正合？然而古书又有称《诗》为志的。《左传·昭十六年》载郑六卿饯宣子于郊，子齹赋《野有蔓草》，子产赋《郑》之《羔裘》，子大叔赋

《褰裳》，子游赋《风雨》，子旗赋《有女同车》，子柳赋《萚兮》。宣子喜曰："郑其庶乎！二三君子以君命贶起，赋不出《郑志》，皆昵燕好也。"六卿所赋皆《郑风》，而宣子说是"赋不出《郑志》"，可知《郑志》即《郑诗》。属于史类的《书》（古代史）、《春秋》（当代史）、《礼》（礼俗史）称志，《诗》亦称《志》，这是什么缘故？原来《诗》本是记事的，也是一种史。在散文产生之后，它与那三种仅在体裁上有有韵与无韵之分，在散文未产生之前，连这点分别也没有。诗即史，所以孟子说：

> 王者之迹熄而《诗》亡，《诗》亡然后《春秋》作。晋之《乘》，楚之《梼杌》，鲁之《春秋》，一也，其事则齐桓、晋文，其文则史。（《离娄下篇》。）

《春秋》何以能代《诗》而兴？因为《诗》也是一种《春秋》。他又说：

> 诵其诗，读其书，不知其人，可乎？是以论其世也。（《万章下篇》。）

一壁以诗书并称，一壁又说必须知人论世，孟子对于诗的观念是雪亮的。在这点上，《诗大序》与孟子的话同等重要：

> 至于王道衰，礼义废，政教失，国异政，家殊俗，而《变风》《变雅》作矣。国史明乎得失之迹，伤人伦之废，哀刑政之苛，吟咏性情，以风其上，达于事变，而怀其旧俗者也。

诗即史，当然史官也就是"诗人"。但序意以为《风》《雅》是史官所作，则不尽然。初期的雅，尤其是《大雅》中如《绵》《皇矣》《生民》《公刘》等是史官的手笔，是无疑问的，《风》则仍当出自民间。不过《序》指出了诗与国史这层关系，不能不说是很重要的一段文献。如今再回去看《诗序》好牵合春秋时的史迹来解释《国风》，其说虽什九不可信，但那种以史读诗的观点，确乎是有着一段历史背景的。最后，从史字的一分较冷僻的训诂中，也可以窥出诗与史的渊源来。

文胜质则史。（《论语·雍也篇》）

辞多则史。（《仪礼·聘礼记》）

捷敏辩给，繁于文采，则见以为史。（《韩非子·难言篇》）

米盐博辩，则以为多而史之。（同上《说难篇》）

"繁于文采"，正是诗的荣誉，这里却算作史的罪名，这又分明坐实了诗史之间不可分离的关系。

三

社会日趋复杂，为配合新的环境，人们在许多使用文字的途径上，不得不舍弃以往那"繁于文采"的诗的形式而力求经济，于是散文应运而生。史的记载不见得是首先放弃那旧日的奢侈锢习的，但它终于放弃了。大概就在这时，志、诗二字的用途才分家。一方面有旧式的韵文史，一方面又有新兴的散文史，名称随形式的蕃衍而分化，习惯便派定韵文史为"诗"，散文史为"志"了。此后，二字混用通用的现象不是没有，但那只算得暂时的权变，和意外的出轨。

你满以为散文进一步，韵文便退一步，直至有如今日的局面，"记事"几乎完全是散文一家独有的山河，韵文（如一切歌诀式的韵语）则蜷伏在一个不重要的角落里，苟延着残喘，于是你惊讶前者的强大，而惋惜后者的式微。你这兴衰之感是不必要的。韵文并非式微，它是迁移到另一地带去了。他与歌有一段宿诺。在记事的课题上，他打头就不感真实兴趣，所以时时盼着散文的来到，以便卸下这分责任，去与歌合作，现在正好如愿以偿了。所以《孟子》"《诗》亡然后《春秋》作"之亡，若解作逃亡之亡，或许与事实更相符合点。

诗与歌合流真是一件大事。它的结果乃是《三百篇》的诞生。一部最

脍炙人口的《国风》与《小雅》，也是《三百篇》的最精彩部分，便是诗歌合作中最美满的成绩。一种如《氓》《谷风》等，以一个故事为蓝本，叙述方法也多少保存着故事的时间连续性，可说是史传的手法，一种如《斯干》《小戎》《大田》《无羊》等，平面式的纪物，与《顾命》《考工记》《内则》等性质相近，这些都是"诗"从它老家（史）带来的贡献。然而很明显的上述各诗并非史传或史志，因为其中的"事"是经过"情"的泡制然后再写下来的。这情的部分便是"歌"的贡献。由《击鼓》《绿衣》以至《蒹葭》《月出》，是"事"的色彩由显而隐，"情"的韵味由短而长，那正象征着歌的成分在比例上的递增。再进一步，"情"的成分愈加膨胀，而"事"则暗淡到不合再称为"事"，只可称为"境"，那便到达《十九首》以后的阶段，而不足以代表《三百篇》了。同样，在相反的方向，《孔雀东南飞》也与《三百篇》不同，因为这里只忙着讲故事，是又回到前面诗的第二阶段去了，全不像《三百篇》主要作品之"事""情"配合得恰到好处。总之，歌诗的平等合作，"情""事"的平均发展是诗第三阶段的进展，也正是《三百篇》的特质。

诗与歌合流之后，诗的内容又变了一次，于是诗训志的第三种解释便可以应用了。上文说志的本义是"停止在心上"，也可说是"蕴藏在心里"，记忆一义便是由这里生出的。但是情思、感想、怀念、欲慕等等心理状态，何尝不是"停在心上"或"藏在心里"？这些在名词上五花八门，实际并无确定界限的心理状态，现在看来，似乎应该统名之为陆机《文赋》所谓"诗缘情而绮靡"之情，古人则名之为意。《书·尧典》"诗言志"，《史记·五帝本纪》志作意，《汉书·司马迁传》引董仲舒曰"诗以达意"。郑康成注《尧典》"诗言志，歌永言"，亦曰"诗所以言人之志意也，永长也，歌又所以长言诗之意"。诗训志，志又训意，故《广雅·释言》曰："诗，意也。""诗言志"的定义，无论以志为意或为情，这观念只有歌与诗合流才能产生。

但是这样一个观点究竟失之偏宕，至少是欠完备。因为这里所谓诗当然指《三百篇》，而《三百篇》时代的诗，依上文的分析，是志（情）事并重的，所以定义必须是"于记事中言志"或"记事以言志"方才算得完整。看《庄子·天下篇》"《诗》以道志，《书》以道事"及《荀子·儒效篇》"《诗》言是其志也，《书》言是其事也"，都把事完全排出诗外，可知他们所谓志确是与"事"脱节了的志。诗后来专在《十九首》式的"羌无故实"空空洞洞的抒情诗道上发展，而叙事诗几乎完全绝迹了，这定义恐怕不能不负一部分责任。

在上文我们大体上是凭着一两字的训诂，试测了一次《三百篇》以前诗歌发展的大势，我们知道《三百篇》有两个源头，一是歌，二是诗，而当时所谓诗在本质上乃是史。最后这一点特别值得注意。知道诗当初即是史，那恼人的问题"我们原来是否也有史诗"也许就有解决的希望。这是很好的消息，我们下次就该讨论这问题了。

《楚辞》之兴起

龙榆生

《诗经》十五国风，独不及楚；楚声之不同于中夏，其故可思。中国文学之南北分流，由来久矣！楚俗信巫而尚鬼（王逸说），又地险流急，人民生性狭隘（郦道元《水经注》）。故其发为文学，多闳伟窈眇之思，调促而语长，又富于想象力。加以山川奇丽，文藻益彰，视北方之朴质无华，不可"同年而语"。稽之古籍，有楚康王时之楚译《越人歌》：

今夕何夕兮，搴洲中流？今日何日兮，得与王子同舟？蒙羞被好兮，不訾诟耻。心几烦而不绝兮，知得王子。山有木兮木有枝，心悦君兮君不知！（《说苑·善说篇》）

译者之技术高明，令人想见楚人诗歌格调。语助用"兮"字，此在《三百篇》内，已多有之；特楚人于两句中夹一"兮"字，句调较长，为异于风诗作品耳。又如《徐人歌》诵延陵季子之辞：

延陵季子兮不忘故，脱千金之剑兮带丘墓。（《新序·节士篇》）

句法亦略同于《越人歌》。此楚文学形式上异于中原文学之一点也。

《论语·微子篇》载：楚狂接舆歌而过孔子曰：

凤兮！凤兮！何德之衰？往者不可谏，来者犹可追。已而！已而！今之从政者殆而！

《史记》引第三四句，作"往者不可谏兮，来者犹可追也！"《庄子》引前四句则作"凤兮！凤兮！何如德之衰也？来世不可待，往世不可追也！"二书所载不同，而较《论语》语末各增"也"字，便有往复丁宁之意。证之《离骚》多有此种句法，则《论语》所纪录，已稍失楚歌之语调。同时有《孺子歌》：

沧浪之水清兮，可以濯我缨。沧浪之水浊兮，可以濯我足。（《孟子·离娄篇》）

则又句调近于《徐人歌》，而与后来之《九歌》同一轴杼者也。

《楚辞》至《九歌》出现，始正式建立一种新兴文学。汉王逸云："昔楚国南郢之邑，沅、湘之间，其俗信鬼而好祠。其祠必作歌乐鼓舞，以乐诸神。屈原放逐，窜伏其域，怀忧苦毒，愁思沸郁，出见俗人祭祀之礼，歌舞之乐，其词鄙陋，因为作《九歌》之曲。"（《楚辞章句》）以《九歌》为"屈原之所作"，后人已多疑之。宋朱熹谓："荆蛮陋俗，词既鄙俚，而其阴阳人鬼之间，又不能无亵慢荒淫之杂。原既放逐，见而感之，故颇为更定其词，去其泰甚。"（《楚辞集注》）此虽臆说，而以《九歌》曾经屈原修改润饰，殆无可疑。《九歌》本为民间祠神之曲，而其形式除每句皆夹"兮"字，为楚国歌辞之普遍句法外，绝少其他方言俗语，厕杂其间；而且文采斐然，未见"其词鄙陋"；非富有文学修养之人加以润色，不能及此。屈原受《九歌》影响，以作《离骚》；《九歌》经原修改，而益增其声价；两者有连带关系，亦不必多所怀疑也。

近人王国维称："周礼既废，巫风大兴；楚、越之间，其风尤盛。"（《宋元戏曲史》）证之王逸所谓："其祠必作歌乐鼓舞以乐诸神"，知当时楚、越之巫，必兼歌舞，而自有一种祠神歌曲，别成腔调。所传《九歌》之作，或原依其腔调而为之制词，或本有歌词而原为之藻饰，现已无从断定。而在音节上，与风格上，显带沅湘民间歌曲之浓厚色彩，则可断言也。

《九歌》为沅湘间祠神之曲，有《东皇太一》《云中君》《湘君》《湘夫人》《大司命》《少司命》《东君》《河伯》《山鬼》《国殇》《礼魂》等十一篇。古人以"九"为数之极，其后宋玉亦作《九辩》，非必其数为九篇也。

《九歌》用之"乐神"，而多为男女慕悦之词，此自民歌之本色。论其描写技术，或清丽缠绵，或幽窈奇幻。例如《湘君》：

> 君不行兮夷犹，蹇谁留兮中洲？美要眇兮宜修……令沅湘兮无波，使江水兮安流。望夫君兮未来，吹参差兮谁思？

《湘夫人》：

> 帝子降兮北渚，目眇眇兮愁予。袅袅兮秋风，洞庭波兮木叶下。

《少司命》：

> 秋兰兮青青，绿叶兮紫茎。满堂兮美人，忽独与余兮目成。入不言兮出不辞，乘回风兮载云旗。悲莫悲兮生别离，乐莫乐兮新相知。荷衣兮蕙带，倏而来兮忽而逝。夕宿兮帝郊，君谁须兮云之际？与女游兮九河，冲风至兮水扬波。与女沐兮咸池，晞女发兮阳之阿。望美人兮未来，临风怳兮浩歌。

《山鬼》：

> 若有人兮山之阿，被薜荔兮带女萝。既含睇兮又宜笑，子慕予兮善窈窕。……山中人兮芳杜若，饮石泉兮荫松柏，君思我兮然疑作。雷填填兮雨冥冥，猿啾啾兮狖夜鸣。风飒飒兮木萧萧，思公子兮徒离忧！

较之十五国风，无论技术上、风调上，皆有显著之进步。南人情绪复杂，又善怀多感，而出以促节繁音，为诗歌中别开生面，宜其影响后来者至深也。

《国殇》一篇，慷慨雄强，表现三湘民族之猛挚热烈性格；与其他诸作，又不同风；于此不能不叹楚才之可宝矣！迻录如下：

操吴戈兮被犀甲，车错毂兮短兵接。旌蔽日兮敌若云，矢交坠兮士争先。凌余阵兮躐余行，左骖殪兮右刃伤。霾两轮兮絷四马，援玉枹兮击鸣鼓。天时坠兮威灵怒，严杀尽兮弃原埜。出不入兮往不反，平原忽兮路遥远。带长剑兮挟秦弓，首身离兮心不惩。诚既勇兮又以武，终刚强兮不可凌。身既死兮神以灵，魂魄毅兮为鬼雄。

乐府诗之发展

龙榆生

周秦以后，直接《三百篇》之系统者，为乐府诗。盖自周衰雅颂寝声，歌咏不作；直至汉兴，高祖自为《大风》之歌，唐山夫人又造《房中祠乐》，而后诗歌乃有复兴之势。武帝"立乐府，采诗夜诵，有赵、代、秦、楚之讴，以李延年为协律都尉。多举司马相如等数十人，造为诗赋，略论律吕，以合八音之调，作十九章之歌"（《汉书·礼乐志》）。乐府既有专司，而乐府诗之名，因之以起。据郑樵著录，乐府诗之出自汉代制作者，有汉《短箫铙歌》、汉《鞞舞歌》《胡角曲》《相和歌》《相弦歌吟叹曲》《相和歌四弦曲》《相和歌平调曲》《相和歌清调曲》《相和歌瑟调曲》《相和歌楚调曲》汉武帝《郊祀之歌》、班固《东都五诗》、汉《三侯之章》、汉《房中祠乐》等十四类（详见《通志·乐略》）；而作者时代之先后，不易证明。惟唐山夫人之《房中祠乐》，产生最早。《郊祀歌》大抵出于邹阳、司马相如诸人之手（用梁启超、陆侃如说），与《房中乐》并多用四言，而时有三字句及长短句，兼摹《骚》体（如《郊祀歌》中之《天门》一章），是盖合《诗》《骚》而别开面目者，《礼乐志》所谓："高祖乐楚声，故《房中乐》楚声也。"《相和歌》中之可确定为西汉作品者，惟《薤露》《蒿里》二曲。《古今注》云：

> 《薤露》、《蒿里》，并丧歌也，本出田横门人。横自杀，门人伤之，为作悲歌，言人命奄忽，如薤上之露，易晞灭也。亦谓人死魂魄归于蒿里。至汉武帝时，李延年分为二曲，使挽枢者歌之。

此采民间歌曲以入乐府之可考者也。他如《宋书·乐志》所称："汉世街陌谣讴，《江南可采莲》《乌生八九子》《白头吟》之属"，果出于东汉抑西汉？竟不可知。其民间歌曲之怆恻动人者，则有《相和歌》中之《箜篌引》：

> 公无渡河！公竟渡河！堕河而死，当奈公何！

《清商瑟调曲》中之《孤子生行》：

> ……怆怆履霜，中多蒺藜。拔断蒺藜，肠肉中怆欲悲。泪下渫渫，清涕累累。

并极凄惨沉痛，沈德潜所称："泪痕血点结缀而成。"（《古诗源》）至《大曲》中之《艳歌罗敷行》：

> 日出东南隅，照我秦氏楼。秦氏有好女，自名为罗敷。……行者见罗敷，下担捋髭须。少年见罗敷，脱帽著帩头。耕者忘其犁，锄者忘其锄。来归相怨怒，但坐观罗敷。

则又风光旖旎，细腻动人。乐府诗之出于贵族或民间者，固自殊其风趣也。

汉乐府中之鼓吹曲，大抵由于外国乐之影响。郭茂倩引刘瓛定《军礼》云："《鼓吹》，未知其始也。汉班壹雄朔野而有之矣。鸣笳以和箫声，非八音也。"（《乐府诗集》）今所传有《短箫铙歌》十八曲，并为长短句，而或以为"声辞艳相杂，不复可分"。其间有抒情之《风》诗，亦有近于《雅》《颂》者。其情诗之最佳者，如《上邪》：

我欲与君相知，长命无绝衰。山无陵，江水为竭，冬雷震震，夏雨雪，天地合，乃敢与君绝！

雄强横绝之态度，乃不似中夏民族口吻。其《战城南》：

为我谓乌："且为客豪。野死谅不葬，腐肉安能去子逃？"

则非战歌之最沉痛者也。

东汉作者，据郭茂倩所录《杂曲》，有马瑗之《武溪深行》、傅毅之《冉冉孤生竹行》、张衡之《同声歌》、辛延年之《羽林郎》、宋子侯之《董娇饶》、繁钦之《定情诗》，而无名氏之作，亦复不少。张衡、傅毅，并用五言；以五言入乐章，则知五言诗之起源，盖至迟亦当萌芽于西汉矣。

魏代曹氏父子，所制乐府特多。就《昭明文选》所录，武帝有《短歌行》《苦寒行》，文帝有《燕歌行》《善哉行》，曹植有《箜篌引》《美女篇》《白马篇》《名都篇》。其著录于《乐府诗集》及《宋书·乐志》者，尤不可胜数。然"或述酣宴，或伤羁戍，志不出于淫荡，辞不离于哀思，虽三调之正声，实韶夏之郑曲"（《文心雕龙·乐府》），且开南朝仿作乐府之渐，故文学史家不取焉。

魏晋而后，南北分疆，南朝之《清商曲》，北朝之《横吹曲》，续出民歌甚富，又为乐府诗放一异彩。南朝乐府，多出于晋宋之间，而又别其出于江南者为《吴声歌曲》，出于荆、郢、樊、邓之间，而其声节送和，与吴歌异者为《西曲》（《乐府诗集》）。北朝以异族进据中原，吹笳鸣角之雄风，乃为诗歌别辟境界。大抵南主温馨软媚，北尚坦直雄强，以民族性之不同，各极其致，此南北乐府之大较也。

南朝乐府之有主名者，有晋沈玩之《前溪歌》、王厥之《长史变歌》、王献之之《桃叶歌》、王珉之《团扇歌》、宋汝南王之《碧玉歌》

（并见《宋书·乐志》及《乐府诗集》）。其民歌之最流行者，则有《子夜歌》《华山畿》《读曲歌》之属，每种各数十曲，作者非一人。其特点，喜以谐音之字双关，如以"丝"谐相思之"思"，"芙蓉"谐"夫容"，"莲"谐"怜"，"藕"谐配偶之"偶"，"碑"谐"悲"，"蹄""题"谐"啼"之类，遽数不能悉终。《吴歌》并言儿女之情，"其始皆徒歌，既而被之管弦"（《晋书·乐志》），亦靡靡之音也。然如《子夜歌》：

> 宿昔不梳头，丝发被两肩。腕伸郎膝上，何处不可怜。

> 始欲识郎时，两心望如一。理丝入残机，何悟不成匹！

《读曲歌》：

> 自从别郎后，卧宿头不举。飞龙落药店，骨出只为汝！

> 思欢不得来，抱被空中语。月没星不亮，持底明侬绪？

《华山畿》：

> 华山畿！君既为侬死，独生为谁施？欢若见怜时，棺木为侬开。

> 未敢便相许。夜闻侬家论，不持侬与汝。

> 奈何许！天下人何限，慊慊只为汝！

后者情尤浓挚专一，未可以"郑声"目之。西曲有《石城乐》《乌夜啼》《莫愁乐》《襄阳乐》《懊侬歌》之属，多写别离之苦。如《莫愁乐》：

> 闻欢下扬州，相送楚山头。探手抱腰看，江水断不流。

《懊侬歌》：

> 江陵去扬州，三千三百里。已行一千三，所有二千在。

并以极朴拙之语出之，而深情自见，此南朝乐府所以为善道儿女之情也。

北朝乐府有《企喻歌》《琅琊王歌》《紫骝马歌》《地驱乐歌》《陇

头流水歌》《隔谷歌》《捉搦歌》《折杨柳歌》之属，或叙边塞之苦，或言男女之情，并极坦率雄强，与南人殊致。其言边塞之苦者，如《陇头歌辞》：

> 陇头流水，流离山下。念吾一身，飘然旷野！
>
> 朝发欣城，暮宿陇头。寒不能语，舌卷入喉。
>
> 陇头流水，鸣声呜咽。遥望秦川，心肝断绝。

言儿女之情者，如《地驱乐歌辞》：

> 侧侧力力，念君无极。枕郎左臂，随郎转侧。
>
> 摩捋郎须，看郎颜色，郎不念女，不可与力。

《捉溺歌》：

> 谁家女子能行步，反著袜裆后裙露。
>
> 天生男女共一处，愿得两个成翁妪。
>
> 黄桑柘屐蒲子履，中央有系两头系。
>
> 小时怜母大怜婿，何不早嫁论家计？

快人快语，不似江南女儿之扭捏作娇羞态。至表现北人尚武精神者，则有《琅琊王歌》：

> 新买五尺刀，悬著中梁柱。一日三摩娑，剧于十五女。

爱刀剧于少女，可见北人性格之一斑。中国文学，往往受外族之影响，而起剧烈变化，此亦其例证已。

此外南朝乐府有《孔雀东南飞》，北朝乐府有《木兰诗》，并为伟制，合当补述。《孔雀东南飞》，据徐陵《玉台新咏》，谓是建安时人为庐江府小吏焦仲卿妻作；郭茂倩编入《杂曲歌辞》。近人多认为出于南朝，在长篇叙事诗中，实开中国诗坛未有之境。陆侃如谓恐受《佛本行经》及《佛所行赞经》之影响（详《诗史·乐府时代》），理或然欤？《木兰诗》，郭茂倩编入《横吹曲辞》，关于作者时代问题，近人亦多争论，而诗中两言"可汗"，又有"燕山""黑山"之语，殆为北朝作品无疑。

　　乐府诗产生于汉代，而极其致于南北朝。自后虽隋唐诸诗人，迭有仿作，然皆不复入乐，仅能跻于五七言诗之林矣。

五七言诗之发展

龙榆生

五七言诗出于汉代之歌谣，久乃脱离音乐，而为文人发抒情感之重要体制。其起源不可详考，以意测之，其《诗经》与《楚辞》合流后之自然产物乎？钟嵘谓："逮汉李陵，始著五言之目。"（《诗品》）而世传苏、李赠答之诗，刘勰已疑之（说详《文心雕龙·明诗》）。至《古诗十九首》，徐陵《玉台新咏》著录其中八首为枚乘作，李善注《文选》，亦谓："疑不能明。"近人辩证甚多，"此体之兴，必不在景武之世"（钱大昕《十驾斋养新录》），殆己成定谳矣。

汉乐府如《清商曲》中之《饮马行》，《杂曲》中之《冉冉孤生竹行》，多用五言，而不详其年代。惟《汉书·五行志》所载成帝时童谣：

邪径败良田，谗口乱善人。桂树华不实，黄雀巢其颠。昔为人所美，今为人所怜。

足为五言诗产生于西汉时之证。比采而推，则汉乐府中之《清商曲辞》，未必悉为东汉作品。又《汉书》载永始元延间（成帝时）《尹赏歌》：

安所求子死？桓东少年场。生时谅不谨，枯骨复何葬？

《后汉书》载光武时《凉州歌》：

游子常苦贫，力子天所富。宁见乳虎穴，不入冀府寺。

并为不知名之作者所为，而适足证明西汉末年，为五言诗之草创时代（参看郑振铎《中国文学史》第一册）。其时虽未为文人所采用，而其体已大行于民间。至东汉则有班固（字孟坚，扶风人）之《咏史》，蔡邕（字伯喈，陈留人）之《翠鸟》，秦嘉（字士会，陇西人）之《赠妇》，郦炎（字文胜，范阳人）之《见志》，并以五言为诗；而蔡琰（字文姬，邕女）没于匈奴，备遭丧乱流离之惨，还国之后，作《悲愤》以写经历情形，为长五百馀字之叙事诗，语多沉痛。五言诗之进展，得此女作家，以下开建安之盛，亦至堪夸耀之事已。

七言诗之起源，旧说谓始于汉武帝时之《柏梁联句》，顾炎武已驳斥之（说详《日知录》二一）。汉初好楚声，楚歌多七字为句；如项羽之《垓下歌》，高祖之《大风歌》，苟去其"兮"字，或易"兮"字为他字，即成七言诗体；而其演变之迹，可于张衡（字平子，南阳人）之《四愁》觇之：

我所思兮在雁门，欲往从之雪纷纷，侧身北望泪沾巾。美人赠我锦绣段，何以报之青玉案。路远莫致倚增叹，何为怀忧心烦惋？

至魏文帝之《燕歌行》，则脱尽楚调，而七言诗之体格，乃纯粹独立。五七言诗之发展，盖以建安之际，为最大枢纽矣。

建安（汉献帝年号）之世，曹氏父子（武帝操字孟德，文帝丕字子桓）并好文学；而又有孔融（字文举，鲁国人）、陈琳（字孔璋，广陵人）、王粲（字仲宣，山阳人）、徐幹（字伟长，北海人）、阮瑀（字元瑜，陈留人）、应玚（字德琏，汝南人）、刘桢（字公幹，东平人），号称"建安七子"，为之辅翼；追随谈谑，饮酒赋诗，相互观摩，而专家以出。武帝英雄本色，气韵沉雄；文帝婉约风流，稍欠魄力；三曹之杰，端推陈王（曹植字子建）。七子之中，文帝独称刘桢，谓"其五言诗妙绝当时"（《魏志》注引丕《与吴质书》），后世遂以桢与陈王并称，有"曹刘"之目。实则差堪与陈王比肩者，惟一王粲。粲之《七哀诗》：

> ……出门无所见，白骨蔽平原。路有饥妇人，抱子弃草间。顾闻号泣声，挥涕独不还。"未知身死处，何能两相完！"驱马弃之去，不忍听此言。

实开杜甫一派伤乱诗之先路。次则陈琳之《饮马长城窟行》：

> 饮马长城窟，水寒伤马骨。往谓长城吏："慎莫稽留太原卒。官作自有程，举筑谐汝声。男儿宁当格斗死，何能怫郁筑长城！"长城何连连，连连三千里。边城多健少，内舍多寡妇。作书与内舍："便嫁莫留住！善事新姑嫜，时时念我故夫子！"报书往边地："君今出语一何鄙？……生男慎莫举，生女哺用脯。君独不见长城下，死人骸骨相撑拄！……"

激昂沉痛，亦为唐人新乐府导其先河。至陈王以贵公子见忌于兄（丕），远徙他乡，郁郁以死。其天才超绝，而处境不堪，发为诗歌，缠绵悱恻，其代表作如《赠白马王彪》一首，尤极千回百折，抑掩悲凉之致。五言诗至此，已渐造极登峰。钟嵘评为"骨气奇高，词彩华茂，情兼雅怨，体被文质"（《诗品》），不为溢美矣。

五言诗之极盛

龙榆生

自建安而后，宋齐以还，为五言诗之极盛时期。综厥源流，约有四变：

当魏晋易代之际，阮籍（字嗣宗，陈留尉氏人）自放于酒，猖狂忧愤，一发于五言诗。作《咏怀》八十余篇，或悼宗国将亡，权奸得志；或直抒己志，慷慨自伤（说详陈沆《诗比兴笺》）。特以"身事乱朝，常恐遇祸，因兹发咏，故每有忧生之嗟，虽事在刺讥，而文多隐避"（颜延年《咏怀诗注》）。然其悲壮热烈之抱负，固自充溢于字里行间。例如：

炎光延万里，洪川荡湍濑。弯弓挂扶桑，长剑倚天外。泰山成砥砺，黄河为裳带。视彼庄周子，荣枯何足赖？捐身弃中野，乌鸢作患害。岂若雄杰士，功名从此大？

风骨高骞，旷世无匹！元好问称其"纵横诗笔见高情，何物能浇块垒平？老阮不狂谁会得？出门一笑大江横"（《论诗绝句》）。可想其权奇磊落之韵度，又不仅"阮旨遥深"（《文心雕龙》）而已。

魏代玄学盛行，影响及于文学。刘勰所谓："正始（《魏志》：'齐王芳改元正始'）明道，诗杂仙心，何晏之徒，率多浮浅。"（《文心雕龙·明诗》）流波所被，两晋犹扇玄风，竟为说理之诗，绝少抒情之作。

所谓"太康（晋武帝年号）文学"之代表作者，"三张"（张载、张协、张亢）、"二陆"（陆机、陆云）、"两潘"（潘岳、潘尼）、"一左"（左思），为时所称，然视阮籍《咏怀》，皆望尘莫及。东晋惟刘琨（字越石，中山魏昌人）仗清刚之气，郭璞（字景纯，河东人）用俊上之才，一扫虚谈，卓然有所建树。然总论晋代诗坛，终以"理过其辞，淡乎寡味"（《诗品》）者，为占最多数矣。

晋宋之间，得一陶潜（字渊明，浔阳柴桑人），为诗家开田园一派，钟嵘《诗品》推为"古今隐逸诗人之宗"。然陶诗亦分冲淡、悲愤二种，如《读山海经》之类，大抵寄慨无端，所谓"定哀微词，庄辛隐语"（《诗比兴笺》），与嗣宗《咏怀》，同其旨趣。特影响后来最大者，厥惟田园寄兴之作耳。兹举《饮酒》一首如下：

> 结庐在人境，而无车马喧。
>
> 问君何能尔？心远地自偏。
>
> 采菊东篱下，悠然见南山。
>
> 山气日夕佳，飞鸟相与还。
>
> 此中有真意，欲辨已忘言。

后来如唐之韦应物、储光羲，宋之苏轼辈，皆心摹手追，而不能几及。信乎其高旷之怀，渺不可攀矣！

降逮宋氏，颜（延之字延年，琅琊临沂人）谢（灵运，陈郡阳夏人）腾声。钟嵘《诗品》称："元嘉（宋武帝年号）中，有谢灵运才高词盛，富艳难踪，固已含跨刘、郭，陵轹潘、左。故知陈思（曹植）为建安之杰，公幹、仲宣为辅；陆机为太康之英，安仁（潘岳）、景阳（张协）为辅；谢客为元嘉之雄，颜延年为辅；斯皆五言之冠冕，文词之命世也。"近人论诗，有元祐、元和、元嘉三关之说（沈曾植《与金蓉镜书》，见《东方杂志》所载王蘧常著《沈寐叟先生年谱》），而元嘉之代表作者为颜谢。汤惠休尝评二家诗云"谢诗如出水芙蓉，颜诗似镂金错采"；沈约亦称："灵运之兴会飙举，延年之体裁明密"（《宋书·谢灵运传论》）；然二家皆工于纂组，所谓"清水出芙蓉，天然去雕饰"者，灵运犹不足以当之。惟诗至元嘉，玄风渐歇；钟嵘所谓"老庄告退，而山水方滋"（《诗品》）；灵运实开诗界模山范水之宗；虽有时兼谈玄理，而刻画自然景象者，实占多数，此五言诗之一大变也。后来写景之作，皆不能出其范围。继灵运而起者，有鲍照（字明远）、谢惠连（灵运族弟），而照尝拟古乐府，甚遒丽，亦"善制形容写物之词"（《诗品》），杜甫所称"俊逸鲍参军"也。南齐谢朓（字玄晖，陈郡阳夏人），善为写景之诗，与灵运同称"二谢"。兹为各举一首，以见二家之风格：

从斤竹涧越岭溪行

谢灵运

猿鸣诚知曙，谷幽光未显。

岩下云方合，花上露犹泫。

逶迤傍隈隩，迢递陟陉岘。

过涧既厉急，登栈亦陵缅。

川渚屡径复，乘流玩回转。

蘋萍泛沉深，菰蒲冒清浅。

企石挹飞泉，攀林摘叶卷。

想见山阿人，薜萝若在眼。

握兰勤徒结，折麻心莫展。

情用赏为美，事昧竟谁辨？

观此遗物虑，一悟得所遣。

晚登三山还望京邑

谢朓

灞涘望长安，河阳视京县。

白日丽飞甍，参差皆可见。

馀霞散成绮，澄江静如练。

喧鸟覆春洲，杂英满芳甸。

去矣方滞淫，怀哉罢欢宴。

佳期怅何许？泪下如流霰。

有情知望乡，谁能鬒不变！

　　自汉末至此，五言诗之进展，举凡抒情、说理、田园、山水之作，无不灿然大备。迨齐梁新体诗出，而古意荡然；沈约、王融倡声病之说，遂启律诗之渐。所谓五言古体诗，乃暂消歇于宋齐之间矣。

律诗之进展

龙榆生

　　律诗一称近体诗，又称今体诗，盖与古体为对待名词；萌蘖于齐梁，而大成于唐之沈（佺期）、宋（之问）。其体严对偶，拘平仄，有一定之法式，不可或逾。有谐协之音，与整齐之美，于诗歌为一变革；而不善者为之，往往流于平板庸腐；此其得失利病之大较也。

　　世称"永明（齐武帝年号）文学"，应用四声八病之说，以制诗歌；而竟陵王子良（武帝子）实为提奖。所谓"竟陵八友"（萧衍、王融、谢朓、沈约、任昉、陆倕、范云、萧琛），多数研钻声律，而尤以沈约（字休文，吴兴武康人）、王融（字元长，琅琊临沂人）为甚。《南齐书·陆厥传》称："约等文（当时以有韵者为文，无韵者为笔）皆用宫商，以平、上、去、入为四声，以此制韵，不可增减，世呼为'永明体'。"此体之兴，据钟嵘称："王元长创其首，谢朓、沈约扬其波。三贤或贵公子孙，幼有文辨；于是士流景慕，务为精密，襞积细微，专相凌架；故使文多拘忌，伤其真美。"（《诗品》）嵘虽持反对之论，而当时风气所趋，终于造成新局。王、沈之作，虽尚不能称为后来之所谓律诗，而已规模略具；例如王融之《萧谘议西上夜集》：

　　　　　　徘徊将所爱，惜别在河梁。

> 祫袖三春隔，江山千里长。
>
> 寸心无远近，边地有风霜。
>
> 勉哉勤岁暮，敬矣事容光。
>
> 山中殊未怿，杜若空自芳。

平仄对偶，皆渐趋严谨；所异于律诗者，惟多至十句，及"失黏格"耳。

梁武帝（萧衍）虽不遵用四声（帝问周舍曰："何谓四声？"舍曰："天子圣哲是也。"），而笃好文学；其子简文帝、元帝，皆喜为轻艳之词，当时号为"宫体"；而精研律切，俨然律体之先河。如简文《折杨柳》，五言八句，其中"叶密鸟飞碍，风轻花落迟"，直律诗之佳联。嗣是何逊（字仲言，东海剡人）、吴均（字叔庠，吴兴人）、王筠（字元礼，琅琊临沂人）、柳恽、庾肩吾之徒，莫不闻风兴起，争为啴缓。逊诗尤近唐人律体。如所作《慈姥矶》：

> 暮烟起遥岸，斜日照安流。
>
> 一同心赏夕，暂解去乡忧。
>
> 野岸平沙合，连山远雾浮。
>
> 客悲不自已，江上望归舟。

几与初唐人格调无殊。齐代阴铿（字子坚），与逊齐名；杜甫所谓"颇学阴何苦用心"，可想见其句律之精警。此外如江总（字总持，济阳考城人）、张正见（字见赜，清河东武城人）、徐陵（字孝穆，东海剡人），及北周之庾信（字子山，南阳新野人，肩吾子）、王褒（字子渊，琅琊临沂人）、隋之薛道衡（字元卿，河东汾阴人）、虞世基（字茂世，会稽余姚人）等，皆为律诗进展历程中之主要人物；而以庾信为之魁；杜甫称之曰："清新庾开府"，又曰："庾信文章老更成。"结齐梁新体之局，而下开唐人律诗之盛，庾信为承先启后之诗杰矣。兹录《咏怀》一首为例：

> 萧条亭障远，凄惨风尘多。

> 关门临白狄，城影入黄河。
>
> 秋风别苏武，寒水送荆轲。
>
> 谁言气盖世？晨起帐中歌。

唐初承陈隋旧习，旋有"上官体"与"四杰体"之产生。上官仪（字游龙，陕州陕人）为诗，绮错婉媚，人多效之，谓为"上官体"。仪标"六对"之说，所谓正名对、同类对、连珠对、双声对、叠韵对、双拟对（说详《诗苑类格》，引见谢无量《中国大文学史》）；其女孙婉儿继之，对法益精，因以促成律诗之建立。王勃（字子安，绛州龙门人）、杨炯（华阴人）、卢照邻（字升之，范阳人）、骆宾王（义乌人），号"初唐四杰"，王世贞称其"词旨华丽，固缘陈隋之遗；骨气翩翩，意象老境，超然胜之，五言遂为律家正始"（《艺苑卮言》）。宾王有《在狱咏蝉》：

> 西陆蝉声唱，南冠客思深。
>
> 不堪玄鬓影，来对白头吟。
>
> 雾重飞难进，风多响易沉。
>
> 无人信高洁，谁为表予心？

兴寄遥深，属对工切。盖律诗至此，已渐臻成熟之境，风骨亦视齐梁为高矣。

追沈佺期（字云卿，相州内黄人）、宋之问（字延清，虢州弘农人）出，承沈约、庾信之馀波，"又加靡丽，回忌声病，约句准篇，如锦绣成文"（《全唐诗话》），而律诗乃正式成立。独孤及称之曰："言之而中伦，歌之而成声，缘情绮靡之功，至是始备。"沈宋之外，又辅之以杜审言（字必简，襄州襄阳人），学者宗之，而律诗遂风靡一世矣。兹举沈、宋诗各一首以示例：

古意呈补阙乔知之

沈佺期

卢家少妇郁金香，海燕双栖玳瑁梁。

九月寒砧催木叶，十年征戍忆辽阳。

白狼河北音书断，丹凤城南秋夜长。

谁谓含愁独不见？更教明月照流黄。

度大庾岭

宋之问

度岭方辞国，停轺一望家。

魂随南翥鸟，泪尽北枝花。

山雨初含霁，江云欲变霞。

但令归有日，不敢恨长沙。

诗歌之黄金时代

龙榆生

唐自太宗奠定国基，累世帝王，并崇文学，积百馀年之涵养，至开元、天宝间，篇什纷披，人才辈出。既而安（禄山）史（思明）乱作，诗人忧患饱更，愁苦呼号，作风丕变。乱前乱后，又为一大转关；而此五六十年间，遂为诗歌之黄金时代。

盛唐作者，世推王（维字摩诘，河东人）、李（白）、高（适字达夫，渤海蓨人）、岑（参，南阳人），而四家并擅乐府新词，别出机杼。李白以复古自任，而笔力变化，极于歌行。王世贞以白为七言歌行之圣，谓能"以气为主，以自然为宗，以俊逸高畅为贵，咏之使人飘飘欲仙"（《艺苑卮言》）。例如《梦游天姥吟留别》：

海客谈瀛洲，烟涛微茫信难求。越人语天姥，云霓明灭或可睹。天姥连天向天横，势拔五岳掩赤城。天台四万八千丈，对此欲倒东南倾。我欲因之梦吴越，一夜飞度镜湖月。湖月照我影，送我至剡溪。谢公宿处今尚在，绿水荡漾清猿啼。脚著谢公屐，身登青云梯。半壁见海日，空中闻天鸡。千岩万转路不定，迷花倚石忽已暝。熊咆龙吟殷岩泉，栗深林兮惊层巅。云青青兮欲雨，水澹澹兮生烟。列缺霹雳，丘峦崩摧。洞天石扉，訇然中开。青冥浩荡不见底，日月照耀金银台。霓为衣兮风为马，云之君兮纷纷而来下。虎鼓瑟兮鸾回车，仙之人兮列如麻。忽魂悸以魄动，恍惊起而长嗟。惟觉时之枕席，失向来之烟霞。世间行乐亦如此，古来万事东流水。别君去兮何时还？且放白鹿青崖间，须行即骑访名山。安能摧眉折腰事权贵，使我不得开心颜！

惝恍迷离，涉想奇幻；用笔尤超拔纵恣，不仅能见其想象力之高而已。

王维好禅静，爱山水，开唐代"自然诗人"之宗；而乐府歌词，在当时流传颇盛。死后代宗曾对其弟缙言："卿之伯氏，天宝中，诗名冠代。朕尝于诸王座闻其乐章。"其作《洛阳女儿行》时年仅十六，作《桃源行》时年仅十九，作《燕支行》时年仅二十一（并见《王右丞集》自注）。其乐府歌行，大抵皆少作。晚居辋川别业，与裴迪弹琴赋诗，歌唱自然，翛然有出世之想，作品乃与陶潜为近。

高、岑歌行，最为矫健；岑尤磊落奇俊，特工边塞之作。岑尝从封常清军，官安西，先后凡五载（参考《旧唐书·封常清传》及《许彦周诗话》）。所有绝域风光，奇闻异事，参皆身亲而目击之。故其诗亦挟塞外风沙之气，声容激壮，变化无方。例如《走马川行奉送出师西征》：

君不见，走马川行雪海边，平沙莽莽黄入天。轮台九月风夜吼，一川碎石大如斗，随风满地石乱走。匈奴草黄马正肥，金山西见烟尘飞，汉家大将西出师。将军金甲夜不脱，半夜军行戈相拨，风头如刀面如割。马毛带雪汗气蒸，五花连钱旋作冰，幕中草檄砚水凝。虏骑闻之应胆慑，料知短兵不敢接，车师西门伫献捷。

是能于李杜之外，别成风格。南宋陆游之作，受其影响甚深。

自王维栖心禅悦，寄情山水，为歌唱自然之诗；孟浩然（襄阳人)、储光羲(兖州人)继之,并以陶潜为法。沈德潜谓:"陶诗胸次浩然,其中有一段渊深朴茂不可到处。唐人祖述者,王右丞有其清腴,孟山人有其闲远,储太祝有其朴实。"(《说诗晬语》)三家皆多作五言,与高岑诸人分途发展;而维之五言绝句,如《辋川集》中诸作,尤简淡高远,不食人间烟火气,是能于诸家之外,开径独行者。特录二首如下:

木兰柴

秋山敛馀照,飞鸟逐前侣。

彩翠时分明,夕岚无处所。

栾家濑

飒飒秋雨中,浅浅石溜泻。

跳波自相溅,白鹭惊复下。

前人称维"诗中有画",信然。

唐人以绝句入乐,开元、天宝间,此风尤盛。旗亭赌唱,所歌并为绝句诗(详《碧鸡漫志》)。一时作者云兴,而李白与王昌龄(字少伯,京兆人)最为杰出。王世贞称:"七言绝句,王江陵(昌龄曾官江陵丞)与太白争胜毫厘,俱是神品。"(《艺苑卮言》)昌龄所作宫怨,尤深合风人微婉之义,饶弦外之音。例如《长信秋词》:

奉帚平明金殿开,且将团扇暂徘徊。

玉颜不及寒鸦色,犹带昭阳日影来!

深情幽怨,意旨微茫,令人测之无端,玩之无尽(《唐诗别裁集》)。王士禛以此与王维之"渭城朝雨",李白之"朝辞白帝",王之涣之"黄河远上",为唐人压卷之作。以为"终唐之世,绝句亦无出此四章之右者"(《万首绝句选凡例》)。若论寄兴深微,则三家视此,殆犹有逊色焉。

此一时期之诗歌，如上述诸家，并各有其创造精神，而自成体格。他如殷璠《河岳英灵集》所录盛唐作者，如常建、刘眘虚、张渭、王季友、陶翰、李颀、崔颢、薛据、綦毋潜、崔国辅、贺兰进明、崔曙、王湾、祖咏、卢象、李嶷、阎防之属，所谓"既闲新声，复晓古体，文质半取，风骚两挟，言气骨则建安为传，论宫商则太康不远"（《河岳英灵集论》）者，亦足窥见当时作者之盛，兹亦不暇详及云。

律诗之极盛

龙榆生

自大历以迄长庆，六七十年间，有意别辟户庭之诗家，约可分为平易与奇险二派。韩愈为后一派代表，孟郊、卢仝、李贺之属辅之；由张籍、王建，以下逮元稹、白居易，则属于前一派；分庭抗礼，并见创造精神。此外作者亦多，而创格稀见；性灵陶写，多以律诗，绝句亦甚盛行，故当补述。

《唐诗纪事》以卢纶（字允言，河中蒲人）、钱起（吴兴人）、郎士元（字君胄，中山人）、司空曙（字文初，广平人）、李端（字正己，赵郡人）、李益（字君虞，姑臧人）、苗发（晋卿子）、皇甫曾（字孝常，丹阳人）、耿沣（字洪源，河东人）、李嘉祐（字从一，赵州人）为大历十才子。《唐书·文艺传》有吉中孚（鄱阳人）、韩翃（字君平，南阳人）、崔峒、夏侯审，而无郎士元、皇甫曾、李益、李嘉祐。要之诸人在当日诗坛，皆有所自树，且多以律绝擅长者也。

钱郎最工律诗，故当时有"前有沈宋，后有钱郎"之说。李益在贞元末，与李贺齐名；每一篇成，乐工争以赂求取之，被声歌供奉天子（《碧鸡漫志》）。王世贞云："绝句李益为胜，韩翃次之。"（《艺苑卮言》）张实居论七律云："天宝以还，钱刘并鸣；中唐作者尤多，韦应物、皇甫伯仲（冉、曾）以及大历十子，接迹而起，敷词益工，而气或不逮。元和以后，律体屡变；其造意幽深，律切精密，有出常情之外；虽不足鸣大雅之林，亦可谓一倡三叹。"（《师友诗传录》）然则虽谓自大历以来，为律诗之极盛时代可也。

十子之外，刘长卿（字文房，河间人）以律诗负盛名，有"五言长城"之自负语；七律影响亦大。秦系（字公绪，会稽人）与长卿善，诗亦功力悉敌。又有释皎然（姓谢氏，长城人）、严维（字正文，山阴人）之流，作家盖多不胜举矣。录诸家代表作各一首：

送耿拾遗归上都

刘长卿

若为天畔独归秦，对水看山欲暮春。

穷海别离无限路，隔河征战几归人？

长安万里传双泪，建德千峰寄一身。

想到邮亭愁驻马，不堪西望见风尘！

山中酬杨补阙见访

钱起

日暖风恬种药时，红泉翠壁薜萝垂。

幽溪鹿过苔还静，深树云来鸟不知。

青琐同心多逸兴，春山载酒远相随。

却惭身外牵缨冕，未信尊前倒接䍦。

春思

皇甫曾

莺啼燕语报新年，马邑龙堆路几千？

家住层城邻汉苑，心随明月到胡天。

机中锦字论长恨，楼上花枝笑独眠。

为问元戎窦车骑，何时返旆勒燕然？

赠钱起秋夜宿灵台寺见寄

郎士元

石林精舍武溪东，夜扣禅扉谒远公。

月在上方诸品静，心持半偈万缘空。

苍苔古道行应遍，落木寒泉听不穷。

更忆双峰最高顶，此心期与故人同。

至德中途中书事却寄李僴

卢纶

乱离无处不伤情，况复看碑对古城？

路绕寒山人独去，月临秋水雁空惊。

颜衰重喜归乡国，身贱多惭问姓名。

今日主人还共醉，应怜世故一儒生。

在律诗盛行之际，有韦应物（京兆长安人）、柳宗元（字子厚，河东人），绍述王储，上规陶谢。钱榖谓："韦公古澹，胜于右丞，故于陶为独近。"（《砚佣说诗》）应物又兼擅歌行，为白居易所推服。居易尝云："近岁韦苏州歌行，才丽之外，颇近兴讽。其五言诗又高雅闲澹，自成一家之体。今之秉笔者，谁能及之？"（《与元九书》）其歌行如《鸢夺巢》：

野鹊野鹊巢林梢，鸱鸢恃力夺鹊巢。

吞鹊之肝啄鹊脑，窃食偷居常自保。

> 凤凰五色百鸟尊，知鸢为害何不言？
>
> 霜鹘野鹞得残肉，同啄膻腥不肯逐。
>
> 可怜百鸟纷纵横，虽有深林何处宿！

则亦与白氏新乐府同其旨归者也。宗元诗刻意学谢，代表作如《南涧中题》：

> 秋气集南涧，独游亭午时。
>
> 回风一萧瑟，林影久参差。
>
> 始至若有得，稍深遂忘疲。
>
> 羁禽响幽谷，寒藻舞沦漪。
>
> 去国魂已远，怀人泪空垂。
>
> 孤生易为感，失路少所宜。
>
> 索寞竟何事？徘徊只自知。
>
> 谁为后来者，当与此心期。

苏轼以为"忧中有乐，妙绝古今"。盖由盘郁之久，一时触发，又非大谢之所能笼罩矣。

大历后诗，宗元之外，有刘禹锡（字梦得，彭城人）。论者以为高于刘长卿（《说诗晬语》）。禹锡晚年，多与白居易唱和，时号"刘白"。其诗讽托幽远，又极注意民歌。既以王叔文党，坐贬朗州司马。蛮俗好巫，尝依骚人之旨，倚其声作《竹枝词》十馀篇，武陵溪洞间悉歌之（《全唐诗》小传）。居易相继有作，遂开后来倚声填词之风焉。为录《竹枝》二首如下：

> 山桃红花满上头，蜀江春水拍山流。
>
> 花红易散似郎意，水流无限似侬愁。
>
> 瞿塘嘈嘈十二滩，此中道路古来难。
>
> 长恨人心不如水，等闲平地起波澜！

原律诗之为体，最宜竞巧一句一字之间，雕镂风云，涂饰花草。唐人酬应之作，以此为多。而韦柳于韩白二派之外，独尚古体；禹锡又复注意民歌，以一变近体律绝之风格；亦研究唐代诗歌史者所不容忽也。

宫体诗

闻一多

宫体诗就是宫廷的，或以宫廷为中心的艳情诗。它是个有历史性的名词，所以严格地讲，宫体诗又当指以梁简文帝为太子时的东宫及陈后主、隋炀帝、唐太宗等几个宫廷为中心的艳情诗。我们该记得从梁简文帝当太子到唐太宗晏驾中间一段时期，正是谢朓已死，陈子昂未生之间一段时期。这期间没有出过一个第一流的诗人。那是一个以声律的发明与批评的勃兴为人所推重，但论到诗的本身，则为人所诟病的时期。没有第一流诗人，甚至没有任何诗人，不是一桩罪过。那只是一个消极的缺憾。但这时期却犯了一桩积极的罪。它不是一个空白，而是一个污点，就因为他们制造了些有如下面这样的宫体诗：

> 长筵广未同，上客娇难逼。还杯了不顾，回身正颜色。
>
> （高爽《咏酌酒人》）

> 众中俱不笑，座上莫相撩。（邓鉴《奉和夜听妓声》）

这里所反映的上客们的态度，便代表他们那整个宫廷内外的气氛。人人眼角里是淫荡，

> 上客徒留目，不见正横陈。（鲍泉《敬酬刘长史咏名士悦倾城》）

人人心中怀着鬼胎。

　　　　春风别有意，密处也寻香。（李义府《堂词》）

对姬妾娼妓如此，对自己的结发妻亦然（刘孝威《都县寓见人织率尔赠妇》便是一例）。于是发妻也就成了倡家。徐悱写得出《对房前桃树咏佳期赠内》那样一首诗，他的夫人刘令娴为什么不可以写一首《光宅寺》来赛过他？索性大家都揭开了：

　　　　知君亦荡子，贱妾自倡家。（吴均《鼓瑟曲有所思》）

因为也许她明白她自己的秘诀是什么。

　　　　自知心所爱，出入仕秦宫。谁言连屈尹，更是莫遨通？

　　　　　　　　　　　　　　　　　　（简文帝《艳歌篇》十八韵）

简文帝对此并不诧异，说不定这对他，正是件称心的消息。堕落是没有止境的。从一种变态到另一种变态往往是个极短的距离，所以现在像简文帝《娈童》，吴均《咏少年》，刘孝绰《咏小儿采莲》，刘遵《繁华应令》，以及陆厥《中山王孺子妾歌》一类作品，也不足令人惊奇了。变态的又一类型是以物代人为求满足的对象。于是绣领、袆腹、履、枕、席、卧具……全有了生命，而成为被沾污者。推而广之，以至灯烛、玉阶、梁尘，也莫不踊跃的助他们集中意念到那个荒唐的焦点，不用说，有机生物如花草莺蝶等更都是可人的同情者。

　　　　罗荐已擘鸳鸯被，绮衣复有葡萄带。残红艳粉映帘中，戏蝶流莺聚窗外。（上官仪《八咏应制》）

看看以上的情形，我们真要疑心，那是作诗，还是在一种伪装下的无耻中求满足。在那种情形之下，你怎能希望有好诗！所以常常是那套褪色的陈词滥调，诗的本身并不能比题目给人以更深的印象。实在有时他们真不像是在作诗，而只是制题。这都是惨淡经营的结果：《咏人聘妾仍逐琴心》（伏知道），《为寒床妇赠夫》（王胄）。特别是后一例，尽有"闺情""秋思""寄远"一类的题面可用，然而作者偏要标出这样五个字来，不知是何居心。如果初期作者常用的"古意""拟古"一类暧昧的题面，是一种遮羞的手法，那么现在这些人是根本没有羞耻了！这由意识到文词，由文词到标题，逐步的鲜明化，是否要算作一种文字的裸裸狂，我不知道。反正赞叹事实的"诗"变成了标明事类的"题"之附庸，这趋势去《游仙窟》一流作品，以记事文为主，以诗副之的形式，已很近了。形式很近，内容又何尝远？《游仙窟》正是宫体诗必然的下场。

我还得补充一下宫体诗在它那中途丢掉的一个自新的机会。这专以在昏淫的沉迷中作践文字为务的宫体诗，本是衰老的，贫血的南朝宫廷生活的产物，只有北方那些新兴民族的热与力才能拯救它。因此我们不能不庆幸庾信等之入周与被留，因为只有这样，宫体诗才能更稳固的移殖在北方，而得到它所需要的营养。果然被留后的庾信的《乌夜啼》《春别诗》等篇，比从前在老家作的同类作品，气色强多了。移殖后的第二三代本应不成问题。谁知那些北人骨子里和南人一样，也是脆弱的，禁不起南方那美丽的毒素的引诱，他们马上又屈服了。除薛道衡《昔昔盐》《人日思归》，隋炀帝《春江花月夜》三两首诗外，他们没有表现过一点抵抗力。炀帝晚年可算热忱的效忠于南方文化了。文艺的唐太宗，出人意料之外，比炀帝还要热忱。于是庾信的北渡完全白费了。宫体诗在唐初，依然是简文帝时那没筋骨、没心肝的宫体诗。不同的只是现在词藻来得更细致，声调更流利，整个的外表显得更乖巧，更酥软罢了。说唐初宫体诗的内容和简文时完全一样，也不对。因为除了搬出那僵尸"横陈"二字外，他们在诗里也并没有讲出什么，这又教人疑心这辈子人已失去了积极犯罪的心情。恐怕只是词藻和声调的试验给他们羁縻着一点作这种诗的兴趣（词藻声调与宫体有着先天与历史的联系）。宫体诗在当时可说是一种不自主的，虚伪的存在。原来从虞世南到上官仪是连堕落的诚意都没有了。此真所谓"萎靡不振"！

但是堕落毕竟到了尽头，转机也来了。

在窒息的阴霾中，四面是细弱的虫吟，虚空而疲倦，忽然一声霹雳，接着的是狂风暴雨！虫吟听不见了，这样便是卢照邻《长安古意》的出现。这首诗在当时的成功不是偶然的。放开了粗豪而圆润的嗓子，他这样开始：

长安大道连狭斜，青牛白马七香车，玉辇纵横过主第，金鞭络绎向侯家！龙衔宝盖承朝日，凤吐流苏带晚霞，百丈游丝争绕树，一群娇鸟共啼花。……

这生龙活虎般腾踔的节奏，首先已够教人们如大梦初醒而心花怒放了。然后如云的车骑，载着长安中各色人物panorama式的一幕幕出现，通过"五剧三条"的"弱柳青槐"来"共宿娼家桃李蹊"。诚然这不是一场美丽的热闹。但这颠狂中有战栗，堕落中有灵性。

得成比目何辞死，愿作鸳鸯不羡仙。

比起以前那光是病态的无耻，

相看气息望君怜，谁能含羞不肯前！（简文帝《乌栖曲》）

如今这是什么气魄！对于时人那虚弱的感情，这真有起死回生的力量。最后，

节物风光不相待，桑田碧海须臾改。昔时金阶白玉堂，即今唯见青松在！

似有"劝百讽一"之嫌。对了，讽刺，宫体诗中讲讽刺，多么生疏的一个消息！我几乎要问《长安古意》究竟能否算宫体诗。从前我们所知道的宫体诗，自萧氏君臣以下都是作者自身下流意识的口供，那些作者只在诗里。这回卢照邻却是在诗里，又在诗外，因此他能让人人

以一个清醒的旁观的自我，来给另一自我一声警告。这两种态度相差多远！

　　寂寂寥寥杨子居，年年岁岁一床书。独有南山桂花发，飞来飞去袭人裾。这篇末四句有点突兀，在诗的结构上既嫌蛇足，而且这样说话，也不免暴露了自己态度的褊狭，因而在本篇里似乎有些反作用之嫌。可是对于人性的清醒方面，这四句究不失为一个保障与安慰。一点点艺术的失败，并不妨碍《长安古意》在思想上的成功。他是宫体诗中一个破天荒的大转变。一手挽住衰老了的颓废，教给他如何回到健全的欲望，一手又指给他欲望的幻灭。这诗中善与恶都是积极的，所以二者似相反而相成。我敢说《长安古意》的恶的方面比善的方面还有用。不要问卢照邻如何成功，只看庾信是如何失败的。欲望本身不是什么坏东西。如果它走入了歧途，只有疏导一法可以挽救，壅塞是无效的。庾信对于宫体诗的态度，是一味的矫正，他仿佛是要以非宫体代宫体。反之，卢照邻只要以更有力的宫体诗救宫体诗，他所争的是有力没有力，不是宫体不宫体。甚至你说他的方法是以毒攻毒也行，反正他是胜利了。有效的方法不就是对的方法吗？

　　矛盾就是人性，诗人作诗本不必对自己的行为负责。原来《长安古意》的"年年岁岁一床书"，只是一句诗而已，即令作诗时事实如此，大概不久以后，情形就完全变了，骆宾王的《艳情代郭氏答卢照邻》便是铁证。故事是这样的：照邻在蜀中有一个情妇郭氏，正当她有孕时，照邻因事要回洛阳去，临行相约不久回来正式成婚。谁知他一去两年不返，而且在三川有了新人。这里她望他的音信既望不到，孩子也丢了。"悲鸣五里无人问，肠断三声谁为续！"除了骆宾王给寄首诗去替她申一回冤，这悲剧又能有什么更适合的收场呢？一个生成哀艳的传奇故事，可惜骆宾王没赶上蒋防、李公佐的时代。我的意思是：故事最适宜于小说，而作者手头却只有一个诗的形式可供采用。这试验也未尝不可作，然而他偏偏又忘记了《孔雀东南飞》的典型。凭一支作判词的笔锋（这是他的当行），他只草就了一封韵语的书札而已。然而是试验，就值得钦佩。骆宾王的失败，不比李百药的成功有价值吗？他至少也替《秦妇吟》垫过路。

这以"一抔之土未干，六尺之孤何托"，教历史上第一位英威的女性破胆的文士，天生一副侠骨，专喜欢管闲事，打抱不平，杀人报仇，革命，帮痴心女子打负心汉，都是他干的。《代女道士王灵妃赠道士李荣》里没讲出具体的故事来，但我们猜得到一半，还不是卢郭公案那一类的纠葛？李荣是个有才名道士（见《旧唐书·儒学·罗道琮传》，卢照邻也有过诗给他）。故事还是发生在蜀中，李荣往长安去了，也是许久不回来。王灵妃急了，又该骆宾王给去信促驾了。不过这回的信却写得比较像首诗。其所以然，倒不在

梅花如雪柳如丝，年去年来不自持。初言别在寒偏在，何悟春来春更思。

一类响亮句子，而是那一气到底而又缠绵往复的旋律之中，有着欣欣向荣的情绪。《代女道士王灵妃赠道士李荣》的成功，仅次于《长安古意》。

和卢照邻一样，骆宾王的成功，有不少成分是仗着他那篇幅的。上文所举过的二人的作品，都是宫体诗中的云冈造像，而宾王尤其好大成癖（这可以他那以赋为诗的《帝京篇》《畴昔篇》为证）。从五言四句的《自君之出矣》，扩充到卢骆二人洋洋洒洒的巨篇，这也是宫体诗的一个剧变。仅仅篇幅大，没有什么，要紧的是背面有厚积的力量撑持着。这力量，前人谓之"气势"，其实就是感情。有真实感情，所以卢骆的来到，能使人们麻痹了百余年的心灵复活。有感情，所以卢骆的作品，正如杜甫所预言的，"不废江河万古流"。

从来没有暴风雨能够持久的。果然持久了，我们也吃不消，所以我们要它适可而止。因为，它究竟只是一个手段，打破郁闷烦躁的手段，也只是一个过程，达到雨过天晴的过程。手段的作用是有时效的，过程的时间也不宜太长，所以在宫体诗的园地上，我们很侥幸的碰见了卢骆，可也很愿意能早点离开他们——为的是好和刘希夷会面。

　　古来容光人所美，况复今日遥相见？愿作轻罗着细腰，愿为明镜分娇面。（《公子行》）

这不是什么十分华贵的修词，在刘希夷也不算最高的造诣。但在宫体诗里，我们还没听见过这类的痴情话。我们也知道他的来源是《同声诗》和《闲情赋》。但我们要记得，这类越过齐梁，直向汉晋人借贷灵感，在将近百年以来的宫体诗里也很少人干过呢！

　　与君相向转相亲，与君双栖共一身。愿作贞松千岁古，谁论芳槿一朝新！百年同谢西山日，千秋万古北邙尘。（《公子行》）

这连同它的前身——杨方《合欢》诗，也不过是常态的、健康的爱情中，极平凡、极自然的思念，谁知道在宫体诗中也成为了不得的稀世的珍宝。回返常态确乎是刘希夷的一个主要特质，孙翌编《正声集》时把刘希夷列在卷首，便已看出这一点来了。看他即便哀艳到如：

　　自怜妖艳姿，妆成独见时。愁心伴杨柳，春尽乱如丝。（《春女行》）

　　携笼长叹息，逶迤恋春色。看花若有情，倚树疑无力。薄暮思悠悠，使君南陌头。相逢不相识，归去梦青楼。（《采桑》）

也从没有不归于正的时候。感情返到正常状态是宫体诗的又一重大阶段。唯其如此，所以烦躁与紧张都消失了。只剩下一片晶莹的宁静。就在此刻，恋人才变成诗人，憬悟到万象的和谐，与那一水一石一草一木的神秘的不可抵抗的美，而不禁受创似的哀叫出来：

可怜杨柳伤心树！可怜桃李断肠花！（《公子行》）

但正当他们叫着"伤心树""断肠花"时，他已从美的暂促性中认识了那玄学家所谓的"永恒"——一个最缥缈，又最实在，令人惊喜，又令人震怖的存在，在它面前一切都变渺小了，一切都没有了。自然认识了那无上的智慧，就在那彻悟的一刹那间，恋人也就是变成哲人了，

洛阳城东桃李花，飞来飞去落谁家？洛阳女儿好颜色，坐见落花长叹息：——今年花落颜色改，明年花开复谁在！……古人无复洛城东，今人还对落花风。年年岁岁花相似，岁岁年年人不同。（《代白头翁》）

相传刘希夷吟到"今年花落……"二句时，吃一惊，吟到"年年岁岁……"二句，又吃一惊。后来诗被宋之问看到，硬要让给他，诗人不肯，就生生的被宋之问给用土囊压死了。于是诗谶就算验了。编故事的人的意思，自然是说，刘希夷泄露了天机，论理该遭天谴。这是中国式的文艺批评，隽永而正确，我们在千载之下，不能，也不必改动它半点。不过我们可以用现代语替它诠释一遍，所谓泄露天机者，便是悟到宇宙意识之谓。从蜣螂转丸式的宫体诗一跃而到庄严的宇宙意识，这可太远了，太惊人了！这时的刘希夷实已跨近了张若虚半步，而离绝顶不远了。

如果刘希夷是卢骆的狂风暴雨后宁静爽朗的黄昏，张若虚便是风雨后更宁静更爽朗的月夜。《春江花月夜》本用不着介绍，但我们还是忍不住要谈谈。就宫体诗发展的观点看，这首诗尤有大谈的必要。

春江潮水连海平，海上明月共潮生。滟滟随波千万里，何处春江无月明！江流宛转绕芳甸，月照花林皆似霰。空里流霜不觉飞，汀上白沙看不见。

在这种诗面前，一切的赞叹是饶舌，几乎是渎亵。它超过了一切的宫体诗有多少路程的距离，读者们自己也知道。我认为用得着一点诠明的倒是下面这几句：

……江畔何人初见月？江月何年初照人？人生代代无穷已，江月年年只相似。不知江月待何人，但见长江送流水！

更敻绝的宇宙意识！一个更深沉，更寥廓，更宁静的境界！在神奇的永恒前面，作者只有错愕，没有憧憬，没有悲伤。从前卢照邻指点出"昔时金阶白玉堂，即今唯见青松在"时，或另一个初唐诗人——寒山子更尖酸的吟着"未必长如此，芙蓉不耐寒"时，那都是站在本体旁边凌视现实。那态度我以为太冷酷，太傲慢，或者如果你愿意，也可以带点狐假虎威的神气。在相反的方向，刘希夷又一味凝视着"以有涯随无涯"的徒劳，而徒劳的为它哀毁着，那又未免太萎靡，太怯懦了。只张若虚这态度不亢不卑、冲融和易才是最纯正的。"有限"和"无限"，"有情"与"无情"——诗人与"永恒"猝然相遇，一见如故，于是谈开了——"江畔何人初见月？江月何年初照人？……江月年年只相似，不知江月待何人？"对每一问题，他得到的仿佛是一个更神秘的更渊默的微笑，他更迷惘了，然而也满足了。于是他又把自己的秘密倾吐给那缄默的对方：

白云一片去悠悠，青枫浦上不胜愁。

因为他想到她了，那"妆镜台"边的"离人"。他分明听见她的叹喟：

此时相望不相闻，愿逐月华流照君！

他说自己很懊悔，这飘荡的生涯究竟到几时为止！

昨夜闲潭梦落花，可怜春半不还家，——江水流春去欲尽，江潭落月复西斜！

他在怅惘中，忽然记起飘荡的许不只他一人，对此清景，大概旁人也只得徒唤奈何吧？

斜月沉沉藏海雾，碣石潇湘无限路，不知乘月几人归，落月摇情满江树！

这里一番神秘而又亲切的，如梦境的晤谈，有的是强烈的宇宙意识，被宇宙意识升华过的纯洁的爱情，又由爱情辐射出来的同情心，这是诗中的诗，顶峰上的顶峰。从这边回头一望，连刘希夷都是过程了，不用说卢照邻和他配角骆宾王，更是过程的过程。至于那一百年间梁陈隋唐四代宫廷所遗下了那分最黑暗的罪孽，有了《春江花月夜》这样一首宫体诗，不也就洗净了吗？向前替宫体诗赎清了百年的罪，因此，向后也就和另一个顶峰陈子昂分工合作，清除了盛唐的路——张若虚的功绩是无从估计的。

宋诗之转变

龙榆生

世言宋诗，大抵以元祐诸贤为矩则；其脱离唐诗面目，而自成体格者，亦极其致于苏黄二家。南宋国势衰微，人怀悲愤，激昂蹈厉之音作，而向之以才智、学问、议论为诗，尽情驰骋者，其风稍杀矣。

陈与义生于北宋末造，南渡后，避乱襄汉，转湖湘，逾岭峤，而诗格大变。刘克庄称："元祐后，诗人迭起，不出苏黄二体。及简斋（与义别号）始以老杜为师。建炎间，避地湖峤，行万里路，诗益奇壮，造次不忘忧爱。以简严扫繁缛，以雄浑代尖巧，第其品格，当在诸家之上。"
（《后村诗话》）其诗如《伤春》：

庙堂无策可平戎，坐使甘泉照夕烽！初怪上都闻战马，岂知穷海看飞龙。孤臣白发三千丈，每岁烟花一万重。稍喜长沙向延阁，疲兵敢犯犬羊锋。

又如《牡丹》：

一自边尘入汉关，十年伊洛路漫漫。青墩溪畔龙钟客，独立东风看牡丹！

皆所谓"感时抚事，慷慨激越，寄托遥深，乃往往突过古人"（《四库提要》）者也。

南宋偏安局定之后，诗人有尤袤（字延之，无锡人）、杨万里（字廷秀，号诚斋，吉州吉水人）、范成大（字致能，自号石湖居士，吴郡人）、陆游（字务观，号放翁，越州山阴人），合称"尤杨范陆"，为南宋四家；或有萧德藻（字东夫，号千岩老人）而无尤袤；然二人诗集皆不传，所可称述者，惟杨、范、陆三家耳。

游诗法传自曾几（字吉甫，号茶山，赣县人），几诗以杜甫、黄庭坚为宗。赵庚夫题《茶山集》云："咄咄逼人门弟子，剑南已见一灯传。"（《诗人玉屑》）可想见陆诗渊源所自。陆诗迈绝时流处，即在其忧国之壮烈抱负，充分表现于字里行间；其富于爱国心，亦受几之感化。尝跋几奏议稿云："无三日不进见，见必闻忧国之言。"赵翼称游"以一筹莫展之身，存一饭不忘之谊，举凡边关风景，敌国传闻，悉入于诗。或大声疾呼，或长言永叹，命意既有关系，出语自觉沉雄"（《瓯北诗话》）。陆诗成就之惊人，盖受多方面之影响；其歌行又往往与岑参相近。且居蜀日久，恒出入军中；故其诗激壮悲凉，足以作懦夫之气；近体律绝，皆充满热情，而七绝尤工。兹录二首以示例：

建安遣兴

绿沉金镞少年狂，几过秋风古战场。

梦里浑忘闽峤远，万人鼓吹入平凉。

示儿

死去元知万事空，但悲不见九州同。

王师北定中原日，家祭毋忘告乃翁。

成大在四家内，官位最高。尝充四川制置使。陆游入蜀，曾往依之。晚年退隐苏州之石湖。词人姜夔（字尧章，鄱阳人）亦受礼遇。其诗初学李贺、王建，颇有关涉社会问题之作，如《催租行》《缫丝行》《后催租

行》等篇是。其《催租行》之末段：

> 床头悭囊大如拳，扑破正有三百钱。不堪与君成一醉，聊复偿君草鞋费。

足见当时官吏欺侮百姓情形。迨退隐石湖，始专为田园诗，而自成风格。尝作《四时田园杂兴》六十首，描写农村风味，颇能体贴入微。例如《夏日田园杂兴》：

> 梅子金黄杏子肥，麦花雪白菜花稀。日长篱落无人过，惟有蜻蜓蛱蝶飞。

> 昼出耘田夜绩麻，村庄儿女各当家。童孙未解供耕织，也傍桑阴学种瓜。

杨万里尝称其诗云：“大篇决流，短章敛芒，缛而不酿，缩而不僭；清新妩丽，奄有鲍谢；奔逸俊伟，穷追太白。”（《石湖全集序》），殆非溢美之辞也。

万里立朝多大节，然特以诗名。方回称其“一官一集，每集必变一格”（《瀛奎律髓》）。其自作《荆溪集序》云：“予之诗始学江西诸君子，既又学后山（陈师道）五字律，既又学半山老人七字绝句，晚乃学绝句于唐人。”又云：“于是辞谢唐人及王、陈、江西诸君子，皆不敢学，而后欣如也。”终乃“万象毕来，献予诗材，盖麾之不去，前者未仇，而后者已迫，涣然未觉作诗之难也”。万里经几许训练，乃欣然有得，而一任自然，其成功仍以七绝为最大；出语浅白，而折叠赴之，令人玩味无穷。例如：

夜坐

> 绣帘无力护东风，烛影何曾正当红。
>
> 兽炭薰炉犹道冷，梅花不易立霜中。

明发房溪

山路婷婷小树梅，为谁零落为谁开？

多情也恨无人赏，故遣低枝拂面来。

万里晚年，最喜称道刘（禹锡）白（居易），宜其力求浅白，而颇接近民歌也。

南宋诗人，除上述三家之外，能卓然自树者，实不多觏。后起有"永嘉四灵"，其人为徐照（字道晖，一字灵晖）、徐玑（字灵渊）、翁卷（字灵舒）、赵师秀（字紫芝，号灵秀），皆永嘉人，工为唐律，专以贾岛、姚合为法。《四库提要》称："四灵之诗，虽镂心钵肾，刻意雕琢；而取径太狭，终不免破碎尖酸之病。"（《芳兰轩集提要》）其不足跻于诸大家之列可知。

江湖派继"四灵"而起，其间作者，除姜夔、刘克庄（字潜夫，莆田人）、戴复古（字式之，天台黄岩人）、方岳（字巨山，号秋崖，新安祁门人）四家外，类皆不足称述。所谓"江湖派"者，以钱塘书肆陈起（字宗之）能诗，凡江湖诗人，俱与之善，刊《江湖集》以售（《瀛奎律髓》），所录凡六十二家；而姜夔、洪迈皆孝宗时人，不应与诸家并列。此派之不为人重视，从可知矣。

明诗的衰敝

龙榆生

明诗专尚摹拟，鲜能自立。一代文人之才力，趋新者争向散曲方面发展；守旧者则互相标榜，高谈复古以自鸣高；转致汩没性灵，束缚才思；末流竞相剽窃，丧其自我。明诗喜言盛唐，乃不免化神奇为臭腐；又多立门户，以相攻击；作者虽多，要为诗歌史上之一大厄运已！

明初作者，以刘基（字伯温，青田人）、高启（字季迪，长洲人）最为杰出。王世贞谓："才情之美，无过季迪；声气之雄，次及伯温。"（《艺苑卮言》）基，振奇人也，为诗独标高格，极见抱负，而尤工乐府。例如《走马引》：

天冥冥，云濛濛，当天白日中贯虹。壮士拔剑出门去，手提仇头掷草中。掷草中，血潋潋，追兵夜至深谷伏。精神感天天心哀，太乙乃遣天马从天来，挥霍雷电扬风埃。壮士呼，天马驰，横行白昼，吏不敢窥。戴天之耻自古有必报，天地亦与相扶持。夫差徒能不忘而报越，栖于会稽又纵之。始知壮士独无愧，鲁庄何以为人为？

永乐（成祖）以来，有所谓"台阁体"者，以"三杨"（杨士奇、杨荣、杨溥）为主，雍容平易，有承平之风。迨"弘正（孝宗年号弘治，武宗年号正德）四杰"（李梦阳、何景明、边贡、徐祯卿）起，言诗必盛唐，而风气为之一变。何（字仲默，信阳人）、李（字天赐，更字献吉，庆阳人）最负重名，力倡复古；而李东阳（字宾之，号西涯，茶陵人）实为先导。嘉靖（世宗）间，李攀龙（字于鳞，历城人）、王世贞（字元美，自号弇州山人，太仓人）出，复奉以为宗；天下推"李、何、王、李为四大家，莫不争效其体。梦阳欲使天下毋读唐以后书"（《四库·空同集提要》），景明则深崇"初唐四杰"之格。王士祯云："接迹风人《明月篇》，何郎妙悟本从天。王杨卢骆当时体，莫逐刀圭误后贤。"（《论诗绝句》）则对景明亦致不满也。

明诗有前后"七子"之目，"后七子"以攀龙为冠，世贞从而和之；攀龙先逝，而世贞名位日高，声气日广，执诗坛之牛耳者，垂二十年。袁宏道兄弟，尝以"赝古"诋攀龙。世贞持论，亦主诗必盛唐，而藻饰太甚，攻者四起；然其对于各种文艺，并善批评，所著《艺苑卮言》，亦文学批评中之要籍也。

谢榛（字茂秦，临清人）名稍亚于王李，特以五言近体，独步于"后七子"间。尝与王李结社燕市，其论诗宗旨，亦略相同。

明人摹拟之习，至"公安三袁"（宗道字伯修，宏道字无学，中道字小修）出，始渐革除。宗道始与南充黄辉，力排王李之说，论诗于唐好白居易，于宋好苏轼。其弟宏道、中道，益矫以清新轻俊；学者多舍王李而从之，目为"公安体"（参考谢无量《中国大文学史》）。其所持宗旨，谓："唐自有古诗，不必《选》体；中晚皆有诗，不必初盛；欧、苏、黄、陈各有诗，不必唐人。唐诗色泽鲜妍，如旦晚脱笔砚者；今诗才脱笔砚，已是陈言；岂非流自性灵，与出自剽拟所从来异乎？"（《静志居诗话》引）凡此，皆深中明代诸家之病，宜"一时闻者涣然神悟，若良药之解散，而沉疴之去体也"（朱彝尊说）。其诗虽间出以俳谐调笑，又杂俚言，而生气充溢行间，信明代诗坛之一大解放已！

　　三袁之后，复有钟（惺字伯敬，竟陵人）、谭（元春字友夏，竟陵人）合选《古诗归》《唐诗归》二书，学者靡然从之，谓之"竟陵体"。其诗务为幽深孤峭；朱彝尊斥其"著一字务求之幽晦，构一题必期于不通"（《静志居诗话》），且以"妖孽"目之，未免贬抑过甚。然明诗至此复坏，而国亦旋亡矣。

清诗之复盛

龙榆生

　　清虽以异族入据中原，而对于汉族文化，接受甚早，濡染亦深。康熙（圣祖）帝天纵多才，耀兵塞外，既定西藏，平台湾，宇内晏然，国威大震，太平之业，绵亘二百数十年。直至洪（秀全）杨（秀清）变兴，始见兵革。中间休养生息，文人才士，得以致力于学术文艺，其惊人之发展，几欲超迈汉唐；即就诗歌而言，亦远胜元、明两代。清诗虽亦规抚唐宋，而诸大家各能自出心裁，特具风格，非如明人之以"赝古"欺人也。

　　清初作者，大抵皆明季遗民。钱谦益（字受之，号牧斋，虞山人）、吴伟业（字骏公，号梅村，太仓人）与龚鼎孳（字孝升，号芝麓，合肥人）称"江左三家"，而鼎孳不逮钱、吴远甚。谦益诗出入李、杜、韩、白、苏、陆、元、虞之间，才力富健，一时罕与抗手。伟业对于"歌行一体，尤所擅长；格律本乎四杰，而情韵为深；叙述类乎香山，而风华为胜"（《四库·梅村集提要》）。盖伟业身当"鼎革"之际，"遭逢丧乱，阅历兴亡"，故所作"激楚苍凉，风骨弥为遒上"。且诗中关涉明季史事者，尤指不胜屈，长歌当哭，聊以写哀。伟业自言："吾诗虽不足以传远，而是中之寄托良苦。"（陈廷敬《吴梅村先生墓表》）篇篇言之有物，故不觉其感怆淋漓；例如《圆圆曲》之"妻子岂应关大计？英雄无奈

是多情；全家白骨成灰土，一代红妆照汗青"，可当"诗史"之目矣。

康熙盛时，有宋琬（字玉叔，号荔裳，山东莱阳人）、施闰章（字尚白，号愚山，安徽宣城人），号称"南施北宋"，而王士禛（字贻上，号阮亭，又号渔洋山人，山东新城人）实为骚坛盟主。"士禛谈诗，大抵源出严羽，以神韵为宗"（《渔洋精华录提要》）。其《论诗绝句》三十首，品评曹丕以下诸家诗，其第二十九首云："曾听巴渝里社词，三闾哀怨此中遗。诗情合在空舲峡，冷雁哀猿和《竹枝》。"可见其平生宗旨所在。闰章尝语士禛门人洪昇曰："尔师诗如华严楼阁，弹指即见；吾诗如作室者，瓴甓木石，一一就平地筑起。"（《居易录》）士禛专主神韵，故以七绝为最工。例如《冶春绝句》：

三月韶光画不成，寻春步屧可怜生。青芜不见隋宫殿，一种垂杨万古情。

当年铁炮压城开，折戟沉沙长野苔。梅花岭畔青青草，闲送游人骑马回。

真所谓"朱弦疏越，有一唱三叹之音"，开后来法门不少。

朱彝尊（字锡鬯，号竹垞，浙江秀水人）为诗兼工众体，或与士禛并称。赵执信谓："王之才高，而学足以副之；朱之学博，而才足以运之。"及论其失，则曰："朱贪多，王爱好。"（《谈龙录》）二家之外，以查慎行（字悔馀，号初白，浙江海宁人）为最著。查诗渊源，大抵得诸苏轼为多；清诗风气，亦渐由宗唐，转而学宋矣。黄宗羲比其诗于陆游；王士禛则谓："奇创之才，慎行逊游；绵至之思，游逊慎行。"（《敬业堂集序》）此特就其律诗言之耳。

乾隆（高宗）、嘉庆（仁宗）间，袁枚（字子才，号简斋，钱塘人）、蒋士铨（字心馀，号清容，江西铅山人）、赵翼（字云松，号瓯北，江苏阳湖人）号三大家。翼善论诗，有《瓯北诗话》，言多精辟。士铨以作传奇负盛誉，诗词皆不见特佳。枚诗主性灵，影响最大。尝谓："凡诗之传者，都是性灵，不关堆垛。"（《随园诗话》）又力破"温柔敦厚"之说，谓此"不过诗教之一端"（《再答李少鹤》）；颇能不囿于陈言，卓然有所自树。是时论诗者，沈德潜（字确士，号归愚，长洲人）举唐诗为指归，厉鹗（字太鸿，号樊榭，钱塘人）树宋诗为标准；诗家唐宋之界，又起纷争。枚则主"诗有工拙而无今古"，谓："诗者人之性情，唐、宋者，帝王之国号；人之性情，岂因国号而转移哉？"（《随园诗话》）持论并极通达。特其诗有时流于谐谑，不无轻佻之病，致为时人所诟病耳。

是时诗人尚有黄景仁（字仲则，武进人）、张问陶（号船山，遂宁人）、舒位（号铁云，大兴人）等。景仁《两当轩诗》，才气豪放似太白，近乃大行于世。然乾嘉之际，成就最大者，当推厉鹗。鹗五言融合陶、谢、韦、柳之长，近体从陈与义变化出之，尤工绝句；例如《虎丘送春》：

塔回廊回燕燕飞，送春人去恋斜晖。似嫌荦确侵罗袜，却要残红作地衣。

清诗至乾嘉而臻于极盛，作者多不胜举；或规唐体，或尚宋贤。道光间，龚自珍（字璱人，号定盦，仁和人）为诗特奇丽，自成一格，近人多效之。迨咸丰兵起，诗风为之一变，无复雍雍盛世之音矣。

下 篇

中国古典诗歌名家名作解析

诗经的性欲观

闻一多

孔子说："《关雎》乐而不淫，哀而不伤。"《关雎》一诗诚然当得起这八个字的批评。但是淮南王安把孔子的意思扩充了，说"国风好色而不淫，小雅怨诽而不乱"，那就有点言过其实了。（太史公评《离骚》亦有此语，其实他是借用淮南王安的）清人江永、崔适大概看着国风淫得太不成话，于是根本的怀疑孔子未曾删《诗》。江氏说："孔子未尝删《诗》，《诗》亦自有淫声。"崔氏说："孔子曰'郑声淫'，是郑多淫诗也。"前辈读《诗》，总还免不掉那传统的习气，曲解的地方定然很多，却已经觉得《诗经》云淫是不可讳言的了。现在我们用完全赤裸的眼光来查验《诗经》，结果简直可以说"好色而淫"，淫得厉害！

当然讲《诗经》淫，并不是骂《诗经》。尤其从我们眼睛里看着《诗经》淫，应当一点也不奇怪。我们在什么时代？《诗经》的作者在什么时代？如果从我们眼睛里看不出《诗经》的淫，不是我们的思想有毛病，便是《诗经》有毛病。譬如让张竞生和免耻会的太太小姐们来读《诗经》，当然《诗经》还不够淫的。可是让我们一般平淡无奇的二十世纪的人（特别是中国人）来读这一部原始的文学，应该处处觉得那些劳人思妇的情绪

之粗犷，表现之赤裸！处处觉得他们想的，我们决不敢想，他们讲的，我们决不敢讲。我们要读出这样一部《诗经》来，才不失那原始文学的真面目。若不是这样，关于《诗经》便要发生两大问题了。（一）性欲的本能抑制得那样到家，那产生《诗经》的时代，在人类进化史中，不是一件大怪事吗？（二）即便《诗经》的时代没有毛病，《诗经》的本身也要发生疑问了，换言之，这三百〇五篇诗，不知道又是谁造出来的赝鼎。《诗经》时代的生活，我们既知道，没有脱尽原始人的蜕壳，而《诗经》本身，又不好说是赝品，那么，用研究性欲的方法来研究《诗经》，自然最能了解《诗经》的真相。其实也用不着十分的研究，你打开《诗经》来，只要你肯开诚布公读去，他就在那里。自古以来苦的是开诚布公的人太少，所以总不能读到那真正的《诗经》。

《诗经》表现性欲的方式，可分五种。（一）明言性交，（二）隐喻性交，（三）暗示性交，（四）联想性交，（五）象征性交。明言用不着解释。隐喻和暗示的分别，前者是说了性交，但是用譬喻的方法说出的，后者是只说性交前后的情形，或其背影，不说性交，让读者自己去想象。联想又有点不同，是无意的说到和性交有关系的事物，读者不由得要联想到性交一类的事。象征的说到性交，简直是出于潜意识的主动，和无意识的又不同了。当然一首诗可以包括几种的表现方法，又有介乎两种之间的表现方法，所以极端严格的分野，是不可能的。

一

　　喓喓草虫，趯趯阜螽。未见君子，忧心忡忡。亦既见止，亦既觏止，我心则降！……

这讲得如何的痛快，如何的大方！可是那所讲的是什么？《郑笺》释"觏"字，引《易》曰："男女觏精，万物化生。"古代婚礼，主人

（即新郎）和新妇先要用过"同牢之馔"，然后有人"御衽席于奥"，然后"主人入，亲脱妇缨，烛出……"这诗里"亦既觏止"便指同牢时的相见。有人又释觏为见，同牢时既然见了，再讲见，岂不重复了吗？其实她的愿望，不是空空见一见，就够了；她必待"亦既觏止"，然后她那像阜螽趯趯跳着的心，才"则降""则说""则夷"了。《仪礼》乡饮酒，射燕诸礼都要奏二南的六诗，召南的三篇是《鹊巢》《采蘩》《采蘋》，偏偏把中间的《草虫》抽掉了。惠栋解释这理由是："始见君子之事，昏礼所谓主人揖妇以入，御衽席于奥之时也。始曰我心降，再曰我心说，又曰我心夷，其言近乎亵矣。"《诗序》偏说是"能以礼自防"。不知道那不能以礼自防的，还要亵到什么程度！

孔子说："郑声淫。"班固说：郑国"土陋而险，山居谷汲，男女亟聚会，故其俗淫。郑诗曰'出自东门，有女如云'，又曰，'溱与洧方涣涣兮，士与女方秉蕳兮'，此其风也"。《太平御览》引韦昭答云："时草始生，而云蔓者，女情急，欲以促时也。"从孔子到汉晋人都不怀疑郑诗的淫，为什么后人倒怀疑起来了？最近我们才完全看破了"村野妄人"（郑樵骂毛公的话）的骗局，《诗经》终于出头了，现在我们可以欣赏那真正道地的郑国文学。现在我们看二十一篇郑诗，差不多篇篇是讲恋爱的。但是说来也奇怪，讲到性交的诗，也不过《野有蔓草》和《溱洧》两篇。

《周礼》讲"仲春之月，令会男女之无夫家者"。这种风俗在原始的生活里，是极自然的。在一个指定的期间时，凡是没有成婚的男女，都可以到一个僻远的旷野集齐，吃着，喝着，唱着歌，跳着舞，各人自由的互相挑选，双方看中了的，便可以马上交媾起来，从此他们便是名正言顺的夫妇了。这一回《野有蔓草》的诗人可真适意了，居然给他挑上了一个眉清目秀的美人，他禁不住要唱出来！

野有蔓草，零露漙兮！有美一人，清扬婉兮！邂逅相遇，适我愿兮！

野有蔓草，零露瀼瀼。有美一人，婉如清扬。邂逅相遇，与子偕臧！

你可以想象到了夜深，露珠渐渐缀满了草地，草是初春的嫩芽，摸上去，满是清新的凉意。有的找到了一个僻静的岩下，有的选上了一个幽暗的树阴。一对对的都坐下了，躺下了，嘹喨的笑声变成了低微的絮语，絮语又渐渐消灭在寂默里，仿佛雪花消灭在海上。他们的灵魂也消灭了，这个的灵魂消灭在那个的灵魂里。停了半天，他才叹一声，"适我愿兮！""与子偕臧"也许是她的回答。没有问题，《野有蔓草》一诗，从头到尾，都是写实的。毛亨偏偏不做美，硬派那"零露漙兮""零露瀼瀼"是反兴"君之恩泽不流下"，真是"匪夷所思"的怪话。至于那"邂逅相遇"四个字也不应解作不期而遇。陈奂《诗毛氏传疏》辨得极清楚，他讲邂逅当依《绸缪》释文作解觏。《淮南子·俶真篇》"孰有解觏人间之事"，高《注》云："解觏，犹合会也。觏与遘通。"逅，《五经文字》亦作觏。再证之"男女觏精"，则邂逅本有交媾的意义。《尔雅·释诂》"觏，遇也。"然则遇字也有同样的意义。这样看来，"邂逅相遇"，不是邂逅，便是遇，总有一个是指性交那回事的。

溱与洧方涣涣兮，士与女方秉蕳兮。女曰："观乎？"士曰："既且！""且往观乎！洧之外洵訏且乐。"维士与女，伊其相谑，赠之以芍药。

溱与洧浏其清矣，士与女殷其盈矣。女曰："观乎？"士曰："既且！""且往观乎！洧之外洵訏且乐。"维士与女，伊其将谑，赠之以勺药。

《溱洧》是郑诗里第二篇讲性交的。孔颖达发挥这篇诗的意义最为详尽。"溱水与洧水春冰既泮，方欲涣涣然流盛兮。于此之时，有士与女，方适田野，执芳香之兰草；既感春气，托采香草，期于田野共为淫佚。士既与女相见，女谓士曰：'观于宽间之处乎？'意愿与男俱行。士曰：'已观乎！'止其欲观之事，未从女言。女情急，又劝男云：'且复更往观乎？我闻洧水之外信宽大而且乐，可相与观之。'士于是从之。维士与女，因即其相与戏谑，行夫妇之事。及其别也，士爱此女，赠送之以勺药之草，结其恩情！以为信约。"案《韩诗内传》："……三月桃花水下之时至盛也。……当此之时，众士与众女方执兰被除邪恶。郑国之俗，三月上巳之辰，于此两水之上，招魂续魄，被除不祥，故诗人愿与水悦者俱往观之。"难怪在这种背景之下，有桃花，有流水，有成群结队的士女，"花须柳眼各无赖，紫蝶黄蜂俱有情"！难怪在这种时候，他们要"感春气""为淫佚"了。

"谑"字，我没有找到直接的证据，解作性交。但是我疑心这个字和sadism，masochism有点关系。性的心理中，有一种以虐待对方，同受虐待为愉快之倾向。所以凡是喜欢虐待别人（尤其是异性）或受人虐待的，都含有性欲的意味。国风里还用过两次"谑"字。《终风》的"谑浪笑敖"很像是描写性交的行事。总观全诗，尤其是sadism，masochism的好证例。《淇奥》云："善戏谑兮，不为虐兮。"马瑞辰《毛诗传笺通释》云："《书·西伯戡黎》'维王淫戏用自绝'，《史记·殷本纪》作'淫虐'，昭四年《左传》亦云'纣作淫虐'。又襄四年《左传》：臧纥如齐唁卫侯，卫侯与之言虐。虐即此诗'不为虐兮'之虐。谓戏谑之甚。故纥云'其言粪土'，谓其言污也。"然则虐字本有淫秽的意思（所谓"言虐"定是鲁迅先生所谓"国骂"者），《说文》："虐，残也，从虎爪人，虎足爪人也。"《注》："覆手曰爪，反爪向外攫人是曰虐。"覆手爪人，也可以联想到，原始人最自然的性交的状态。"谑"字可见也有性欲的涵义。

前人说郑卫多淫诗。我说齐风之淫，恐怕还在郑卫之上。详细的理

由，后面再说。现在先提出一篇实指性交的诗来讨论。这篇诗便是《东方之日》。

东方之日兮，彼姝者子在我室兮，在我室兮，履我即兮。

东方之日兮，彼姝者子在我闼兮，在我闼兮，履我发兮。

郑玄说这是男子淫奔来到女子之室。揣摩诗中的词意，正是那么一回事，但是他把"履"字训错了。"履"当依段《注》训践。《说文》："履，足所依也；从尸，服履者也，从彳夂（《注》云，彳夂皆行也），从舟，象履形。"诗里这个字用得妙极了。走路而觉得有鞋在脚上，是踏得极轻，或怕被人发觉了，正好描写做亏心事的人走路的神气。"即"训就，"发"训乱；《谷风》"毋发我笱"，《韩诗》训为乱，同这里的意义一样。马瑞辰训为开。发又与拨的意义相近。《长发》传云："拨治也。"简洁了当。"履我发兮"就是偷偷的走来，和我举行夫妇之事。

曹风的《候人》也是实指性交的。

彼候人兮，何戈与祋。彼其之子，三百赤芾。

维鹈在梁，不濡其翼。彼其之子，不称其服。

维鹈在梁，不濡其咮。彼其之子，不遂其媾。

荟兮蔚兮，南山朝隮。婉兮娈兮，季女斯饥。

《毛传》训"媾"为厚，训"遂"为久。欧阳修已经反对过了，说"遍考前世训诂无久厚之训"。（胡承珙据《一切经音义》引《白虎通》云"媾，厚也"，以驳欧阳。殊不知毛亨是荀卿的弟子；《白虎通》作于后汉章帝时，当然是袭用《毛传》的意见。）欧阳修主张"媾"是婚媾之媾，离交媾之媾已经很近了。如今我确定"媾"当训作性交，还有几个铁证。《蝃蝀》诗云"朝隮于西"，隮便是蝃蝀，蝃蝀便是虹。虹是性交的象征，我已得着充分的证据，容待后面讲象征的时候再说明。这诗里的"南山朝隮"和《蝃蝀》所称的"朝隮"是一样的。还有《诗经》里常常用水鸟比男性，鱼比女性，鸟入水捕鱼比两性的结合。如《白华》云"有鹙在梁，有鹤在林，维彼硕人，实劳我心"，和这诗里的"维鹈在梁，不濡其咮，彼其之子，不遂其媾"，都是讲水鸟不入水捕鱼，只闲着站在梁上，譬如男人不来找女人行乐，所以致令她等得心焦。（详细的说明见于后。）把"媾""朝隮"和水鸟在梁的涵义讲清楚了，《候人》的内容便解决了一大半。再谈谈几个小的问题。

《周礼·夏官》云："候人各掌其方之道治，与其禁令，以设候人。"《注》云："禁令，备奸寇也。以设候人者，选士卒以为之。"并引此诗"彼候人兮，何戈与祋"为证。前人说《诗》，只谈到迎送宾客的候人，没有提起守备奸寇的候人，所以总是隔靴搔痒。再者，"季女斯饥"之"饥"，只可作"惄如调饥"解，看做没有吃饱饭的饥，便太笨了。《毛传》最无理的，是说"季，人之少子也；女，民之弱也"。"季女"当然是年轻的女子，怎么会跑出个"人之少子，民之弱"的意思来呢？这简直不值一笑。

可是因为误信了毛公那疯子，古今讲这篇诗的，便没有一个人讲对。魏源瞄得比较准一点，不料他的箭快飞到靶子面前，忽然拐了一个弯，仍旧没有射着圈心。他说："《候人》，刺共公也。不用贤士，而美女乘轩者三百人，使贤者荷戈于役如季女之斯饥，用欲不亡，得乎？古时曹濮为货财声色之都会，故国小而色荒若斯之盛矣。"第一，他根据《鲁诗》和《史记》，说"三百赤芾"是指美女乘轩者三百人，不是《毛传》所谓大夫乘轩，这是对的。第二，他指出曹濮是货财声色的都会，和共公的色荒，也有眼光。此外的话，都是捕风捉影了。

《候人》不是刺共公的，更没有"远君子而近小人"的深意。诗人恐怕是一个血气方刚，而性欲不大满足的少年。他走过共公的宫院，前面看见一个个的侍卫扛着六尺多长的戈，一丈多长的祋，森森的排列着，把

守那宫门。这禁卫森严的景象，促醒了他，今天他特别感到一种强烈的引诱，那三百个宫女，三百颗怒放的花苞，都活现到他眼。他看见她们的脸上都挂满了颦颔，仿佛是铁笼关病了的鸟儿。他又看见她们笑了，对他自己笑，她们在热烈的要求他，要求他的青春，他的热，他的力，他的生命。但是看看情形，他是不能应付这要求的。他如今真像那刁着一尺多长的嘴，颈下吊着一只口袋的水鸟，不知道去捕鱼，只呆呆的站在石梁上，翅膀和喙子连一滴水也没有沾，他不免恨他自己太无用了。他想道："你看南山上起了一阵寒云，云里交卧着鲜艳的虹蜺。他们真是幸运！但是你婉恋的少女，你只在那里干熬着肉欲的饥荒。你真可怜呀！"其实他自己也是一样的可怜。

这便是我们诗人的心理。恐怕当时他没有许多心思来"美"这个，"刺"那个罢。

二

前面讲到古时虹是性交的象征。现在看看古书上是怎样讲的。

（一）《尔雅》邢《疏》：虹是阴阳交会之气，纯阴纯阳则虹不见。

（二）《说文》："蝃"籀文虹从申，电也。"电"阴阳激耀也。（案李黼平曰：据此则阴阳交而为虹，过则激而为电，故虹从电。夫妇一阴阳也。过礼则象应于天而色盛如电。……黄帝母附宝梦大电绕北斗枢，而生黄帝。大电即虹也。）

（三）《春秋元命苞》：阴阳之气聚为云气，立为虹蜺。

（四）《尔雅》郭《注》：虹，俗名为美人。《音义》：虹双出。色鲜盛者为雄，雄曰虹；闇者为雌，雌曰蜺。

（五）《逸周书》：虹不收藏，妇不专一。

（六）《河图稽耀钩》：虹蜺主内淫。

（七）京房《易传》：妻乘夫曰蜺见。

（八）《淮南子》：虹霓者，天之忌也。

（九）蔡邕《月令章句》：虹，阴阳交接之气，著于形色。阴阳不和，婚姻失序，即生此气。

（十）《尔雅》《释名》：虹见于西方曰升朝。

（十一）《诗经》郑《笺》：朝有升气于西方，终其朝则雨，气应自然。（案马瑞辰曰：是古以晚虹为淫气所感，朝虹为正气所应。）

据（一）（二）（三）（四）（六）（八）条，虹是男女交合的象征。据（五）（九）条，虹是不正当的交合，或苟合。（二）条又把虹与电分开来讲，说电才是苟合，虹是正当的交合。（七）条又把虹与蜺分开讲，说妻乘夫则蜺见。可见夫乘妻则虹见了。（十）（十一）条又指出朝虹与晚虹的区别，说前者是正当的交合，后者是不正当的。后来惠栋又讲："蝃蝀在东；阴方之气交于阳，为女惑男而蛊，朝隮于西，阳方之气交于阴，为男先女而惑，故得雨则虹灭，阴阳和也。"这是说晚虹是女为主动，朝虹是男为主动，愈说愈玄了。不过，一塌括子，虹是象征性交的。《蝃蝀》第一章云：

蝃蝀在东，莫之敢指。

或许是直言男女苟合之行事，有人瞥见了，难以为情，不敢指给别人看的；或许只是象征的说法，也未可知；或许当时有这种禁忌，虹是指不得的，因为那是"天之忌也"。这两种解释都可能，但是都逃不脱性交的关系。

这里我用了好几次"象征"二字。我得声明，这和前面第五种表现方式的象征不同。这里，虹本是性交的象征，但是诗人讲虹，是隐喻的讲法，因为以虹象征性交既是当时风行的观念，诗人讲到"蝃蝀"和"朝隮"实在心里有了性交的意义。那第五种表现方式的象征，就完全是潜意识的活动

了。象征本不专指潜意识。我因为找不到恰当的名词，所以后面讲到第五种表现方式时，依旧称它为象征，不过另加上了一层狭义的含意罢了。

《蝃蝀》第二章云：

朝隮于西，崇朝其雨。

古时虹、云、电，分不清楚，所以有讲隮是虹的，有讲隮是云的，有讲隮是升气的。总之，云又是和性交有关系的。所以看上面两句诗，就可以知道《高唐赋》里面的故事，不是宋玉凭空造的。《高唐赋序》曰：

昔者楚襄王与宋玉游于云梦之台，望高唐之观；其上独有云气；崪兮直上，忽兮改容，须臾之间，变化无穷。王问玉曰："此何气也？"玉对曰："所谓朝云者也。"王曰："何谓朝云？"玉曰："昔者先王尝游高唐，怠而昼寝，梦见一妇人曰：'妾巫山之女也，为高唐之客，闻君游高唐，愿荐枕席。'王因幸之。去而辞曰：'妾在巫山之阳，高丘之岨，旦为朝云，暮为行雨，朝朝暮暮，阳台之下。'旦朝视之如言，故为立庙，号曰朝云。"

《蝃蝀》之诗曰："朝隮于西，崇朝其雨。"《高唐赋》则曰："旦为朝云，暮为行雨。"云必依山，《候人》之诗曰："荟兮蔚兮，南山朝隮。"到了宋玉的时候，便演化成了一个女神，"在巫山之阳，高丘之岨"，并且还有了朝云之庙。郭璞说："虹，俗名为美人。"宋玉所赋的也是一个"烨兮如花，温乎如莹，五色并驰，不可殚形"的神女。虹和云古时既然差不多，是一样东西，这神女大概就是那美人。

朝隮能致雨，神女能"暮为行雨"，于是雨又渐渐独立的成为性交的象征。《伯兮》之"其雨，其雨，杲杲日出"，是一个佐证，并且《敝笱》云"齐子归止，其从如云"，又云"齐子归止，其从如雨"，已经是云雨并举了。

齐诗《东方未明》云：

> 东方未明，颠倒衣裳；颠之倒之，自公召之。
>
> 东方未晞，颠倒裳衣；倒之颠之，自公令之。
>
> 折柳樊圃，狂夫瞿瞿；不能辰夜，不夙则暮。

这篇诗，也有可疑的地方。"东方未明，颠倒衣裳"已经给了一种暗示。"不能辰夜，不夙则暮"，是好事多磨，他不是回得太晚，便是走得太早的意思。前后说得很像了，中间忽然插上两句莫名其妙的"折柳樊圃，狂夫瞿瞿"，陡然看起来，实在有点文气不接。殊不知《诗经》里使用这种手段的时候极多。凡是诗人想到那种令人害羞的事体，想讲出来，而又不敢明讲，他就制造一种谜语填进去，让读者自己去猜——换言之，那就是所谓隐喻的表现方法。懂得这种方法，《诗经》里有许多的作品便容易了解了，例如《谷风》之"毋逝我梁，毋发我笱"；《伯兮》之"其雨，其雨，杲杲日出"，以及现在讨论的"折柳樊圃，狂夫瞿瞿"都是。何以证明"折柳樊圃"与性欲有关系呢？《将仲子》有"无逾我墙，无折我树桑""无逾我园，无折我树檀"等语，和这极相像。《将仲子》是一篇淫奔的诗，大概这篇诗的性质也差不离。再看下面"狂夫瞿瞿"一句更像了。"瞿瞿"是惊顾之貌。

诗人屡次讲到捕鱼的笱，实在不是指笱的本身，是隐喻女阴的。我们先看笱到底是个什么样的东西。《说文》："笱，曲竹为之，以承（堰空），使鱼入其中不得去者。"程大昌《演繁露》引《唐书·王君廓传》："君廓无行，善盗。尝负竹笱如鱼具，内置逆刺；见鬻缯者，以笱承其头，不可夺，乃夺缯去。"程氏说："鱼具而内有逆刺，此吾乡名为'倒须'者也。"可见宋时名鱼具为"倒须"。现在乡下捕鱼捕鳝，还有用它的。这样讲来，笱颇有一点类似女阴。至于所谓"入其中不得去"所谓"逆刺"、"倒须"，便有点夸大其词了。但是也说不定。你若以神似求之，两种东西也不见得绝对不可相提并论。

再从训诂方面研究研究筍字。

《说文》筍字"从竹句，句声"。句字，"句，曲也；从口，丩声"。注："凡曲折之物，侈为倨敛为'句'。……凡地名有句字者，皆谓山川纡曲，如句容、句章、句余、高句丽皆是也。凡章句之句，亦取稽留可钩乙之意。"归纳上文，句字共含三义：

（一）凡曲折之物，如"山川纡曲"者为句；

（二）凡富于弹性，能伸能缩（即"侈为倨敛"）之物为句；

（三）凡能稽留他物者为句。

以上的三种意义，都是女阴所有的。但是这还不能证明《诗经》里所用的筍字便是隐喻女阴的。

《小雅·鱼丽》云："鱼丽于罶。"《毛传》："罶，曲梁寡妇之筍也。""蓑妇之筍，谓之罶。"孙炎曰："罶，曲梁，其功易，故谓之寡妇之筍。"欧阳修说："以簿（苇簿也）为鱼筍，其功易，故号之寡妇筍耳，非寡妇所作也。"这便清楚了。寡妇之筍，并不是寡妇发明的筍，乃是那一种"其功易"的筍，像寡妇的性部一般，易入而难出。所以寡妇之筍名罶；《说文》讲："罶，……寡妇之筍，鱼所留也。"

这样看来，恐怕不但筍字可以隐喻女的性部，或许古时便称女的性部为筍，或句。因此你也可以从筍句的声音，想到"媾""觏"和许多从这些字引申出来的字。据丁以此《毛诗字分韵》，下列各字都在候部：

（一）"筍""口""谷"；

（二）"菁""媾""觏""構""耦""遇""逅"；

（三）"垢""侮""辱""寇""苟""愉"（《韩诗》作"偷"）；

（四）"枸"。

第一类，形状类似女阴。第二类，指女阴的作用，及和性交相近的各种意义。第三类，也是从性交转变出来的意义。第四类，些微费一点解释。古谚云："去家千里，勿食笋摩枸杞！"陶隐居说："以其补精强阴也。"枸字从木从句，句恐怕就是女阴，因此申引为"补精强阴"的药材——枸杞。（《说文》："枸，从木，句声。"现在看来，应改作："从木句，句亦声。"）

把笱字讲清楚了，现在我们可以读读下面这篇诗：

> 敝笱在梁，其鱼鲂鳏；齐子归止，其从如云。
>
> 敝笱在梁，其鱼鲂鱮；齐子归止，其从如雨。
>
> 敝笱在梁，其鱼唯唯；齐子归止，其从如水。

前人总喜欢用史事来解《诗经》，往往牵强附会，不值一笑。不过有一部分的诗，本文里已经讲明了某人名或某地名，再斟酌诗人的口气，如果差不离，然后断定是直咏某事，那是可信的。例如讲齐诗《南山》、《敝笱》、《载驱》，射文姜和襄公的事，是有真凭实据的。襄公文姜兄妹通奸，国人恨到极点，所以骂得那样的刻薄。敝笱是用坏了的笱。笱坏了，所以鳏鱮那样的大鱼，可以出入自如，和现在骂淫荡的妇人为烂东西一样。这篇诗明明是刺文姜的。作《诗序》的，或许已经领悟到那层意思，可是又不敢讲出来，所以先说了刺文姜，回头又说恶桓公，支吾其词，自相矛盾。有疑《诗序》不是一个人的手笔，这样看来，许是对的。

有一个照常的问题不妨乘这个机会，辨白一下。段玉裁说："曲梁别于凡梁，寡妇之笱别于凡笱。曲梁者，仅以薄为之，寡妇之笱，笱之敝者也。"胡承珙的《毛诗后笺》，也赞成这一说。其实是一个大错。《敝笱》之诗曰："敝笱在梁，其鱼唯唯。""唯唯"，《传》曰："出入不制也。"《笺》曰："行相顺随之貌。"《韩诗》作"遗遗"，亦训曰"不能制"。《玉篇》："潏潏，鱼行相随貌。"《广韵》五旨："潏，鱼盛貌。"皆本此诗。敝笱失了作用，不能制止鱼的出入，所以看得见众鱼纷纷的跑出跑进。敝笱不能留鱼，所以得鱼少。寡妇则适得其反，易入而不得出，所以《鱼丽》之诗，一则曰"鱼丽于罶"，再则曰"物其多矣"，可见那是得鱼多了。段胡两种的东西，混为一谈，错得厉害！

《诗经》里多数的情诗或淫诗，往往不能离开风和雨。例如《谷风》之"习习谷风，以阴以雨"；《北风》之"北风其凉，雨雪其雱"；《风雨》之"风雨凄凄，鸡鸣喈喈"，都是风雨并提。雨是性的象征，上面讲到了。风雨常常一块儿来，雨既含有性的意义，或许风间接的也和性发生关系了。但是间接的关系，算不得真凭实据。《谷风》毛传云："阴阳和而谷风至，谷风至而云雨成；夫妇和而家室成，家室成而继嗣生。"（据段玉裁所订《毛诗故训传》）这种讲法，只说出了风雨和男女间的一种似是而非的关系，这种议论太玄了，所以我们也不能拿它来作根据。风同性应该有一种单独的，直接的关系。不然为什么《诗经》的情诗和淫诗，单以风起兴的，也那样多呢？你看《终风》《凯风》《晨风》《匪风》，都是从风讲到爱情或性欲。还有一篇《萚兮》，也讲到"风其吹女""风其漂女"，那也是一首恋歌。诗人和风，怎样会发生这一段不解的因缘？那一定是有道理的。

果然，风字里边，也有一段秘密：

（一）《尚书·费誓》："马牛其风，臣妾逋逃……"《正义》曰："僖四年《左传》云：'唯是风马牛不相及也。'贾逵曰：'风，放也。牝牡相诱谓之风。'然则牛马风佚，因牝牡相逐而遂至放佚远去也。"

（二）《左传》（僖四年）："唯是风马牛不相及也。"杜解云："马牛风逸，乃末界之微事，故以取喻。"李惇曰："牝牡相诱曰风，

《书》'牛马其风'是也。《尚书正义》亦引此为证。贾逵曰：'风，放也。风马牛不相及，言其相去之远也。杜氏舍常立说，于文义终不分明。'"（见《群经识小》）

（三）《释名·释天》："风，氾也；其气博氾而动物也。"

（四）《释名·释天》："风之为言萌也。"《白虎通》亦曰："风之为言萌也；其立字出动于几中者为风。"

综合上面的各种意义，风便是性欲的冲动。由牝牡相诱之风，后来便申引为"风流""风骚"之风，也都含有性的意味。至于"疯癫"的疯字，谅必也是从风字的这一种意义演化出来的。大概古人看着动物起了性欲冲动时，和神经错乱时，没有什么分别。所以一种叫作风，一种叫作疯，声音是一样的。还有极有趣味的一点，古时称牝牡相诱曰风，那是指下等动物而言的。男女相诱是否也称为风，我们不知道。然而《尚书》曰"马牛其风，臣妾逋逃"，确乎是将牝牡相诱和男女相诱，一样的看待了。可见当时的人类，至少在性欲上，是和下等动物差不多一样的没有节制。

几篇以风起兴的诗，要算《终风》写得最淫了。第一章云：

终风且暴，顾我则笑，谑浪笑敖，中心是悼。

《笺》云："悼者，伤其如此，然而已不能得而止之。"为什么"止之"呢？因为终风来得太"暴"了。这是又爱又怕的意思。所以下章讲"莫往莫来，悠悠我思"。那是说，你若是不和我来往，我又怪想你的。前面讲到这篇诗是研究sadism和masochism的好材料。现在看来，更明显了。前两章说"终风且暴""终风且霾"；后来变本加厉，便是"终风且曀，不日有曀"，以至于"曀曀其阴，虺虺其靁"。但是他愈凶猛，她愈能忍受，愈情愿忍受。所以一则曰"寤言不寐，愿言则嚏"，再则曰"寤言不寐，愿言则怀"。她以痛苦为快乐，所以情愿一夜不睡觉来享受那虐刑，即便

是"则疐""则怀"，也是甘心的。

关于"疐"字，有一段纠纷。《释文》据《毛诗》经文当作"疌"，又作"嚏"，偏王肃、孙毓、崔灵恩以至陆孔经，皆不作"嚏"。自从郑玄读"疐"为"嚏"，解作嚏咳的意义，后人便迳改经文的"疐"为"嚏"。《传》训"疐"为"跲"，和《狼跋》"载疐其尾"的"疐"一样。那便是碍而难行的意思。但是毛氏解作庄姜看着州吁的狂暴，心里难受，于是说"我痛觉而不能寐，愿以母道往加之，我则嚏跲而不行"，那便太牵强了。这句诗，要用masochism的眼光看去，才对了。《传》训"怀"为伤。"言"，我也。

《传》《笺》都主张《终风》是庄姜为州吁作的。依他们的话，州吁岂不是烝了母亲吗？州吁是个坏人，可还没有坏到那样。《终风》不是为州吁作的，前人已经辨得很清楚了。不但不是为州吁作的，并且谁也不能证明那作者便是庄姜。朱子说这篇诗里"有夫妇之情，无母子之意"，是很对的。可是那夫妇也不见得就是庄公伺庄姜。胡承珙明知道"此诗不过《长门》一赋耳"，却又不肯相信他自己，解出许多"君薨子弑，国蘼有定；悠悠我思，不遑假寐"的话来了。（其实《终风》不但是《长门赋》，其淫荡的程度，还远在《长门赋》之上）那都是误认作者便是庄姜的结果。

三

有一种作品，不必明白的谈到性交，但是烘云托月的写来，刺激性还来得更强烈。这种暗示性交的诗，例如《野有死麕》《桑中》《载驱》等等，几乎数不胜数。我现在挑出一篇诗来，寻常不大谈到的，并且寻常也万不敢疑它是淫诗。但是我这回太狂悖了，这回我要污蔑圣人一下，要不是豳风和周公的关系太深了，要不是"衮衣绣裳"和"公归无所""公归不复""无以我公归兮"那三个"公"字，也许我可以厚道一点，赦了周公，就算《九罭》不是为他作的。但是我回念一想，就不作兴有人和周公挑情的吗？铁证就在这里：

> 九罭之鱼鳟鲂。我觏之子，衮衣绣裳。
>
> 鸿飞遵渚，公归无所，于女信处！
>
> 鸿飞遵陆，公归不复，于女信宿！
>
> 是以有衮衣兮，无使我公归兮，无使我心悲兮！

这一位女性双手抱着一件画着卷龙的衮衣，死命的抱着，她的情郎追着来抢，她在情郎前头跑，她的胜利的笑声弄到情郎十分的窘迫；最后跑累了，笑累了，她便回转身来，发出诚恳的哀求，对他说："我的好人，我今天会见了你，你穿着那样华丽的衣裳，画的是卷龙，绣的是五彩的黼黻文章。你那样的美丽，我哪肯放你走？你走不了，走不了！鳟鲂的大鱼哪能逃出九罭的密网！我抱住了你的衣裳，你逃不掉了！一只孤鸿，往水上飞过，谁知道会飞到哪里去？你若是飞了，我往那里去找你？你还是和你的女人再住一宿罢！孤鸿往大陆上飞了，从此就不会回来。你不要飞了，我要你再等一宿。你们男人的事真说不定。我知道你这回定是一去不复返。所以我抱着你的衮衣，不放你走。我不愿惹起我自己的悲伤，所以把你的衮衣抢来。"这是诗里所讲的故事，没有夸张，也没有挂漏，恰恰是《九罭》诗中应有之义。至于那情郎是否周公，本来没有关系，不过那客人的确是一位达官贵人，留客的诗人乃是一位多情的小家碧玉。

四

《小星》曰"抱衾与裯，实命不犹"；《大车》曰"岂不尔思，畏子不奔"，又曰"谷则异室，死则同穴"；《葛生》曰"角枕粲兮，锦衾烂

兮"。这些都是情诗，然而情诗说到同床共枕之事，以现在的眼光看来，便难免不近于秽亵了。至于齐风的《鸡鸣》形容一个国王的好色，不讲别的，偏挑出早上起床时那一段来描写，尤其容易联想起性交。诗里讲一个国王正拥着他的娇妻贪着春睡。天亮了，她催他起床，他直跟她抬杠，因为他还舍不得起来！

鸡叫了，上朝的人已经满了。

不是鸡叫，那是苍蝇的声音。

不信，你看东方发白了，上朝的越来越多了。

那里是东方发白？都是月亮的光。

如果那是虫飞的声音，我情愿你多睡一会儿；可是他们快要走了。我是为你好，不要说我喜欢你！

他们这样争辩着，到底他起来没有，还是不知道。

《芄兰》云"能不我甲"，郑、王皆以甲为狎。这篇诗显然是一个急色的妇人，羡慕一个十五六岁的童子，想他来和自己狎玩，无奈他从从容容的走过了，绅带在他身边飘动着。他不能了解她的心事。诗云：

芄兰之支，童子佩觿；虽则佩觿，能不我知。容兮遂兮，垂带悸兮！

据陆疏芄兰又名萝摩。陶隐居说："其叶生啗煮食，俱可与枸杞同功。"枸杞的功用是什么？前面已经讲过了。如果诗人用芄兰起兴，是具有那一层深意的，她不是一个情急的寡妇了吗？这一类的诗一说破了，真禁不起你细想。

著名的《桑中》也是这一类性质的。不过这回是男性垂涎于女性罢了。诗人许是一个庄稼汉，在沫上做活的时候，也许瞅见一辆贵妇的车子走过，他就起了冲动，想吃天鹅肉，所以他唱道：

……云谁之思？美孟姜矣。期我乎桑中，要我乎上宫，送我乎淇之上矣！

这些人没有什么客气，他要想什么，就想什么，你不能禁止，你也用不着替他回护、掩饰。

《东门之枌》云"视尔如荍"，罗典《说诗》讲"荍"是阳具（见顾颉刚《古史辨》）。罗氏的书，我没有见过，不知道那一全篇他是怎样解释的。我们知道的是《东门之枌》也是一首情诗。不过诗里公开的讲到阳具，便又是过分的大胆了。何况作诗的还是一位女性呢？

五

现在正式的讲到象征性交的诗了。我屡次的声明过我所谓象征的表现方法，是出于诗人的潜意识。那么，假如有人要认为这种作品太伤风化了，我可以替诗人辩护一句，一个人的潜意识要活动起来，他自己实在不能负责任。作诗的人不能负责，那么这责任就该轮到讲诗的人身上来了罢？那也未始不可。我记得宋朝黎立武有一段话："小时读箕子《禾黍歌》，愍然流涕。稍长读郑风《狡童》诗，而淫心生焉。出而视邻人之妇，皆若目挑心招。怪而自省。夫犹是'彼狡童兮，不与我好兮'二语，而一读之而生忠心，一读之而生淫心者，岂其诗有二乎，解之者之故也。"不错，从前的人，即便认出一首淫诗来，也不敢那样讲，因为一个学者得顾全他的身份，他的名誉。如今这世界可不同了。譬如郑风《大叔于田》，即便我不说那是一首象征性交的诗，Frued恐怕要说出来了。所以如果Browning的Htw They Brought the rood news from Ghent of aix可以看作性交的写照，为什么《大叔于田》不可以呢？我把全诗录下来，让读者们自己去"仁者见仁，智者见智"罢！

叔于田，乘乘马。执辔如组，两骖如舞。叔在薮，火烈具举，襢裼暴虎，献于公所。将叔无狃，戒其伤女！

叔于田，乘乘黄。两服上襄，两骖雁行。叔在薮，火烈具扬。叔善射

忌，又良御忌。抑磬控忌，抑纵送忌。

叔于田，乘乘鸨。两服齐首，两骖如手。叔在薮，火烈具阜。叔马慢忌，叔发罕忌。抑释掤忌，抑鬯弓忌。

这一类的材料，《诗经》里还极多，例如《鹊巢》《谷风》《叔于田》《清人》《猗嗟》《小戎》诸诗里，都找得出来。但是中国文学里最好的例子恐怕要算鱼玄机的《打毬作》，和韩愈《送李愿归盘谷》的一首四言诗。《韩诗》云：

盘之中，维子之宫；盘之土，维子之稼；盘之泉，可濯可沿；盘之阻，谁争子所？窈而深，廓其有容；缭而曲，如往而复。嗟盘之乐兮，乐且无央！虎豹远迹兮，蛟龙遁藏；鬼神守护兮，呵禁不祥。饮且食兮，寿而康；无不足兮，奚所望？膏吾车兮，秣吾马，从子之盘兮，从吾生以徜徉！

鱼玄机是一个薄命而多情的女道士，性欲之不满足，可想而知。《打毬作》的象征，比前面两首诗，更要明显。

坚圆净滑一星流，月杖争敲未拟休。无滞碍时从拨弄，有遮栏处任钩留。不辞宛转长随手，却恐相将不到头。毕竟入门应始了，愿君争取最前筹！

这一篇文章已经完了。"离经叛道"到了这步田地，恐怕要算至矣，尽矣，蔑以加矣！但是读者读完了这篇文章，不要忘了我的主意是要证明《诗经》的时代虽然出了几个圣人（？），却还不是什么黄金时代。前面讲了，《诗经》时代的生活，还没有脱尽原始的蜕壳。现在我还要肯定的说一句，真正《诗经》时代的人只知道杀、淫。一部《左传》简直充满了战争和奸案。《左传》里的人物，是有理智、讲体面的上层阶级，尚且如此，那《诗经》里的榛榛狉狉的平民，便可想而知了。不管十五国风里那大多数的诗，是淫诗，还是刺淫的诗，即便退一步来讲，承认都是刺淫的诗，也得有淫，然后才可刺。认清了《左传》是一部秽史，《诗经》是一部淫诗，我们才能看到春秋时代的真面目。可是等看到了真面目的时候，你也不必怕，不必大惊小怪。原始时代本来就是那一会事。也不要提原始时代了，咱们这开化的二十世纪还不是一样的？我们应该惊讶的，倒是《诗经》怎么没有更淫一点！

匡斋尺牍

闻一多

一、应下了工作

说起回信何以来得这样晚，撇开了事忙一类的遁辞，还有一个较正大的理由。你提出的几个问题，老实说，当时我都不能答，现在还是不能，虽则光阴过了将近半年，而这半年中，为了那些疑团，我是不断的在思索着。倒是今天从你提的另一件事上，又好像发觉了一个答案。你派给我那项讲诗的工作，毕竟是个办法。要解决关于《诗经》的那些抽象的、概括的问题，我想，最低限度也得先把每篇的文字看懂。所以，对于你所问的，我最忠实的答案是不答，或是说，我的答案是教你不要问。一朝你能把一部《诗经》篇篇都读懂了——至少比前人懂得稍透些——那时，也许这些问题，你根本就不要问了，或者换了一种问法，问得更具体，更彻底点。来信指定的那几首诗，我都愿意给你讲解。当然不嫌麻烦。我还有一个宏愿，一个奢望——果然有这工夫，更有这耐性的话——索性继续讲下去，每封信讲一两篇，在不太辽阔的期间内，把全部《国风》讲完。这样给自己对于《诗经》的了解，来一次总检举，不是很好的吗？我感谢你，如果真给我这样一个机会。望你也不要懈怠，随时来信问难。助我完成一项工作罢。零星的问题或掌故，也不妨随时涉及，以免通信内容的单调，你以为如何？

下次再开始讲诗。

二、工作的三桩困难

在开始讲诗以前，我最好先声明我的困难是什么，为的是，如果我失败了，你好知道我失败在那里。困难至少有三桩。

伪书的举发曾经风行了好久。在"辨伪"的法庭上，《尚书》是受过了鞫讯的。但为什么偏把这与《尚书》同辈的《诗经》漏掉了，传票里连个名儿都没有呢？论情理，《诗经》决不能没有嫌疑。如果孔子删过诗，"删"不也是一个作伪吗？何况，既然动了笔，就决不仅是删，恐怕还有改。不但孔子，说不定孔子以后，还随时有着肯负责任的人，随时可以挥霍他们的责任心，效法孔子呢。我相信，我们今天所见到的《三百篇》，尤其是二南十三风，决不是原来的面目。至于时间的自然的剥蚀，字体的变迁，再加上写官的粗心与无识——一部书从那么荒远的年代传递下来，还不知道要受多少种折磨呢？以上所提的几点，将来还要细谈。暂时你只记住，在今天要看到《诗经》的真面目，是颇不容易的，尤其那圣人或"圣人们"赐给它的点化，最是我们的障碍。当儒家道统面前的香火正盛时，自然《诗经》的面目正因其不是真的，才更庄严，更神圣。但在今天，我们要的恐怕是真，不是神圣。（真中自有着它的神圣在！）我们不稀罕那一分点化，虽然是圣人的。读诗时，我们要了解的是诗人，不是圣人。然而要去掉那点化的痕迹，又怎样下手呢？这是困难的第一桩。

你也许说，点化是有的，但成分必很微细，大部分不妨仍然当它作一部民歌。好了，我可以不吹毛求疵。但第二桩困难又来了。你该记

得《诗经》的作者是生在起码二千五百年以前。用我们自己的眼光，我们自己的心理去读《诗经》，行吗？惟其如此，我们才要设法建立一个客观的标准，虽则客观依然是相对的。但是要建立客观的标准，最低限度恐怕也只有采用推论法一途。然而推论的根据又在那里？难题就在这一点上。你知道，要找推论的根据点，须守着一个条件，那便是，推论的根据，与推论的前提，必须性质相近，愈近愈好。现在，就空间方面看，与我血缘最近的民族，在与《诗经》时代文化程度相当时期中的歌谣，是研究《诗经》上好的参考材料，试验推论的好本钱吧？但这套本钱，谁有，我不知道，反正不在我的手边。再从时间方面打算，万一，你想，一个殷墟和一个汲冢，能将那紧接在《三百篇》前后的两分"三百篇"分别的给我们献回来，那岂不更妙？有了《诗经》的前身和后身作参考的资本，这研究《诗经》的企业，不更值得一做了吗？可是谁能梦想那笔横财，那样一个奇迹的实现！时空两方面推论的材料既都没有，所谓客观的标准从何建立起？尤其令人怅惘的，是"王者之迹熄而诗亡"。从《三百篇》到汉乐府，那一截诗的传统，万不该教它中断。（即令将《九歌》等零星的作品插进去，榫头还是斗不拢，这工作文学史家已经试过了。）损失有什么方法追偿？没有方法，只好用汉魏乐府（专指民间的），甚至六朝乐府来解释《诗经》。有人还说那很有用处。细想，是一句解嘲的话，说话的人自己还不知道呢。用汉后的民歌解释周初的民歌，民歌与民歌比，诚然有点益处，但周初与汉后之间，你望，一重的时间的雾可密着咧！这方法的危险，你要小心，恐怕是与它的便利一般大的。以上是第二桩困难。

可是，慢一点。汉与周之间，相去很远了。我们与汉之间呢？我们又准能懂汉人吗？果然能够，拿我们所懂的汉人去解释周人，已成问题，上文讲过了。设若不能，以我们所不懂的汉人去解释那更不好懂的周人，那还成话吗？头绪愈多，话愈不好讲。姑且把汉人一层注销了，现在专就我们和"诗人"立论，看究竟为什么我们不能懂他们。我想，这问题，幸与不幸，总归该文化负责。同是人，但我们与"诗人"在品质的精粗上，据说相距那样远，甚至学者们有采用"文明人"与"原始人"两种迥殊的称呼的必要。我们的官觉灵敏了，情感细腻了，思想缜密了，一切都变好了。二千五百年的文化将我们一步一步的改良到这样，我们能够一下子退得回去吗？虽然文化常常会褪色，忽然露出蛮性的原形，但那是意识，你那把门的失慎，偶然让蛮性越狱了。你则既不能直接调遣你的蛮性，又不能号令你的意识。总之，你全不是你自己的主人。文化既不是一件衣裳，可以随你的兴致脱下来，穿上去，那么，你如何能摆开你的主见，去悟入那完全和你生疏的"诗人"的心理！当然，这也是一切的文艺鉴赏的难关，但《诗经》恐怕是难中之难，因为，它是和我们太生疏了。况且纠纷还没有完，能不能是一端，愿不愿又是一端。你想，戴上了那"文明人"的光荣的徽号，我们的得意，恐怕也要使我们不屑于了解他们——那，便更难办了。以上是第三桩，也许最大的一桩困难，因为，这回我们的障碍物乃是我们自己。

有了这三重魔障，我承应下的这分工作，便真成为佛朗士所谓"灵魂的探险"了。我也许要领着你在时间的大海上兜了无数辽阔而梦乱的圈子，结果不但找不到我们的"三山"，不要连自己也失踪了吧！不过这险总是值得冒的。好罢，我将尽量的克服我的困难。

话不觉的谈了这样多，诗又不能讲了。下次定依你指定的范围与次第，开始讲《芣苢》。决不失信。

三、芣 苢

为方便起见，还是把原诗录在下面：

采采苯苢，薄言采之！采采苯苢，薄言有之！

采采苯苢，薄言掇之！采采苯苢，薄言捋之！

采采苯苢，薄言袺之！采采苯苢，薄言襭之！（《周南》之八）

所遴选的几首诗中有着这一首，不知道你有何用意。疑难是属于文字的呢，还是文艺鉴赏的？但这两层也有着连锁的关系。比方说，一首诗全篇都明白，只剩一个字，仅仅一个字没有看懂，也许那一个字就是篇中最要紧的字，诗的好坏，关键全在它。所以，每读一首诗，必须把那里每个字的意义都追问透彻，不许存下丝毫的疑惑——这态度在原则上总是不错的。因此，这里凡是稍有疑义的字，我都不放松，都要充分的给你剖析。虽然我个人却认为《苯苢》之所以有讨论的必要，乃是因为字句纵然都看懂了，你还是不明白那首诗的好处在那里。换言之，除了一种机械式的节奏之外，你并寻不出《苯苢》的"诗"在那里——你只听见鼓板响，听不见歌声。在文字上，唯一的变化是那六个韵脚，此外，则讲来讲去，还是几句原话，几个原字，而话又是那样的简单，简单到幼稚，简单到麻木的地步。艺术在那里？美在那里？情感在那里？诗在那里？——你该问。你这回读诗，我想，《苯苢》是凭着它的劣诗的资格，不是好诗的资格，而赚得你注意的。如果这样是你当时的印象，我毫不诧异。但这只是你的印象。对不对，还待商量。至于给你留下发生这印象的余地，似乎责任又该《苯苢》负。惟其如此，《苯苢》才有讨论的价值。因为《三百篇》里这样的诗很多，而《苯苢》又是其间最好的例，所以它便有提早讨论的必要。这首诗你果然选对了。

什么是"苯苢"？据《毛传》说是如今的车前。车前，听说北方山谷间颇多，但我没有见过，也许见过了，不认识。按植物家的说法，是一种多年草本植物。除了花是紫色的，小而且多之外，其余叶与花茎都像玉簪。夏日结子，也是紫色的，那因为成熟迟早不同，紫色便有从发赤到发蓝种种不同的色调，想必是很悦目的。"采采"二字便是形容这花子的颜色。本篇的"采采芣苢"，《卷耳》的"采采卷耳"，同《秦风·蒹葭篇》的"蒹葭采采"一样，全是形容词。《小雅·大东篇》"粲粲衣服"，《文选》注引《韩诗》作"采采衣服"。"采采""粲粲"是同纽相转的叠字，"粲粲"又变为"璀璨""翠粲"等双声连绵词，都是颜色鲜明之貌。《列女传》曰"且夫采采芣苢之草"，刘向似乎认清了这两个字的词性。"采采芣苢"，若依毛郑以及薛君读"采采"为动词，无论《三百篇》中无此文法，并且与下的"薄言采之"的意义重复，在文法上恐怕也说不过去。极明显，极浅近的一件事，不知道为什么向来没有人说破。

芣苢的形状，你现在可以有点印象了。但是单知道它的形状，还不算真懂芣苢。学了诗，诚如孔子说的，可以"多识草木鸟兽之名"。但翻过来讲，"多识草木鸟兽之名"，未必能懂诗。如果孔子所谓"名"是"名实"之名，而他所谓识名，便是能拿"名"来和"实"相印证，便是知道自然界的某种实物，在书上叫作某种名字，那么，识名的工夫，对于读诗的人，决不是最重要的事。须知道在《诗经》里"名"不仅是"实"的标签，还是"义"的符号，"名"是表业的，也是表德的，所以识名必须包括"课名责实"与"顾名思义"两种涵义，对于读诗的人，才有用处。譬如《麟之趾篇》的"麟"字是兽的名号，同时也是仁的象征，必须有这双层的涵义，下文"振振公子"才有着落。同样的，芣苢是一种植物，也是一种品性，一个allegory。

古代有种传说，见于《礼含文嘉》《论衡》《吴越春秋》等书，说是禹母吞薏苡而生禹，所以夏人姓姒。这薏苡即是芣苢。古籍中凡提到芣苢，都说它有"宜子"的功能，那便是因禹母吞芣苢而孕禹的故事产生的一种观念。一点点古声韵学的知识便可以解决这个谜了。"芣"从"不"

声，"胚"字从"丕"声，"不""丕"本是一字，所以古音"芣"读如"胚"。"苢"从"㠯"声，"胎"从"台"声，"台"又从"㠯"声（《王孙钟》《归父盘》等器，"以"字皆从"口"作"台"），所以古音"胎"读如"苢"。"芣苢"与"胚胎"古音既不分，证以"声同义亦同"的原则，便知道"芣苢"的本意就是"胚胎"，其字本只作"不以"，后来用为植物名变作"芣苢"，用在人身上变作"胚胎"，乃是文字孳乳分化的结果。附带的给你提醒一件有趣的事。"芣苢"既与"胚胎"同音，在《诗》中这两个字便是双关的隐语（英语所谓Pun），这又可以证明后世歌谣中以莲为怜、以藕为偶、以丝为思一类的字法，乃是中国民歌中极古旧的一个传统。

本来芣苢有宜子的功用，《逸周书·王会解》早已讲过（《周书》作"桴苢"，"桴""芣"同音字）。说《诗》的鲁、韩、毛各家，共同承认，本草家亦无异议。只近人说《诗》才有放弃此说的。现在我把这观念的源头侦察到了，目的不定是要替古人当辩护，而是要救一首诗。因为，"芣苢"若不是一个allegory，包含着一种意义，一个故事的allegory（意义的暗号，故事的引线，就是那字音），这首诗便等于一篇呓语了。芣苢的故事，已经讲过了，很简单。它的意义，惟其意义总是没有固定轮廓的，便不能那样容易捉摸了。现在从两方面来解剖它。

先从生物学的观点看去，芣苢既是生命的仁子，那么采芣苢的习俗，便是性本能的演出，而《芣苢》这首诗便是那种本能的呐喊了。但这是何等的神秘！这无名的迫切，杳茫的敕令，居然能教那女人们热烈的追逐着自身的毁灭，教她们为着"秋实"，甘心毁弃了"春华"！你可以愤慨的说，"天地不仁，以万物为刍狗！"但是你错了，你又是现代人在说话。

自是桃花贪结子，错教人恨五更风！

在桃花，结子是快乐的满足，光荣的实现，你晓得吗？对于五更风，她是感激之不暇的。结子的欲望，在原始女性，是强烈得非常，强到恐怕不是我们能想象的程度。不信，看《三百篇》便知道。例如《螽斯》《夭桃》《椒聊》不都是这样欲望的暴露吗？这篇《芣苢》不尤其是母性本能的最赤裸最响亮的呼声吗？正如它的表现方法是在原始状态中，《芣苢》诗中所表现的意识也是极原始的，不，或许是生理上的盲目的冲动。

再借社会学的观点看。你知道，宗法社会里是没有"个人"的，一个人的存在是为他的种族而存在的，一个女人是在为种族传递并繁衍生机的功能上而存在着的。如果她不能证实这功能，就得被她的侪类贱视，被她的男人诅咒以致驱逐，而尤其令人胆颤的是据说还得遭神——祖宗的谴责。环境的要求便是法律，不，环境的权威超过了法律。而"个人"偏偏是一种最柔顺的东西，在积威之下，他居然接受集团的意志为他个人的意志。所以，在生理上，一个妇人的母性本能纵然十分薄弱，可是环境的包围、欺诈与恐吓，自能给他逼出一种常态的母性意识来，这意识的坚牢性高到某种程度时，你便称它为"准本能的"，亦无不可。总之，你若想象得到一个妇人在做妻以后，做母以前的憧憬与恐怖，你便明白这采芣苢的风俗所含的意义是何等严重与神圣。

这样看来，前有本能的引诱，后有环境的鞭策，在某种社会状态之下，凡是女性，生子的欲望没有不强烈的。可不要把它和性的冲突混杂起来，这是一种较洁白的、闪着灵光的母性的欲望，与性欲不同。虽然，除非你能伸长你的想象的触须，伸到二千五百年前那陌生得古怪的世界里去，这情形又岂是你现代人所能领会的！

知道了芣苢是种什么植物，知道它有过什么功用，那功用又是怎样来的，还知道由那功用所反映的一种如何真实的、严肃的意义——有了

这种种知识，你这才算真懂了《芣苢》，你现在也有了充分的资格读这首诗了。

为着可以得点较道地的风味，你最好试试用古音来读它。当然目前我们对于三代的古音还是茫然的。暂时我们只好对付点，借用高本汉的方法，再参点个人的意见。这起码比二十世纪的北平官话较为近古些。

'ts 'âi 'ts 'âi p 'jwi 'i b 'âk ‚ngiɐn 't 'âi ‚t' si

（采采芣苢，薄言采之）

'ts 'âi 'ts 'âi p 'jwi 'i b 'âk ‚ngiɐn 'jisəu ‚t' si

（采采芣苢，薄言有之）

顺手把几个较有问题的字义解释一下。"薄言"向来不曾有过确解。"薄"与"迫"通，《汉书·严助传》曰："王居远，事薄遽。""薄遽"即"迫遽"。"薄"本是外动词，"薄言"二字连用便成了副词成语。"薄言"即"薄而"，实际也就等于"薄薄然"，用今语说，就是"急急忙忙的""赶忙的"或"快快的"。"薄言"在《诗经》中，连本篇共见过十八次，都应该这样解释，没有半个例外。在本篇里，这两个字的意义尤有关系，一种迫切的情调，在字面上只有这点记载。《散氏盘》有这样一个字：屮

从屮从又（又即手），前人都释为"若"。唐兰说"若"《说文》训为"择菜"，即本篇"薄言有之"之"有"。这一说颇有道理，我想。本篇二章的"掇""捋"意义相近，三章"袺""襭"也相近，那么一章的"采""有"也应该是性质类似的两种动作了。《诗经》用字的式例确乎有这一种。

'tsâi 'tsâi ‚p 'jwi 'i b 'âk ‚ngiɐn t 'iwät ‚t' si

（采采芣苢，薄言掇之）

'tsâi 'tsâi ‚p 'jwi 'i b 'âk ‚ngiɐn Iiwät ‚t' si

（采采芣苢，薄言捋之）

"掇""将"两字现代语里还有，也许无须解释。其实从t'iwät，liwät两个声音上，你就可以明白那是两种多么有劲的动作。审音的重要性于此可见一斑。

'tsâi 'tsâi ˌp'jwi 'i b'âk ˌngiɐn kiet ˌts'i

（采采芣苢，薄言袺之）

'tsâi 'tsâi ˌp'jwi 'i b'âk ˌngiɐn kiet ˌts'i

（采采芣苢，薄言襭之）

"袺""襭"两字的区别，各家的训释不同。"袺"据《毛传》说是用手提着大襟，"襭"据解《毛传》的说是将大襟扎在衣带上，其实他的意思是说把东西装在两种衣兜里，一种动作叫"袺"一种叫"襭"。但是《广雅·释器》曰："袺谓之襭，襭谓之襄"。襭本是衣袖下的口袋（现在日本人的衣服还有这东西），把东西装进襭里的动作，也可称"襭"。《管子·轻重戊篇》"丁壮者胡丸操弹"，"胡"即"襭"之初文，正是用为动词。"襄"即"怀抱"之"怀"的本字。《列女传》曰"始于将采之，终于怀襭之，浸以益亲"，与《广雅》相合。这两种解释，我任你挑一种。

这会儿，你可以好好打口呵欠了。你可有点闷气不？我唠叨的也太久了。现在请你再把诗读一遍，抓紧那节奏，然后合上眼睛，揣摩那是一个夏天，芣苢都结子了，满山谷是采芣苢的妇女，满山谷响着歌声。这边人群中有一个新嫁的少妇，正撚那希望的玑珠出神，羞涩忽然潮上她的靥辅，一个巧笑，急忙的把它揣在怀里了，然后她的手只是机械似的替她摘，替她往怀里装，她的喉咙只随着大家的歌声啭着歌声——一片不知名的欣慰，没遮拦的狂欢。不过，那边山坳里，你瞧，还有一个伛偻的背影。她许是一个中年的硗确的女性。她在寻求一粒真实的新生的种子，一个祯祥，她在给她的命运寻求救星，因为她急于要取得母亲

的资格以稳固她的妻的地位。在那每一掇一捋之间，她用尽了全副的腕力和精诚，她的歌声也便在那"掇""捋"两字上，用力地响应着两个顿挫，仿佛这样便可以帮助她摘来一颗真正灵验的种子。但是疑虑马上又警告她那都是枉然的。她不是又记起已往连年失望的经验了吗？悲哀和恐怖又回来了——失望的悲哀和失依的恐怖。动作、声音，一齐都凝住了。泪珠在她眼里。

采采芣苢，薄言采之！采采芣苢，薄言有之！

她听见山前那群少妇的歌声，像那回在梦中听到的天乐一般，美丽而辽远。

上面两个妇人只代表了两种主要的型类。其余的你可以类推。我已经替你把想象的齿轮拨动了，现在你让它们转罢，转罢！……

四、续论"芣苢"——单调，简单，不像诗吗

昨天信发过了，才记起还有几点应补充的，因为那与芣苢的鉴赏，颇有关系。

有人说《芣苢》太单调，老是那几句简单的话，完全不像诗。我举几条著名的单调的例：

江南可采莲，莲叶何田田，鱼戏莲叶间，鱼戏莲叶东，鱼戏莲叶西，鱼戏莲叶南，鱼戏莲叶北。

十三能织素，十四学裁衣，十五弹箜篌，十六诵诗书，十七为君妇，心中常苦悲。

何以致拳拳，绾臂双金环；何以致殷勤，约指一双银；何以致区区，耳中双明珠；何以致叩叩，香囊系肘后；何以致契阔，绕腕双跳脱；何以结恩勤，美玉缀罗缨；何以结中心，素缕连双针；何以结相游，金薄画搔头；何以慰别离，耳后玳瑁钗；何以结欢愉，素纨三条裙；何以结愁悲，

白绢双中衣。

我还可以继续的举下去，但没有那必要。反正你是明白了，单调不犯忌讳。《茉苢》所以不能引起你的兴趣，原因不在他的单调性。你若能懂上面的三个例，那是因为它们的背景，它们的情绪，它们所代表的意义，都和你熟识。譬如，拿采莲和采茉苢比，对于前者，你可以有多少浪漫的联想，美丽的回忆，整部的南朝乐府和无数的唐诗给它做注脚。但是后者，你若没有点古代社会、古代女性的知识，那便全是陌生，像不认识的字、没猜破的谜，叫你如何欣赏？

所谓简单，大概指文字简单而言。那更没有关系。Wordsworth声言：

The dates on a tombstone spoke eloquently; and a parish register, without addition, touched the springs of sympathy and tears.

反正文字简单，意义不一定简单。甚至愈是简单的文字，力量愈大，因为字是传达意义的，也是限制意义的，假如所传达的抵不上所限制的，字倒是多一个，不如少一个。所以症结不在简单不简单，只看你懂不懂每个字的意义，那意义是你的新交还是故旧。如果是故旧，联想就多了，只须提一提它的名字，你全身的纤维都会震动；只叫一声，你的眼泪就淌。面生也不妨，只要介绍的得法，你的感情也会移入。"采采茉苢，薄言采之"，是何等惊心动魄的原始女性的呼声，如果你真懂了原始女性。

五、薏苢与茉苢，夏民族与周南

回信收到了。你问何以知道禹母吞的薏苢便是茉苢。答复如下：

薏苢便是马援从交阯回来，载了满车，被人误会为珠子的一种东西，据说"用能轻身寡欲"，《淮南万毕术》又说"门冬赤黍薏苢为丸，令妇人不妒"。看来，薏苢的功用与妇人怀孕不相干，甚至是相反

的。所以知道禹母吞的，马援吃的，必是两种东西。但这只是一个反面的证据。

古籍中凡说到苬苢处，都说它有宜怀妊的功能（间或也有说治难产的），这与禹母吞薏苢而孕禹的传说正相合，薏苢即苬苢，渐有可能了。现在就假定禹母吞的薏苢便是苬苢。但"苬"何以变成"薏"呢？

其实"薏"当做"蓄"，"薏""蓄"是截然两个字，隶书合而为一，大错。《说文》"蓄"字在"菩"字后，两字形相近，大约本是一个字，"蓄"即"菩"之繁文，或"菩"为"蓄"之省体，后来因所从之"畜"与"意"相混，"蓄"或书作"薏"，才与"菩"分家了。这又有什么证据呢？

《说文》"蓄"下曰"满也"，"陪"下曰"重土也，一曰满也"。又"噫"下曰"饱食息也"，"醅"下曰"醉饱也"。从"畜"的字有"满""饱"两义，从"音"的字亦然，这不是"畜""音"同字的明证吗？因此，我们知道"畜"字篆文作𩰲，《许慎》说从言从中，纯是附会。其实字形当作𩰲，从𠧪，下二"〇"，与"音"篆"𠧪"下一"〇"，相差有限了。𠧪即𠀐上加"·"（《王孙钟》"不"作"𠀐"，《齐陈曼簠》作"𠀐"），𠀐即"鄂（萼）不韡韡"及"华（花）不注（柱）山"之"不"，后世称为"花跗""花趺"，今人称为"花萼"，到结子时，萼又托着子，又可以称为蒂了。（𠧪亦从𠧪，字又通作"啻"，下有口，与"蓄""菩"亦同意。）这里"蓄""菩"两字所从的"𠧪"应专指蒂言，"〇"是代表花子的，两个"〇"自然表示子多的意思。许慎说𩰲从言从中，形既错了，义便不能不附会了。"畜"字他既不懂，"音""菩"两字的意义自然也摸不着。说"音"是"相与语，唾而不受也"，固然离题太远，训"菩"为"菩艸"，也不见得是本义。其实，"音""菩"与"蓓蕾"之"蓓"不过是一个字在形体上的祖孙三代。而蓓字从"倍"更值得玩味。《墨子·经上篇》曰："倍为二也。"这与"畜"从二"〇"，以及"陪"训重土，如果不是巧合，那么，我说"畜"即"菩"字，恐怕也不算牵强了吧？二为双数，成双就多了，于是"藚"训满，"陪"亦训满，饮食满则饱，于是"噫"训饱，"醅"亦训饱。头头是道了。

"畜""音"既都从"不"，藚苢或菩苢便是茉苢，自然不成问题。事实太显著，证据举得太多了，反显着滑稽。挑两个最醒豁的例。《说文》"髻，发貌"，《西京赋》"猛毅髺髳"，字作"髻"。"丕""不"本是通用字，而髻字一作髳，可知"音"、"不"也是通用字了。这是茉与菩通的佐证。"倍"为双数，"陪"为重土（皆见上文），而《说文》"坏"下曰"重再成（重）者也"，"秠"下曰"一稃二米也"，岂不又是"茉"与"菩"通的一个证例吗？但是"畜"从双"○"，有"双"义，岂不又与"坏""秠"同例吗？然则"茉""藚"相通，也有凭据了。（《箭侯毁》"不"字作"平"，实即"藚"省去底下的"○"，又将中间的"○"填满了。"平（丕）"则又将顶上的一点省去了。这都是"茉""藚"同意的证据。）

弯子不能不绕大点，否则结论不结实。总之，"藚""菩""茉"，形体只有繁简的区别，而声与义则完全相同，我说三个字本是一个字的化身，你现在信了吗？

前次信里说，茉苢宜子的信仰，是打禹母吞茉苢的传说来的。其实这一层你也可以追问，因为我上次并没有充分的讨论。

首先，禹母吞藚苢的传说，仅见于汉以后的书，为郑重起见，似乎还需要点实证。这只要把"姒""苢"二字间的关系确定一下就成了。《说文》"已"下引贾侍中曰"藚已实也"。可见"藚苢"一称"藚已"，"已"即"苢"字，而刘师培在《姒姓释》（《左盦集》五）里又很严密的证明了"姒"与"已"本为一姓。然则姒姓的"姒"即薏苢的"苢"，就在"姒"通作"已"，"苢"亦通作"已"的事实上，可以证明了，换

言之，两"已"字碰头了，即等于"姒"与"苡"碰头了。还有一个旁证。殷的先祖简狄吞燕卵而生契，而殷人姓子。"子"的籀文作，"孳"的籀文作""（并见《说文》），而燕的篆文作，可知殷人姓即"燕"字。契母吞燕卵而生契，殷人即姓燕，与禹母吞薏苡而生禹，夏人即姓姒，正是同类。

因吞薏苡而怀妊，确乎是夏人祖先的故事，这已经无问题了。因求子而采芣苢，与因吞薏苡而怀妊，两件事实的从同性也够明显的了。不过说这两件事之间，有着可能的因果关系则可，说是有必然的因果关系，则嫌早点，除非马上提出证据来。你可以这样的抗议。对了，这一点极有关系，尤其是对于古史。如果承认了采芣苢的风俗是从禹母的传说来的，那不啻也承认了《周南》的作者，是夏禹的苗裔。（现在我们已经涉入历史的范围了，你对于这方面也有兴趣吗？）正是，我的意见正是如此。我想，汤放桀于南巢，当时桀不但是带着妹喜一同走的，并且连他的人民——他的宗族，也带走了。（不如说是被汤哄走的；你知道这类事是有着极大可能性的，如果你还记得原始社会的状态。）这因被压迫而南窜的夏民族，日子久了，定会把他们祖宗的籍贯也搬来了，于是禹便成了南方人。这当然只是一种假设，（我再声明一遍，这是暂时的假设！）但这样倒可以解释为什么许多禹的故事产生于南方，而《周南》中有着《芣苢》这样一首诗，正可以我的假设互相参证。退一步讲，《周南》的作者纵不必定是夏的嫡裔，至少，他们与这虽衰落而确是先进的民族为邻，在习俗上多少受点薰染，是极自然的事。《周南》的作者至少也是夏民族的近亲。但我似乎不必退这一步。《吕氏春秋》帮了我一个证据：

禹行，窃（原作功，从吾友许维遹先生校改）见涂山之女，禹未之遇而巡省南土。涂山氏之女乃令其妾待禹于涂山之阳。女乃作歌，歌曰：

"候人兮猗！"实始作为南音。周公及召公取风焉，以为《周南》、《召南》。（《音初篇》）

这点材料暂时保留在这里，不加论断。问题很复杂，等材料收得较充足时再讨论。夜深了。我得搁笔。

六、闲话

这几天太忙，讲诗的课程只得脱一期。今天和一位朋友讲《诗经》，讲到下面几句话，现在写给你，聊当交卷。其实也没有多大价值。

汉人功利观念太深，把《三百篇》做了政治的课本；宋人稍好点，又拉着道学不放手——一股头巾气；清人较为客观，但训诂学不是诗；近人囊中满是科学方法，真厉害。无奈历史——唯物史观的与非唯物史观的，离诗还是很远。明明一部歌谣集，为什么没人认真的把它当文艺看呢！

七、狼跋与周公

狼跋其胡，载疐其尾——公孙硕肤，赤舄几几。

狼疐其尾，载跋其胡——公孙硕肤，德音不瑕。（《豳》三七）

在某种心理状态之下，人们每喜从一个对象中——例如一部古书——发现一点意义来灌溉自己的良心，甚至曲解了对象，也顾不得。这点方便像是人人的权利。旧时代中有理想的政客，和忠于圣教的学者，他们自然也各有权利去从《诗经》中发现以至捏造一种合乎他们"心灵卫生"的条件的意义。便是在这种权利的保障之下，他们曾经用了"深文周纳"的手术把《狼跋》说成一首颂扬周公的诗。从一方面看，这也不能不算一种光明磊落的企图，谁敢菲薄？即使今天还有人维持他们那种论调，也不算奇怪。只是，万一我个人的看法有些不同，朋友，那便得求你原谅。我，也有我的良心，而灌溉的方法也不见得只限于一种。如果与那求善的

古人相对照，你便说我这希求用"《诗经》时代"的眼光读《诗经》，其用"诗"的眼光读《诗经》，是求真求美，亦无不可。至于当我为一个较新的观点申诉理由时，若有非难旁人的地处，请你也记住，我的目的是要扎稳我自己的立足点，我并不因攻倒前贤而快意。这点动机上的微妙的差别，也不要忽略了才好。

《狼跋》之所以和周公发生关系，根本的原因，前面已经提过。不过但有原因，没有机会，上述的那种论调还是不会成立的。促成《狼跋》和周公发生关系的机会，我想是这样的。《豳风》里有一首诗（《破斧》）分明说到了周公，另外一首（《东山》）也确乎与周公有关系，这现象，对于一般为着一种使命过分热心的人，是个含有大量引诱性的暗示。好容易碰到了圣人，还不好生利用一顿？于是在他们踌躇满志之中，全数的《豳》诗便不觉都划归周公了，《狼跋》是《豳》诗之一，自然不在例外。

其实呢，《国风》里与《狼跋》格调最近的一首诗，是《秦风》的《终南》，要辨识《狼跋》，最好是以《终南》为借镜。

终南何有？有条有梅。君子至止，锦衣狐裘，颜如渥丹，其君也哉。

终南何有？有纪有堂。君子至止，黻衣绣裳，佩玉将将，寿考不忘。

这一望就知道是一首"羌无故实"泛泛的恭维某位贵族的诗。"公孙"便等于"君子"，"德音不瑕"便等于"寿考不忘"，此外则两边都有一番关于容仪与服饰的描写。《狼跋》的格调与《终南》一样，意义也实在不比《终南》多。《狼跋》的"公孙"究竟是谁，我们是无法知道的，正如我们不能实指《终南》的"君子"是谁一样。《鲁颂·閟宫篇》有"周公之孙"，《商颂·那篇》有"汤孙"，"孙"的意义都是广义的胤嗣，不专指"子之子"。这里公孙虽未尝不可如毛说指成王，或如郑说指周公，但周公也好，成王也好，《诗》中既无确证，我们倒不如安分点，仅仅说他是某一位公孙——不必是成王，也不必是周公。换言之，"公孙"两字若必须加以解释的话，最多也只能说是"幽公之孙"，至于那位幽公之孙，或幽公的那位孙，乃至几世孙，那恐怕都是些永世的秘密。总之，就诗论诗，我们实在无法知道公孙是谁，为诗论诗，恐怕也无须知道。倒是公孙究竟属于那个典型中的人物，他的仪表，他的姿态，他的服饰，乃至他的性情等等，若能寻出个头绪来，这不比仅仅把史乘上的一个人名加在公孙身上，来得更有意义，更有趣味得多吗？

八、狼跋—— 一幅Caricature

《终南》和《狼跋》同是就丰采的摹绘上来赞美一位贵族，区别只在《终南》是一幅素描，《狼跋》是一幅Caricature而已。要明了《狼跋》的这个特质，首先应明了"公孙硕肤（"肤"的繁体字为"膚"）"的"肤"字。《毛传》训"硕"为大，训"肤"为美，"公孙大美"似乎没多大意义。据《说文》，"肤"是"胪"的籀文，而金文中"胪"作"肤"，"鑪"作"镥"，卢（"卢"的繁体字为"盧"）国之"肤"作"簬"作"簬"，这是"胪""肤"同字的铁证。《艺文类聚》四九引《释名》曰：

[鸿胪]：腹前肥者曰胪，此主王侯及蕃国，言以京师为心体，王侯外国为腹胪以养之也。

《诗》中"膚"字的意义，与"鸿胪"之"胪"正是一样。"硕膚"也与"鸿胪"一样，译作近代语，便是"大腹"。《易林》中还有佐证。《震之恒》曰：

老狼白獹，长尾大胡，前颠从踬，岐人悦喜。

《蹇之剥》"獹"又作"驴"。驴狼不同类，"驴"字和"长尾大胡"也

黏不拢，其为讹误，不必深辩了。但獹字也不对。獹是犬名，与狼虽可并称，但“白獹”二字连用，却是不可能的。因为，獹是黑犬。“獹”字诸书多省作“卢”，《文选·西京赋》“韩卢噬于绦末”，《注》曰：“韩卢，犬，谓黑色毛也。”“卢”是“黸”之省，《说文》《广雅》（《释器》）均训“黸”为黑。獹是黑犬，正如垆是黑土（《汉书·地理志》上《注》，《楚辞·思古篇》注），泸是黑水（《后汉书·光武纪》上《注》），栌橘是黑橘（《汉书·司马相如传》上《注》引晋灼说），鸬鹚是黑鸟（《文选·南都赋》注引《苍颉》，《一切经音义》十九引《字林》），“黸”“垆”“泸”“栌”皆可省作“卢”，也正如“獹”亦可省作“卢”、獹既是黑犬，决没有称白獹的道理。况且《易林》的蓝本是《诗经》，《诗》中只有狼无獹，“獹”若不是“胪”之讹字（实即《毛诗》的“肤”字），它的来历又在那里呢？《易林·讼之小过》有“青牛白咽”之语，句法与“老狼白胪”一样。凡兽类无论背上的毛色是什么，项下与腹部总是白的，“老狼白胪”“青牛白咽”，正是作者观察周密的地方。这也是《易林》的“獹”当作“胪”的旁证。（《易林》的作者是学《齐诗》的，《齐诗》作“胪”，而《毛诗》作“肤”，毛用“古文”，这里又添一个证据了。）

“肤”字的意义既经确定了，再拿《诗经》的“公孙硕肤”与《易林》的“老狼白臚”两相印证，便知道诗意是以狼比公孙，而《毛传》以为狼“兴”周公，公孙指成王，分为二人，必是臆说了。但是以跋胡疐尾的狼比公孙，所比的究竟是公孙的那一方面呢？线索我想是在“赤舄几几”一句里。《诗》中关于公孙的装束，别的都不提，单说了脚上那双“几几”的“赤舄”，这似乎不是仅仅拿“趁韵”的理由来解释得了的。在一个人的服装中，鞋不是最打眼的一部分，除非你是在注意他走路的姿态。此诗上文以跋胡疐尾说明老狼行步艰难，下文即描写公孙的赤舄，可知诗意是以狼之跋胡疐尾形容公孙的步态。一只肥大的狼，走起路来，身子作跳板（seesaw）状，前后更迭的一起一伏，往前倾时，前脚差点踩着颈下垂着的胡，往后坐时，后脚又像要踏上拖地的尾巴——这样形容一个胖子走路时，笨重、艰难，身体摇动得厉害，而进展并未为之加速的一副模样，可谓得其神似了。

但是，如果你肯推敲下去，你许要疑心，一位公孙是何等的尊严，被比作一条野兽，不嫌亵渎吗？这又是你现代人过虑了。比方我说，有一位女郎，居然美到这样：脖子细长细长的，像一条某种白色的幼虫，或是头发的样式像蝎子尾巴似的往上钩着，这不要把你吓得连汗毛都竖起来？可是，当诗人唱着"领如蝤蛴"（《卫·硕人》）或"卷发如虿"（《小雅·都人士》）的时候，你知道，他是在用着他最奢侈最得意的语言来歌颂他所爱慕的女子。这种隔离式的思维习惯，似乎也是一件遗失了的传统，而为现代人所缺乏的。在"诗人"看来，以蝎尾比妇人的发，所讲的本只是蝎尾与发的形状，为什么要牵连的问到妇人的德性与蝎的德性有无相似之处呢？同样的，以狼比公孙的步态，也决不会牵涉到狼的德性上头去，而因此发生污蔑公孙的人格的嫌疑。所以《诗》中尽管一面讲到"狼跋其胡，载疐其尾"，一面还可以说"德音不瑕"，而不嫌其矛盾。况且这首诗整个的氛围是幽默的，把公孙比作一只狼，正是开玩笑。惟其是开玩笑——善意的开玩笑，所以纵然话稍过火点，"言之者"还是"无罪"。总之，你所疑虑的这点，是决不会真成问题的。

九、公孙的装束

感谢这"尚文"的周人，他们的——尤其他们贵族的生活，可说完全是一套公式，这便给今天研究他们的人省了大劲了。既然什么人，在什

么时候，穿什么衣裳，配什么帽子和什么鞋子等等，是有一定的，那么由局部推到全体，知道了公孙穿的是赤舄，便知道他其余的服饰是什么了。公式是"衣与冠同色，带与衣同色，裳与韠同色，履与裳同色"。公孙的舄既是赤色的，他的裳与韠当然也是赤色的。（《小雅·车攻》的"赤芾（韠）金舄"，便是一个实例，因为古代称黄朱色为赤，金舄也便是赤舄了。）另一道公式：赤舄必须配衮冕，即所谓"冕服"，而"冕服"的彩色的分配，总是"上玄下纁"（纁即赤色）。知道公孙的韠裳与舄是赤色的，便知道他的冕，衣与带必是玄色了。（这在《诗经》中也有着实例，《大雅·韩奕》曰"玄衮赤舄"，衮即是衮衣。）总述一遍：头上有冕，脚下有舄，身上有衮衣，有裳。衣裳之间加带。在前面的正中，带上垂着韠，带及由带以上都是玄色的，带以下都是赤色的，此外，不要忘记还有耳旁的瑱，腰间的佩，这都是玉的。这样便是我们公孙的装束。你想象去罢！细密的描写起来，我没有那枝笔，也太嫌麻烦。

不过，那所谓赤舄者，既为诗人所特别提到的，就不能不详细的谈谈。

舄是屦之一种。古时的屦大致和现下的草鞋相仿佛。一种讲究的，皮质，以丝为饰（即"繶""纯""絇"），而底中又衬着木头的屦，便叫作舄。繶便是帮底接缝处的一道绳旁，纯便是绳口。絇是一条丝线打的带子，从屦头弯上来，成一小纽，"状如刀衣鼻"，超出屦头三寸；絇上有孔，从"后跟"牵过来的"綦"，便由这孔中通过，又绕回去，交互的系在脚上。我想旧式鞋上的"鼻梁"正是古代絇的遗制。诗中"几几"二字，便是形容这絇的弯曲之貌的。然而《晏子春秋·谏下篇》有一段记载：

晏公为屦，黄金为綦，饰以组，连以珠，良玉之絇，其长尺。

絇可以用玉制，又那样长，这可古怪了。也许齐景公的屦是例外？也许我们公孙的屦绚也比寻常的长，长到令人特别注意的地步，因此诗人于叙述公孙的服饰时，其所以单举赤舄，不提别的，这也是其间的一种原因？这些疑团我却无法解决了。

你见过些古代帝王的画像吗？姑且回忆一下罢。如果画像是有设色的，就给它想象上一套强烈的颜色，上半截玄青，下半截橘红（两截上当然都有的是粗糙而奇诡的花纹），再加上些光怪陆离的副件的装饰物，然后想象裹着这套"行头"的一具丰腴的躯体，搬着过重的累赘的肚子，一步一步摇过来了——那，你只当就是咱们的公孙好了。这回换上全副"冕服"的公孙，也不知道是干什么来的。论理，"冕服"是最隆重的典礼（如祭祀，婚姻等）时才能用的，但诗人既没有明白的告诉我们，文字又没有十分值得利用的线索可寻，所以这回的事，我们也便无法推测了。

十、公孙的性情和关于《狼跋》的作者的一个假设

我曾经说《狼跋》是一幅Caricature，其实那便等于说，诗人对于公孙，是取着一种善意的调弄的态度。这种态度，固然证明了调弄者——诗人的幽默，同时尤其昭示着受调弄者——公孙也必是富于幽默的。公孙自己必是"宽兮绰兮……善戏谑兮"，和《淇奥》的君子一样，诗人才敢对他开那种玩笑。如果常识的论断不错，一个肥腯的身体，常常附带着一个和易的，滑稽的性情，那么，我们公孙的"心广"，不也就可以从他的"体胖"上得着证明了吗？

然而公孙虽好说法，毕竟有他的尊严，谁敢在公孙面前嬉皮笑脸，除非是和他十分亲昵，而身分又与他相当的人？关于这一点，"德音不瑕"一句中似乎藏着一点消息了。先认识"瑕"字吧。马瑞辰说：

"瑕""假"古通用。《尔雅》"假，已也"，《思齐》诗"烈假

不瑕"，《笺》"瑕，已也"，《正义》以为《雅诂》文。是"假"通作"瑕"之证。"德音不瑕"，"瑕"正当读"假"，训"已"，犹《南山有台诗》云"德音不已"也。

不过证例还不只此。《有女同车》的"德音不忘"，王引之读"忘"为"亡"，训为"已"，《小戎》的"秩秩德音"，《毛传》训"秩秩"为"有常"，有常亦即不已。这些与"德音不瑕"句法一样，不也是"瑕"当训为"已"的旁证吗？索性把《三百篇》里所有带"德音"的句子，都排列出来，审查一下。

乃如之人兮，德音无良。（《邶·日月》）

德音莫违，及尔同死。（《邶·谷风》）

彼美孟姜，德音不忘。（《郑·有女同车》）

厌厌良人，秩秩德音。（《秦·小戎》）

公孙硕肤，德音不瑕。（《豳·狼跋》）

我有嘉宾，德音孔昭。（《小雅·鹿鸣》）

乐只君子，德音不已。……乐只君子，德音是茂。（《小雅·南山有台》）

间关车之牵兮，思娈季女逝兮，匪饥匪渴，德音来括。（《小雅·车牵》）

既见君子，德音孔胶。（《小雅·隰桑》）

维此文王，帝度其心，貊其德音，其德克明。（《大雅·皇矣》）

威仪抑抑，德音秩秩。（《大雅·假乐》）

看出了没有？除了《狼跋》之外，十一首有"德音"字样的诗中，六首毫无问题是男女相赠的诗。《日月》是妻怨夫之词，《谷风》是弃妇别夫之词，《有女同车》是男子（迎亲时？）赠女之词，《小戎》是妻念役夫之词，《车牵》与《有女同车》同性质，而词意尤为明显；《隰桑》

与《国风》中的《汝坟》《草虫》《风雨》等篇（也许还可加入《车邻》及《唐·扬之水》）口气一样，自然也是妻赠夫之词。（鲍照《绍古辞》"石席我不爽，德音君勿欺"正与以上诸义相合。）另外四例，《鹿鸣》欢宴宾客，《南山有台》及《假乐》赞美君子，《皇矣》歌颂文王，皆与男女无涉。以上显然表示"德音"这个词汇有两种用法，一是专门用于男女——夫妇之际的，二是普泛的用法。《狼跋》里的"德音"究竟该属于那一种呢？若依多数表决的原则来取决，六与四之比，第一种——男女之际的用法，无疑的是占了优胜，但多数不一定就是对的，所以我并不根据这层理由来判定《狼跋》的"德音"应解作表明夫妻间对待关系的一种成语。我们要进一步的研究。

见于《国风》的五次"德音"，居然有四次是用为表明男女关系的，其余一次（即见于《狼跋》者）尚在疑似之间，所以确然当解为普泛的用法的，可说一次也没有。反之，见于二《雅》的六次"德音"（《南山有台》一诗中两用，只算它一次）倒有两次与《国风》的用法相同，其余两次才是普泛的用法。这现象分明告诉我们，《国风》中的用法是近于统一的，而二《雅》则分歧了。分歧的现象不见于风，而见于雅，这是什么缘故？

有人说《雅》的产生晚于《风》，凡《雅》诗与《风》诗雷同或肖似的地方，都是《雅》抄袭或模仿《风》的地方。如果这话是可信的，那么，"德音"这个词汇，惟其是《雅》抄袭《风》，所以有时竟或有意或无意变通了，扩张了它的用法。"德音"二字的正解，这样看来，与其向后起的，仿造的《雅》诗中寻绎，不如向先进的，老牌的《风》诗中去寻绎为可靠；而《狼跋》中的"德音"，则与其依一部分《雅》而解为普泛的祝颂之词，又不如依大部分《风》和一部分《雅》而解为专用作表明夫妻间对待关系之词了。

上面的推测若能成立，《狼跋》的作者岂不是一位女子——具体点说，便是公孙的妻吗？果然如此，诗中讲话的便不是外人，而是我们公孙自己的"德配"，难怪她放肆到那样，而不犯忌讳呢！有了这层保障，再回头看，以狼比公孙的盖然性也便更大了。

　　你所选定的这几首诗，老实说，都有点"难"人。关于《狼跋》，在没有办法中，我算勉强应命了。但这回我实在走了不少的险路，而在最后一点上所用的那种连环式的推论法，我尤其为它捏一把汗。如果你是胆大的话，你不妨承认它为一种有趣味的假设，虽然我并不十分怂恿你。新近读到法人兰松所著《文学史方法论》的译文（《文史》第一卷第一二两号），作者在那里为了一种现象愤慨着说："法国近代文学是种种臆想的戏院，是种种狂热的战场，并且……也是种种惰性的逋逃薮。"我想，我在研究《狼跋》的历程中，把《诗经》当作"臆想的戏院"的嫌疑容或有之，但万万没有借它为我的"惰性的逋逃薮"，因为在拟定假设之后，我仍是极乐意耐烦的、小心的、客观的搜罗证据，是不是？希望你对于我的观点与我的方法，尽量的发表意见。

屈原作品在中国文学上的影响

郑振铎

　　屈原的作品，在中国文学上的影响是既广大又深入的。王逸说道："自孔丘终没以来，名儒博达之士，著造词赋，莫不拟则其仪表，祖式其模范，取其要妙，窃其华藻，所谓金相玉质，百岁无匹，名垂罔极，永不刊灭者也。"刘勰说道："枚、贾追风以入丽，马、扬沿波而得奇，其衣被词人，非一代也。故才高者菀其鸿裁，中巧者猎其艳词，吟讽者衔其山川，童蒙者拾其香草。"王逸、刘勰说的是，"著造词赋"的作家们都受到屈原作品的形式与辞华的影响。在这一方面，屈原的影响的确是极为深刻的。司马迁说道："屈原既死之后，楚有宋玉、唐勒、景差之徒者，皆好辞而以赋见称。"这指的是楚国作家们直接受屈原的影响的。《汉书·艺文志》著录屈原、唐勒、宋玉以下作赋者凡六十六家，七百七十一篇，又杂赋十二家，二百三十三篇。我们可以看出从战国到西汉末，这四百多年间，屈原的影响有多末大！王逸所编的《楚辞章句》十七卷，前七卷是屈原的作品，其后十卷则载宋玉、景差、贾谊、淮南小山、东方朔、庄忌、王褒、刘向以及王逸他自己的作品。这也不过百中取一而已。其后经东汉三国六朝唐宋，他的影响总是绵绵不绝，直到了清代的末叶还不衰。宋代的晁补之择后世文辞与"楚辞"相类似的，编为《续楚辞》

二十卷，收二十六家，计六十篇；又择其余文赋或大意祖述《离骚》，或一言似之的，为《变离骚》二十卷，收三十八家，计九十六首。朱熹将晁氏二书，加以增删，所取凡五十二篇，编为《楚辞后语》六卷。他们所选的，也只是取十一于千百而已。

我们可以说，在中国文学里的名为"词赋"的一个"文体"，是在屈原影响之下而发展的。一部"词赋史"，可以说，就是一部受屈原影响的一类特种作品的历史。

在其间，值得特别提出来的，首先是宋玉。今天我们在《文选》《古文苑》诸书里所见的宋玉的《风赋》《高唐赋》《神女赋》《登徒子好色赋》以及《大言》《小言》诸赋，实际上都不是他的作品，都是后人所依托的。他的《九辩》乃是一篇很成功的好作品，不愧是屈原的好弟子。《九辩》以九则或九篇的诗歌组成，每一则或每一篇都是晶莹的珠玉。这些，乃是屈原《离骚》和《九章》的"亲骨肉"。

重无怨而生离兮，中结轸而增伤。岂不郁陶而思君兮，君之门以九重；猛犬狺狺而迎吠兮，关梁闭而不通。

何时俗之工巧兮，灭规榘而改凿。独耿介而不随兮，愿慕先圣之遗教。处浊世而显荣兮，非余心之所乐。与其无义而有名兮，宁处穷而守高。食不偷而为饱兮，衣不苟而为温。窃慕诗人之遗风兮，愿托志乎素餐。蹇充倔而无端兮，泊莽莽而无垠。无衣裘以御冬兮，恐溘死而不得见乎阳春。

满怀伤感而又孤高不屈，的确是屈原作风的一个承继者。他决不是一个谄媚取容的人。把后人伪作的什么《风赋》《高唐赋》《大言赋》《小言赋》都作为他的作品，那自然便要把他看成非屈原的同俦了。

贾谊是汉初受屈原影响很深的人。他的身世很像屈原，所以对于屈原是十分同情的。他过湘水，作《吊屈原》。居长沙三年，又作《鵩赋》。

"鹏"是一种鸟，似鸮，是当时以为不祥的鸟。在《鹏赋》里，贾谊倾吐出他的世界观与人生观。他说道："至人遗物，独与道俱"，"真人恬漠，独与道息。"也只是悲伤之极而故作旷达而已。

《鹏赋》的格调是拟仿《卜居》《渔父》的。像这样的一种问答式的赋，在后来流行极了。差不多每个文人，要申诉他的愤懑，他的不平、不满，他的不幸、不安，换言之，即要诉说他的"怀才不遇之感"时，总是采取了这个体裁。东方朔有《答客难》和《非有先生论》，扬雄有《解嘲》，班固有《答宾戏》，王褒有《四子讲德论》，崔骃有《达旨》，张衡有《应间》，直至唐代的韩愈，还写着《进学解》。

汉代的好些文人们所写的《九怀》（王褒）、《九叹》（刘向）、《九思》（王逸）等，都是从屈原的《九章》、宋玉的《九辩》一脉相传下来的。但写得都不太好，大都是无病呻吟之作，徒求貌似而失去真挚的情感的。朱熹编《楚辞集注》和《后语》，便老实不客气地删去了它们。扬雄的《反离骚》《广骚》《畔牢愁》，也是空虚无物，徒知追摹形式的东西。难怪洪兴祖编《楚辞补注》时，对《反离骚》大加讥弹。

但像庄忌的《哀时命》，班婕仔的《自悼赋》，王粲的《登楼赋》，王维的《山中人》，韩愈的《复志赋》，柳宗元的《招海贾文》《惩咎赋》《梦归赋》《吊屈原文》等，却都是有血有肉之作。柳宗元的《招海贾文》，曾给予清代的汪中以相当的影响。汪中的《哀盐船文》是一篇力作，它是瑰丽而凄楚的诗篇，是以血泪写成的描写人间地狱的控诉状，是值得特别提出来的一篇近代的重要作品。

《招魂》所给予后人的影响是源细而流长的。像那样的细腻的深入的描写，铺张夸大的形容，乃是后来赋家所竞为取法的。首先是枚乘的《七发》，可以说是一篇很高明的拟作。从《七发》发生了更大的影响，曹植有《七启》，张协有《七命》。《隋书·艺文志》著录有谢灵运辑的《七

集》十卷，无名氏集的《七林》十卷，可见"七"的一体的流行。

还不止于此。后世文学上的一支大宗的"赋"，从司马相如的《子虚赋》《上林赋》《大人赋》《长门赋》，扬雄的《羽猎赋》《长杨赋》，班固的《两都赋》，张衡的《西京赋》《东京赋》《南都赋》，左思的《三都赋》到专门描叙一件事，像班彪的《北征赋》，潘岳的《西征赋》，一个宫殿，像王延寿的《鲁灵光殿赋》，何晏的《景福殿赋》，一个自然现象或景物，像木华《海赋》，郭璞《江赋》，谢惠连《雪赋》，谢庄《月赋》，一个人的哀伤的情感，像曹植的《洛神赋》，陆机的《叹逝赋》，潘岳的《怀旧赋》《寡妇赋》，江淹的《恨赋》《别赋》，一个动物，像祢衡的《鹦鹉赋》，张华的《鹪鹩赋》，鲍照的《舞鹤赋》，一件器物（特别是乐具），像王褒的《洞箫赋》，马融的《长笛赋》，嵇康的《琴赋》，潘岳的《笙赋》，乃至论述文学批评的文章的也采用"赋"的形式，像陆机的《文赋》，都是由《招魂》那样的描写方式引中出来的。这些大赋（像《两京》《三都》）和小赋（像《月赋》《恨赋》），格调虽然是套用了屈原的，但其所叙写的，所表现的，所蕴蓄的内容与情绪，已经不是屈原的同调了。他们另外走上一条道路，这条道路未必是很宽敞的，但还走得通，走得很远。他们记录了他们那个时代的生活，也抒写了他们自己的情感和所要说的话，甚至在恣意地呈现出他们的绝代才华和广博的知识，在极力地施展出他们的优美的写作的技巧。这些由附庸蔚为大国的赋，是有其好的，而且是有用的一面的。不过推演到宋代吴淑的《事类赋》之类，便成了干燥无味的有韵的辞书、类书之流了。

在其间，具有活跃的生命的东西很不少。有好些作品乃是文学史上的杰出的不朽的著作。刘安（淮南小山）的《招隐士》，叙述幽山荒谷的恐怖，要求隐士回到人间来，和《招魂》异曲同工。班固的《幽通赋》力拟《离骚》，张衡的《思玄赋》意远情长，王粲的《登楼赋》具真实的情感，向秀的《思旧赋》抒伤逝的悲痛，鲍照的《芜城赋》怀古伤今，笔力独健，而沈炯的《归魂赋》和庾信的《哀江南赋》尤为悲恻动人。他们均经历艰苦绝伦的境地，身为羁囚，目所见的都是异族之人，耳所闻的都是胡语之声，或得归而追述逆境（像沈炯），或竟被羁留，欲归不得（像庾信），情动于中，不得不发，所以，都是言之有物，不仅貌似《离骚》，实可说是神意相通，情感相近。在那个大变乱的黑暗时代，产生出这两篇大作品，留下深刻感人的悲戚的故事与生活情况，正与战国时代的将趋灭亡的楚，留下屈原的伟大作品相似。六朝以后，赋的作者还相继不绝，好的作品也不少。在唐宋二代还产生了一种"律赋"，那是应试之作，形式刻板，只以音律谐协，对偶精切为工，没有丝毫的情韵。宋代的几个古文家，又创作了"文赋"，即有韵的散文的赋。像欧阳修的《秋声赋》，苏轼的《赤壁赋》，都可算是抒情的好文章。

屈原的《天问》是最奇谲而不容易学的东西，但在后代也还有人在亦步亦趋地摹拟着。像江淹的《遂古篇》便明说是"兼象《天问》"的。他把域外的异人奇物和《山海经》上的怪现象都写上了。像柳宗元的《天对》，便句句扣准了《天问》而答，显得食古不化。

在赋的体制之外，屈原的作品对于后来的诗歌、散文、戏曲、小说各方面的影响也是深入而普遍的，像水银泻地，像丽日当空，像春天之于花卉，像火炬之于黑暗的无星之夜，永远在启发着、激励着无数的后代的作家们，特别是在大变动的时代，像唐代的天宝之乱，南北宋的末期，明帝国的覆亡，发出"楚"声，写出类似的不朽的作品出来。他们虽不袭用屈原的形式和格调，但那悲愤，那牢骚，那穷愁的号呼，那忠贞正直的不屈的心，那爱国、爱人民的真挚的感情，那嫉恶如仇、独立不移的精神，却是上下二千年，一直是一脉相通，绵绵相继的。举几个重要例子。像汉末的《孔雀东南飞》，曹植的煮豆燃萁之叹，晋代嵇康的"游仙诗"，阮籍的《咏怀》，左思的《咏史》，刘琨的《赠卢谌》诗，陶渊明的《停云》《时运》《归园田居》，唐代骆宾王的《帝京篇》，陈子昂的《感遇诗》，李白的《古风》《蜀道难》，杜甫的《三吏》《三别》《自京赴奉先县咏怀》《北征》《寓居同谷县作歌》，宋代苏轼、陆游的许多诗篇，辛弃疾的词，文天祥的《指南录》，谢翱的《晞发集》，元代关汉卿的《窦娥冤》，王实甫的《西厢记》，康进之的《李逵负荆》，施耐庵的《水浒传》，明末黄道周的《石斋先生集》，王夫之的《薑斋诗文集》，吴伟业的《梅村家藏稿》和《通天台》，陈忱的《后水浒传》，清代孔尚任的《桃花扇》，曹霑的《红楼梦》，吴敬梓的《儒林外史》，李汝珍的《镜花缘》等等，都是震撼读者心肺的出于真性情、大手笔的作品。

甚至一处拂逆之境，便也不由得不想起屈原来，而写作着类似的作品。像嵇永仁的《续离骚》四剧，便是一例。这样的例子多极了。许多文人学士们的发牢骚的讽刺的作品，都可归到这一类里来。

把屈原的故事写为剧本的，有元代的睢景臣的《屈原投江》，可惜已经不传于世。明代的郑瑜有《汨罗江》，叙的是，屈原在汨罗江上遇到渔父，写出《离骚》来。他把《离骚》的全文都引上了。清初的尤侗，写了《读离骚》，也是借着屈原的悲剧的生活而发泄他自己的牢骚的。周文泉的《补天石传奇》八种，想把古来的好些悲剧都变成了"皆大欢喜"的团圆的结局。其中有《纫兰佩》一种，就是写屈原的故事的。他叙述：屈原投江时，为仙人所救。徒步赴赵国乞师，大破秦兵。楚怀王亦潜逃回国，以屈原为令尹。张仪、靳尚均得到应有的下场。这剧虽离开事实太远，但表现出作者对于屈原的同情与其主观的愿望。

还应该提起嘉、道年间的一个女作家吴苹香写的一篇《饮酒读骚图》（一作《乔影传奇》）的短剧。这个短剧把封建社会里的女子被压抑的感情，尽量地倾吐出来。她欣羡男子的自由的生活，自己悲叹着"束缚形骸"，竟改扮作男装，穿戴巾服。一边饮酒，一边诵读《离骚》。她幻想着种种的男子世界的自由奔放的生活，但立刻便警觉道：

唉！一派荒唐，真是痴人说梦。知我者尚怜标格清狂，不知我者反谓生活怪诞。

像这样的情调，在好些女子写的弹词，像《天雨花》《笔生花》里，也都沉痛地表现着。

为什么屈原的作品会在后代发生了那么大，那么深入，那么普遍的影响呢？

首先是，屈原的悲剧的生活，悲剧的死，和他忠直不屈，与贪污腐朽的执政者反抗到底的精神，感动了后代一切有正义感，有良心的作家们。在封建社会里，在专制的封建王朝里，一个有正义感、有良心的作家是最容易遭受到和屈原同样的命运的。他们不由得不同情屈原，乃至摹拟屈原，而发出同样的哀弦促节的歌声来。屈原成了后代封建社会里一切不得志、被压抑，甚至大变动时代里受到牺牲、遭到苦难的人的崇敬和追慕的目标。

次之，屈原的惊人的精湛清丽的作品，在艺术上有伟大的不朽的成就。谁读了《离骚》《九章》等诗篇，便都会为其绝代辞华惊人秀句所捉住。班固道："宏博丽雅，为辞赋宗。后世莫不斟酌其英华，则象其从容。"他的遣辞造语的"美"，是不朽的，是具有永久的人民性的。因此很自然地，它们便成为后来作家们的追求、摹仿的对象。不是楚地的人，便也都拟楚语，作楚声，纪楚地，名楚物。固然后代的摹拟的作品，有不少是"貌合神离"的，但实在有许多是真实的伟大的著作，不仅"貌合"，而且也是屈原的真实的承继者。它们成为后代作家们吸取不尽的泉源。

还有一点：屈原的作品是出自民间的。他是采用了楚地人民的歌曲

的格调，而加以洗炼提高的。而楚地的歌，在秦汉之际最为流行。刘邦把项羽围困在垓下时，刘邦的兵在四面唱着楚歌。刘邦最喜欢楚歌，而且他自己也会写。"大风起兮云飞扬"，是脱口而出的歌声。刘彻的《瓠子之歌》和《秋风辞》乃是两篇很好的诗。在这个基础上，屈原的作品在汉代初期便大为流行，而成为许多文人们，像贾谊、枚乘、司马相如辈追摹的对象了。由于他们的摹拟和仿作，屈原的影响便一天天的更加扩大，更加深入。

屈原的传统是一个好的传统。在长期的封建社会里，这个优良的传统整整地保持着二千多年的深入而普遍的影响，对于历代的文人们不断地给以启发，给以激励，给以力量，给以崇高的规范。在这个优良的传统的影响之下，我们产生了不少好的作品。这是我们在读着中国文学史的时候，会时时有所发现的。

读毛诗序

郑振铎

一

《诗经》是中国古代诗歌的总集。我们要研究汉代以前的诗歌，非研究《诗经》不可。虽然在《诗经》以外，逸诗还有不少，然而有的是后人伪作的，如《白帝子》《皇娥之歌》；有的是断章零句，并非完全的，如《论语》《左传》所引的诗句；其他完整而有意义的诗篇，至多不过二三十首。而在《诗经》里，我们却有三百零五首的完整的古代诗歌可以找到。在这三百零五首里，有的是颂神歌，有的是民谣，有的是很好的抒情诗，差不多首首都是有研究的价值的。

凡是研究中国古代的文学，古代的社会情形，乃至古代的思想，对于《诗经》都应视他为一部很好的资料；而于研究中国诗歌史的人尤为重要。所以我们可以说，我们要想研究中国汉以前的古代的诗歌，除了《诗经》以外，不能再找到别的一部更好更完备的选本了。

然而《诗经》的研究，却是一件极不容易的工作。

《诗经》也同别的中国的重要书籍一样，久已为重重叠叠的注疏的瓦砾，把他的真相掩盖住了。汉兴，说诗者即有齐鲁韩三家。其后又有毛氏之学。北海相郑玄为毛氏作笺，《毛诗》遂专行于世。《齐诗》亡于魏，

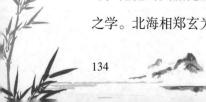

《鲁诗》亡于西晋，《韩诗》后亦亡逸，仅有《外传》传于世。然毛传虽专行，而王肃说《毛诗》又与郑玄不同。其后孙毓作《毛诗异同评》，评毛郑王之异同，多非郑党王之论。陈统又作《难孙氏毛诗评》以驳孙氏之说。到了唐代，韩愈对于《毛诗序》又生疑义。及宋，而《毛诗》遂被许多人攻击得体无完肤。欧阳修作《毛诗本义》，苏辙作《诗解集传》，虽有怀疑之论，却还不敢出《毛诗》范围。到了郑樵作《诗辨妄》，程大昌作《诗论》，王柏作《诗疑》，王质作《诗总闻》，朱熹作《诗集传》，《毛诗》才渐渐的失了权威。虽有周孚、吕祖谦诸人的竭力拥护，而总敌不过攻击者的声势。元明以来，朱熹的势力极大，《诗集传》用为取士的标准，一切说诗的人，便都弃了毛传服从朱熹。到了清代，反动又起，阎若璩作《毛朱诗说》，毛奇龄作《白鹭洲主客谈诗》，陈启源作《毛诗稽古编》，陈奂作《毛诗传疏》，多非难朱熹之说，要把《诗经》从朱熹的《集传》的解释的势力下，回复到毛郑的传笺之旧。段玉裁写定《毛诗故训传》，孙焘作《毛诗说》，且进一步而排斥郑玄之说，要把《诗经》从郑玄的《毛诗笺》的解释里脱出，回复到毛公的《毛诗故训传》之旧。魏源作《诗古微》，陈乔枞作《三家诗遗说考》，龚橙作《诗本谊》，皮锡瑞作《诗经通论》，王先谦作《诗三家集疏》，又更进一步而不满于《毛诗》，要把《诗经》从毛公的《故训传》解放出来，回复到齐鲁韩三家诗之旧。此外义有姚际恒作《诗经通论》，崔述作《读风偶识》，方玉润作《诗经原始》，脱去三家及毛公、郑玄之旧说，颇表同情于朱熹，一以己意说诗。在这种纷如聚讼的注释中，我们应该谁从呢？到底是齐鲁韩三家说的诗好些呢？还是毛氏的训传好些呢？到底是朱熹的《集传》对呢？还是毛郑的传笺对呢？许多人都是出主入奴，从毛者便攻朱，从三家者便攻毛。他们辗转相非，终不能脱注疏、集传之范围，而所谓注疏、集传，又差不多都是曲说附会，离《诗经》本义千里以外的。

　　我以前初读《诗经》时，用的是朱熹的《集传》，后来又读《毛诗正义》，又看《诗经传说汇纂》，最近才看关于三家诗的著作。我所最感痛苦的，便是诸家异说的纷纭，与传疏的曲解巧说。当读毛郑的传笺的《诗经》时，觉得他们的曲说附会，愈读而愈茫然，不知诗意之何在，再把朱熹的《诗集传》翻出来看，解说虽异，而其曲说附会，读之不懂，解之不通的地方也同传笺差不多。

　　试举一例，《鹊巢》一诗，《毛诗序》说是："夫人之德也，国君积行累功，以致爵位，夫人起家而居有之，德如鳲鸠，乃可以配焉。"郑玄据之，便把"维鹊有巢，维鸠居之"二句，解成"鹊之作巢，冬至架之，至春乃成，犹国君积行累功，故以兴焉。兴者，鳲鸠因鹊成巢而居有之，而有均壹之德，犹国君夫人来嫁，居君子之室，德亦然。室，燕寝也。"我想了许久，也想不出此诗究竟与夫人之德有何关系。又把《诗集传》翻出来看，朱熹的解说，却更不易捉摸了，他说："南国诸侯，被文王之化，能正心修身，以齐其家。其女子亦被后妃之化，而有专静纯一之德，故嫁于诸侯，而其家人美之曰，维鹊有巢，则鸠来居之。是以之子于归，而百两迎之也。"唉！明明白白的四句："维鹊有巢，维鸠居之，之子于归，百两御之"，谁知道却含有这许多正心，修身，齐家，以至被后妃之化，有专静纯一之德的大道理在里边呢？像这种的解释，几乎在任何种的《诗经》注释里都可遇到，如照他们的注释去读《诗经》，则《诗经》真是一部含义最深奥，最不容易懂的古书了。

　　虽然姚际恒、崔述、方玉润的几部书，能够自抒见解，不为传袭的传疏学说所范围，然而究竟还有所蔽。《诗经》的本来面目，在他们那里也还不容易找得到。

　　我们要研究《诗经》，便非先使这一切压盖在《诗经》上面的重重叠叠的注疏、集传的瓦砾，爬扫开来，而另起炉灶不可。

这种传袭的《诗经》注疏如不爬扫干净，《诗经》的真相便永不能显露。

二

在这种重重叠叠压盖在《诗经》上面的注疏、集传的瓦砾里，《毛诗序》算是一堆最沉重，最难扫除，而又必须最先扫除的瓦砾。

虽然齐鲁韩三家所说的诗并不比《毛诗序》所说的更好些，虽然近来很有些人极力表彰三家诗，用以排斥《毛诗序》，然而三家诗的势力究竟不大。当刘向、刘歆作《七略》的时候，许多人即已不满于他们的学说。《汉书·艺文志》说："汉兴，鲁申公为诗训故。而齐辕固，燕韩生皆为之传。或取《春秋》，采杂说，咸非其本义，与不得已，鲁最为近之。"其后，《毛诗》专行，三家诗渐渐逸亡，更是无人注意到他们了。自宋以后，朱熹、王应麟以至龚橙、皮锡瑞虽多采用他们的话，而其效力止在于攻击《毛诗》，对于一般读诗的人影响仍然绝少。且他们的话，已搜集得的，也很零星错落，不易得到头绪。因此，我们可以暂缓对他们下攻击令。

朱熹的《诗集传》，虽然也是一堆很沉重，很不容易扫除，而又必须扫除的瓦砾，然而在他的许多坏处里，最大的坏处，便是因袭《毛诗序》的地方太多。许多人都公认朱熹是一个攻击《毛诗序》最力的，而且是第一个敢把《毛诗序》从《诗经》里分别出来的人；而在实际上，除了朱熹认国风的"风"字应作"风谣"解，认《郑风》是淫诗，与《诗序》大相违背外，其余的许多见解，仍然都是被《诗序》所范围，而不能脱身跳出，所以我们要攻击《诗集传》仍然须先攻击《毛诗序》。

其余一般《诗经》的注家，都没有什么独特的见解，他们大概都是拥护或反对《毛诗序》的。我们如把他们辩论的中心《毛诗序》打翻，他们便都可默然息争了。

所以我们现在动手爬除压盖在《诗经》上面的注疏瓦砾时，应该最先下手的便是《毛诗序》。而《毛诗序》除了对于《诗经》的影响以外，对于一般文学上的影响，也是很大的。

如《鄘·柏舟》一诗，《诗序》以为是："共姜自誓也。卫世子共伯早死，其妻守义，父母欲夺而嫁之，誓而弗许，故作是诗以绝之。"而以后"柏舟"二字便成了形容节妇的成语了。又如《召南·小星》一诗，《诗序》以为是："惠及下也。夫人无妒忌之行，惠及贱妾，进御于君，知其命有贵贱，能尽其心矣。"而以后"小星"二字便成了"妾"的代用字了。又如美刺之义，自《诗序》始作俑后，文学作品里便多印上了这个墨痕。白居易作《新乐府》五十篇，每篇有自序，而其序便是摹仿《诗序》做的。如《七德舞》之为"美拨乱，陈王业也"。《西凉伎》之为"刺封疆之臣也"。《蛮子朝》之为"刺将骄而相备位也"。《新丰折臂翁》之为"戒边功也"。《太行路》之为"借夫妇以讽君臣之不终也"。此种诗序，由作诗的人自己做出来，还不打紧，如果是后人代做的，则其附会穿凿之处，真要令人叹息不已。试举一个很可笑的例：

苏东坡的《卜算子》："缺月挂疏桐，漏断人初定。时有幽人独往来，缥缈孤鸿影。惊起却回头，有恨无人省。拣尽寒枝不肯栖，寂寞沙洲冷。"本是一首很美丽的词，被张惠言选入他的《词选》里，便引了鲖阳居士的话，把他逐句解释起来说："缺月，刺明微也。漏断，暗时也。幽人，不得志也。独往来，无助也。惊鸿，贤人不安也。回头，爱君不忘也。无人省，君不察也。拣尽寒枝不肯栖，不偷安于高位也。寂寞沙洲冷，非所安也。"这种解释，真是不可思议，即使起东坡于九原，叫他自己去注解，我想也决不会注解成这个样子。而他们因受《诗序》的影响太深，便不知不觉的带上了蓝眼镜，把一切文艺品的颜色也都看成蓝的了。

这是《诗序》给与中国文艺界的最坏的影响之一。其他还有许多坏影响，现在也不一一列举了。《诗序》如不打翻，则这种附会的文艺解释，也是不能打翻的。

所以为了矫正这种错误的文艺观念起见，我们也不得不攻击《毛诗序》。底下举出《毛诗序》对于《诗经》的害处和他本身的矛盾与不能取信于人的地方。

三

《毛诗序》最大的坏处，就在于他的附会诗意，穿凿不通。《毛诗》凡三百十一篇，篇各有序。除《六笙诗》亡其辞，我们不能决定《诗序》的是非外，其余三百五篇之序，几乎百分之九十以上是附会的，是与诗意相违背的。章如愚说："二南之诗，谓之《周南》《召南》，此盖古人采诗于周之南，得之则为《周南》，采之于召之南，得之则为《召南》，……彼序诗者乃以《关雎》《麟趾》之化，王者之风，系之周公；《鹊巢》《驺虞》之德，诸侯之风，故系之召公，谬妄之甚也。即以二南系之二公，则遂以其诗皆为文王之诗。见《关雎》《葛覃》妇人之诗，则遂以他诗亦皆出之妇人。文王一人，在《周南》则以为王者，在《召南》则以为诸侯。太姒一人，在《周南》则以为后妃，在《召南》则以为夫人。岂夫子正名之意乎？以二南之诗所言，后妃夫人，多无义理。其间大可怪者，如《小星》之诗云：'夙夜在公，肃肃宵征，抱衾与裯。'夫肃肃宵征者，远行不息也。夙夜在公者，勤王之事也。诗之此语多矣。抱衾裯而夜行者，皆不惮劳役之意，岂非命之不均乎？故曰：'实命不犹。'此无疑其为使臣勤劳之诗也。今其序乃曰：'夫人无妒忌之行，惠及贱妾，进御于君，知其命有贵贱，能尽其心矣。'不知进御于君，何用肃肃宵征，夙夜在公为哉？又何用抱衾与裯而往乎？注云：'诸妾夜行，抱被与床帐，待进御之次序。'疏云：'虽君所有禂，亦当抱衾裯而往。'学经不知理，乃至于此，岂不贻有识者之笑！既曰，召南之国，被文王之化，《兔罝》之武夫皆好德，又安得强暴之男，侵陵正女，而致《行露》之讼？又安得有女怀春，而吉士诱之，如《野有死麕》之辞？谓文王太姒之化，只及妇人，不及男子已非也，况妇人果皆正洁，则亦如汉上之女不可犯，安有无感我帨，无使尨吠之语？序于此为说不行，乃云：'被文王之化，虽当乱世，犹恶无礼。'委曲讳护，亦以劳矣。"（《经义考》卷九十九引）

朱熹说："《诗序》实不足信。向见郑渔仲有《诗辨妄》，力诋《诗序》。其间言语太甚，以为皆是村野妄人所作。始亦疑之，后来仔细看一两篇，因质之《史记》《国语》，然后知《诗序》之果不足信。因是看《行苇》《宾之初筵》《抑》数篇，序与诗全不相似。以此看其他诗序，其不足信者煞多。以此知人不可乱说话，便都被人看破了。诗人假物兴辞，大率将上句引下句，如《行苇》'勿践履''戚戚兄弟，莫远具尔'。《行苇》是比兄弟，勿字乃兴莫字。此诗自是饮酒会宾之意，序者却牵合作周家忠厚之诗，遂以《行苇》为仁及草木。如云：'酌以大斗，以祈黄耇'，亦是欢会之时，祝寿之意。序者遂以为养老乞言。岂知祈字本只是祝颂其高寿，无乞言意也。……大率古人作诗，与今人作诗一般。其间亦自有感物道情，吟咏情性，几时尽是讥刺他人。只缘序者立例，篇篇要作美刺说，将诗人意思尽穿凿坏了。且如今人见人才做事，便作一诗歌美之或讥刺之，是甚么道理！"（《朱子语类》卷八十）

他们说的真痛快！《诗序》解诗，像这种附会的地方，几乎触目皆是。大概作《诗序》的人，误认《诗经》是一部谏书，误认《诗经》里许多诗，都是对帝王而发的，所以他所解说的诗意，不是美某王，便是刺某公。又误认诗歌是贵族的专有品，所以他便把许多诗都归为某夫人或某

公、某大夫所作；又误认一国的风俗美恶，与王公的举动极有关系，所以他又把许多诗都解说是受某王之化，是受某公之化。因他有了这几个成见在心，于是一部很好的搜集古代诗歌很完备的《诗经》，被他一解释便变成一部毫无意义，而艰深若盘、诰的悬戒之书了。后来读诗的人，不知抬头看诗文，只知就序求诗意，其弊害正如朱熹所说："故此序者，遂若诗人先所命题，而诗文反为因序以作。于是读者传相尊信，无敢拟议。到于有所不通，则必为之委曲迁就，穿凿而附合之，宁使经之本文，僚戾破碎，不成文理。……"（《诗序辩说》）

所以我们十分确信的说：《诗序》之说如不扫除，《诗经》之真面目，便永不可得见。吴澂说得好："舍序而读诗，则虽不烦训诂而意自明，又尝为之强诗以合序，则虽由生巧说，而义愈晦。"

这就是我们要排斥《诗序》的最大的原因。

四

就《诗序》的本身而论，他的矛盾之处，也尽足以使他的立足点站得不稳。

假使我们退一百步而承认《诗序》所说的美刺之义是不错的，我们竟用了他的美刺之义去读诗，然而结果却更不幸，我们反而加载了许多怀疑之点在心上。因为我们发现，《诗序》之所美所刺，是没有一定的标准的。譬如有两篇同样意思，甚至于词句也很相似的诗，在《周南》里是美，在《郑风》里却会变成是刺。或是有两篇同在《卫风》或《小雅》里的同样的诗，归之武公或宣王则为美，归之幽王、厉王则为刺。而我们读这些诗的本文时却决不见他们有什么不同的地方，试举几个实例。

这里是两首祭祝的歌：

《小雅·楚茨》	《大雅·凫鹥》
济济跄跄， 絜尔牛羊， 以往烝尝。 或剥或亨， 或肆或将。 祝祭于祊， 祀事孔明。 先祖是皇， 神保是飨。 孝孙有庆， 报以介福， 万寿无疆。	凫鹥在泾， 公尸来燕来宁。 尔酒既清， 尔肴既馨。 公尸燕饮， 福禄来成！ 凫鹥在沙， 公尸来燕来宜。 尔酒既多， 尔肴既嘉， 公尸燕饮， 福禄来为！
《楚茨》，刺幽王也。政烦赋重，田莱多荒，饥馑降丧，民卒流亡，祭祀不飨，故君子思古焉。	《凫鹥》，守成也。太平之君子，能持盈守成，神祇祖考安乐之也。

我们试读这两首歌，谁能找出他们的异点来？《楚茨》的辞意很雍容堂皇，《凫鹥》的辞意也是如此，毫无不同之处。而因《楚茨》不幸是在《小雅》里，更不幸而被作《诗序》的人硬派作幽王时的诗，于是遂被说成："刺幽王也。政烦赋重，田莱多荒，饥馑降丧，民卒流亡，祭祀不飨，故君子思古焉"了。至于《凫鹥》则因他是在《大雅》里，于是《诗序）便美之曰："守成也。太平之君子，能持盈守成，神祇祖考安乐之也。"我不知《楚茨》的诗里，有那一句是说"祭祀不飨"的？"絜尔牛羊，以往烝尝"与"尔酒既清，尔肴既馨"有什么不同？"报以介福，万寿无疆"与"福禄来成""福禄来为"又有什么分别？为什么《楚茨》便是刺，《凫鹥》便是美呢？这种矛盾之处，真令人索解无从。

这里又有三首诗，这三首都是很好的情诗：

《周南·关雎》	《陈风·月出》	《陈风·泽陂》
关关雎鸠， 在河之洲。 窈窕淑女， 君子好逑。 参差荇菜， 左右流之。 窈窕淑女， 寤寐求之。 求之不得， 寤寐思服。 悠哉悠哉， 辗转反侧！	月出皎兮， 佼人僚兮， 舒窈纠兮， 劳心悄兮！ 月出皓兮， 佼人懰兮， 舒忧受兮， 劳心慅兮！ 月出照兮， 佼人燎兮， 舒夭绍兮， 劳心惨兮！	彼泽之陂， 有蒲与荷。 有美一人， 伤如之何！ 寤寐无为， 涕泗滂沱！ 彼泽之陂， 有蒲菡萏。 有美一人， 硕大且俨。 寤寐无为， 转辗伏枕！
《关雎》，后妃之德也，风之始也，所以风天下而正夫妇也。……是以《关雎》乐得淑女以配君子，忧在进贤，不淫其色；哀窈窕，思贤才，而无伤善之心焉。	《月出》，刺好色也。在位不好德，而说美色焉。	《泽陂》，刺时也。言灵公君臣淫于其国，男女相说，忧思感伤焉。

我们试先读这三首诗的本文；我们立刻便知道《关雎》是写男子思慕女子，以至于"寤寐求之""辗转反侧"的；《月出》是写男子（？）在月下徘徊，见明月之光，而思念所爱之人，以至于"舒窈纠兮，劳心悄兮"的；《泽陂》所写的更是悲惨，他思念所爱的人，以至于"寤寐无为，涕泗滂沱""转辗伏枕"了。试再读《诗序》：他所说的真是可惊。原来《关雎》是美"后妃之德"的，是"乐得淑女以配君子，忧在进贤，

不淫其色；哀窈窕，思贤才，而无伤善之心焉”的；《月出》却是“刺好色”，是说“在位不好德，而说美色焉”的；《泽陂》却是“刺时”，是“言灵公君臣淫于其国，男女相说，忧思感伤焉”的。我真不懂：为什么同样的三首情诗，意思也完全相同的，而其所含的言外之意却相差歧得如此之远？我真不懂：为什么“寤寐思服，辗转反侧”二句，在《周南·关雎》之诗里，便有这许多好的寓意，同样的“寤寐无为，转辗伏枕”二句，在《陈风·泽陂》之诗里，便变成什么“刺时”，什么“灵公君臣淫于其国……”等等的坏意思呢？这真是不可思议的事了！

还有很可笑的，下而有八首字句很相同的诗：

《召南·草虫》	《王风·采葛》	《郑风·风雨》	《秦风·晨风》
喓喓草虫， 趯趯阜螽。 未见君子， 忧心忡忡。 亦既见止， 亦既觏止， 我心则降！	彼采葛兮， 一日不见， 如三月兮！ 彼采艾兮， 一日不见， 如三岁兮！	风雨凄凄， 鸡鸣喈喈。 既见君子， 云胡不夷。 风雨如晦， 鸡鸣不已。 既见君子， 云胡不喜！	山有苞棣， 隰有树檖。 未见君子， 忧心如醉。 如何如何， 忘我实多！
《草虫》，大夫妻能以礼自防也。	《采葛》，惧谗也。	《风雨》，思君子也。乱世则思君子不改其度焉。	《晨风》，刺康公也。忘穆公之业，始弃其贤臣焉。

《小雅·菁菁者莪》	《小雅·裳裳者华》	《小雅·都人士》	《小雅·隰桑》
菁菁者莪， 在彼中沚。 既见君子， 我心则喜。 泛泛杨舟， 载沉载浮。 既见君子， 我心则休。	裳裳者华， 其叶湑兮。 我觏之子， 我心写兮。 我心写兮， 是以有誉处兮。	彼都人士， 台笠缁撮。 彼君子女， 绸直如发。 我不见兮， 我心不说！	隰桑有阿， 其叶期难。 既见君子， 其乐如何！ 心乎爱矣， 遐不谓矣！ 中心藏之， 何日忘之。
《菁菁者莪》，乐育材也。君子能长育人材，则天下喜乐之矣。	《裳裳者华》，刺幽王也。古之仕者世禄，小人在位则谗谄并进，弃贤者之类，绝功臣之世焉。	《都人士》，周人刺衣服无常也。古者长民，衣服不贰，从容有常，以齐其民，则民德归壹，伤今不复见古人也。	《隰桑》，刺幽王也。小人在位，君子在野，思见君子尽心以事之也。

这八首诗的意思也差不多都是很相同的。《草虫》是描写未见君子与既见君子时的心理的。《采葛》《晨风》与《都人士》都是描写不见君子时想望之情的。《风雨》《菁菁者莪》与《裳裳者华》都是描写既见君子时愉快之感的。无论谁，在这几首诗里都可以很明白的看出他们都是包括同样的情意的，至少也可以说他们的情意决不至相差很远。而不料《诗序》于《草虫》诗中的"未见君子，忧心忡忡。亦既见止，亦既觏止，我心则降"数句，则释之为"大夫妻能以礼自防"；于《晨风》诗中，与"未见君子，忧心忡忡"同样语气乃至文字的"未见君子，忧心如醉"二句，则释之为"刺康公也。忘穆公之业，始弃其贤臣焉"；于《菁菁者莪》诗中"既见君子，我心则喜"，则释之为"乐育材也"；于《裳裳者华》与《隰桑》二诗，与上面那二句语气乃至文字都相同的"我觏之子，我心写兮"与"既见君子，其乐如何"，则俱释之为"弃贤者之类""小

人在位，君子在野，思见君于尽心以事之"。为什么辞意与文字都相同的诗句，美刺之义，乃如此不同呢？尤可笑的是：《采葛》之"一日不见，如三岁兮"，丝毫无谗间蔽明之意，而序却释之曰："惧谗也。"《都人士》之"彼都人士，台笠缁撮"诸语，不过是形容所不见之人之辞，为"我不见兮，我心不说"作衬托，而《诗序》却注重于彼，以此诗为"周人刺衣服无常"。《风雨》一诗，明明白白的说，"既见君子，云胡不喜"，而《诗序》却故意转了好几个大弯，把他释成："思君子也。乱世则思君子不改其度焉。"这真是从那里说起！难道作《诗序》是连诗文也不看一看，便闭了眼睛去瞎作的么？我想了半天，也想不出他的道理来。后来一看《召南》《郑风》《幽王》《秦风》等字，才豁然大悟，原来作《诗序》的人果然是不细看诗文的，果然是随意乱说的，他因为《草虫》是在《召南》里，所以便以为是美，《风雨》是在《郑风》里，所以不得不硬派他一个刺，《隰桑》《裳裳者华》因为已派定是幽王时诗，所以便也不得不以他为刺诗。其他如《关雎》之为美，《月出》《泽陂》之为刺，也是如此，《关雎》幸而在《周南》，遂被附会成"后妃之德也"；《月出》《泽陂》不幸在《陈风》，遂不得不被说成刺好色，刺淫乱了。这种美刺真是矛盾到极点了。

《诗序》的精神在美刺。而不料他的美刺，却是如此的无标准，如此的互相矛盾，如此的不顾诗文，随意乱说！

他的立足点已根本摇动了。

五

在这个地方，我知道一定有人要出来反驳我。他们一定以为诗意本来是深邃不易知的。《诗序》由来已久，其所说必有所据。安知《草虫》与《隰桑》之本义，不是如《诗序》所说的一样呢？岂能以生于千载后的人

的臆想，来决断千载前的事？

这个驳问，可以分两层来回答：

第一，所谓"诗意深邃不易知"的话，阎百诗（若璩）在他的《毛朱诗说》里，也曾以之为回护《诗序》攻击朱熹的武器，他说："朱庆余作《闺意》一篇，献水部郎中张籍曰：'洞房昨夜停花烛，待晓堂前拜舅姑，妆罢低声问夫婿，画眉深浅入时无？'此即掩其题，可知是以生平就正于人之作。窦梁宾以才藻见赏卢东美，卢东美及第，为喜诗曰：'晓妆初罢眼初睭，小玉惊人踏破裙，手把红笺书一纸，上头名字有郎君。'此若掩其姓名，有不以为妇喜夫登第之作乎？诗有难辨如此，吾欲诵以质晦翁。"

这一层最容易回答。我以为古人作诗，词旨俱极明白，决无故为艰深之理。我们看唐以前的诗便可以知道。《诗经》里的诗，文辞俱极朴质，更不会包括什么哑谜在里面。现在之《三百篇》所以成艰深，乃《诗序》之曲说附会有以致之，诗文固极明了，固不艰深也。阎百诗所举的朱庆余、窦梁宾的诗，分明是《诗序》的影响，岂可反据之以证《诗序》？此正如白居易的《新乐府》都是自己作序，他也言美，言刺；但是谁都知道这完全是摹仿《诗序》而作的，决不能反据之以证"《诗序》是诗人自为之"的无稽之言。

第二，所谓"《诗序》由来已久，其说必有所据"的话，古来也已有许多人曾以之为回护《诗序》，攻击反对派的武器。叶适说："《诗序》随文发明，或纪本事，或释诗意，皆在秦、汉之前，虽浅深不能尽当。读诗者以时考之，以义断之，惟是之从可也。若尽去本序，自为之说，失诗意愈远矣。"黄震说："夫诗非序莫知其所自作。去之千载之下，欲一旦尽去自昔相传之说，别求其说于茫冥之中，诚难事矣！"范处义也引了许多《诗序》与《左传》及其他古书相合之处，以为："使《诗序》作于夫子之前，则是为夫子之所录，作于夫子之后，则是取诸夫子之遗言也。庸可废耶？"

我以为他们的话，也都很容易回答。《诗序》是解释《诗经》的，我们自当以诗文为主，不能据序以误诗。《诗序》如与诗意相合，我们便当遵他；如大背诗意，则不问其古不古，不问其作者之为孔子抑他人，皆非排斥不可。何况《诗序》之决非古呢？且《诗经》本甚明白。废序而说诗，较据序以言诗且更明了。（参看上面驳《诗序》的话）所以叶适、黄震的话，是没有什么理由的。

何以说《诗序》之决非古呢？

《诗序》作者之为何人，自汉迄宋已众论纷纭，莫衷一是。沈重据《诗谱》以为《大序》是子夏作，《小序》是子夏、毛公合作。《后汉书》又以《诗序》为卫宏作。《隋志》则以为《诗序》是子夏所作，其后毛公、卫敬仲又加润色。王安石则以为是诗人所自制。程颐则又以为《诗大序》是孔子作，《小序》是国史作。王得臣亦以为《诗序》非孔子不能作，孔子只作头一句，其下为毛公发明之。苏辙也只取《诗序》的首句，以为是孔氏之旧。在这许多议论中，王安石与程颐、王得臣的主张最为无据。他们所谓诗人自作，所谓孔子作，国史作，都是逞臆乱说，毫不足信，我们可以不用去管他们。其比较的有根据的，共有三说：（一）是子夏作，（二）是卫宏作，（三）是子夏、毛公、卫宏合作。第三说只是《隋志》折衷众说而来的，本不大可靠。第一说则韩愈与成伯瑜都已怀疑他。大概郑玄他们所以主张《诗序》是子夏作的缘故，不外借重子夏以坚《诗序》的信仰而已。——关于这一层韩愈也已说过——子夏叙诗之说，经传并无明文。《论语》上曾记子夏与孔子论诗之语，孔子虽许其知诗，但并不曾说到叙诗，决不能便以此为子夏叙诗的根据。如必欲以此为据，则明丰坊伪作之《子贡诗传》，其可靠不也同《诗序》一样么？

魏源的《诗古微》曾证明《鲁诗》《韩诗》之源，与相传的《毛诗》传授之源是相同的。然而《毛诗序》之释诗，与鲁韩俱不相同。如《汉广》，韩以为"悦人也"，《毛诗序》则以为是"德广所及也"。《邶·柏舟》鲁以为是"卫宣夫人作"，毛则以为是"言仁而不遇也"。《诗序》而果出子夏或孔门，决不会与他们相差得如此之远。且"设若有子夏所传之序，因何齐鲁间先出，学者却不传，返出于赵也？序既晚出于赵，子何处而传此学？"（郑樵说）是知指《诗序》为子夏作者，实亦无据之谈，与诗人所自作及孔子或国史所作之说，同样的靠不住。最可靠者还是第二说。因为《后汉书·儒林传》里，明明白白的说："卫宏从谢曼卿受学，作《毛诗序》，善得风雅之旨，至今传于世。"范蔚宗离卫敬仲未远，所说想不至无据。且即使说《诗序》不是卫宏作，而其作者也决不会在毛公、卫宏以前。有几个证据可以帮忙这个主张的成立。

第一，我们知道《诗序》是决非出于秦以前的。郑樵说："据六亡诗，明言有其义而亡其辞，何得是秦以前人语？《裳裳者华》'古之仕者世禄'，则知非三代之语。"

第二，我们知道《诗序》是决非出于毛公作《故训传》以前的。《诗序》之出，如在毛公以前，则毛公之传，不应不释序。尤可怪的是，序与传往往有绝不相合之处。如《静女》，序以为是刺时，是言"卫君无道，夫人无德"。而传中并无此意，所释者反都为美辞。又如《东方之日》，序以为是刺衰，是言"君臣失道，男女淫奔，不能以礼化"。而传中也绝无此意，且释东方之日为"人君明盛，无不照察也"，释姝为"初婚之貌"，与序意正相违背。如以序之出为在毛公前，或以序为毛公所作，或润色，都不应与传相歧如此之远。所以我们知道《诗序》决是出于毛公之后。

第三，我们知道《诗序》之出，是在《左传》《国语》诸书流行以后的。为《毛诗序》辩护的，都以为其与史相证，事实明白，决非后人之作，而不知其所举事实，乃皆抄袭诸书，强合经文，绝无根据。范处义以为《诗序》与《春秋》相合，可以证其为圣人之作，而不知《十月之交》一诗，《诗序》以为刺幽王，即郑玄也已怀疑他，以为当作厉王。其他之不足信，都与此相类。凡《诗序》与《左传》诸书相合的地方，正是《诗序》从他们那里剽窃得来的证据。郑樵说："诸风皆有指言当代之某君者。唯魏桧二风，无一篇指言某君者。以此二国《史记》世家、年表、列传不见所说，故二风无指言也。"如《诗序》出在诸书以前，则不应诸书所言者，序亦言之，诸书所不言者，序即缺之。

第四，我们且可以证明，《诗序》是出于刘歆以后的。郑樵说："刘歆三统历妄谓文王受命九年而崩，致误卫宏言文王受命作周也。"文王受命之说，不见他书。作《诗序》者如不生于刘歆之后，便无从引用此说。

第五，还有一层，我们也可以引之为《诗序》后出之证。叶梦得说："汉世文章，未有引《诗序》者。惟黄初四年有共公远君子，近小人之说。盖魏后于汉，宏之《诗序》，至此始行也。"

有了以上的几个证据，我们便可以很决断的判定《诗序》是后汉的产物，是非古的。汉人传经，其说本靠不住；一方面抱残守缺死守师说，而不肯看看经文，一方面又希望立于学官，坚学者之信仰，不得不多方假托，多方引证，以明自己的渊源有自。而因此，经文乃大受其祸了。《诗序》之乱诗，其情形正有类于此。惟汉儒才能作如此穿凿附会之《诗序》，《诗序》如非汉人作，我敢断定他绝对不会这样乱说。

至此，《诗序》由来已久，其说有据之论，已不攻自破。

六

把上面所说的话总结起来说，便是：

《毛诗序》是没有根据的，是后汉的人杂采经传，以附会诗文的；与

明丰坊之伪作《子贡诗传》，以己意释诗是一样的。

《诗序》的释诗是没有一首可通的，他的美刺，又是自相矛盾的。

但他的影响却极大，所以我们为了要把《诗经》从层层叠叠的注疏的瓦砾堆里取出来，作一番新的研究，第一必要的，便是去推倒《毛诗序》。

丰坊的《子贡诗传》，说诗的人都知道是他自己伪作的，谁也不相信他。独对于卫宏伪托子夏的《诗序》，却自汉以来，没有人敢完全摆脱了他，即攻击《诗序》极力的人也不敢毅然的说他完全无据。为什么因为他出于后汉便相信他，出于明便不相信呢？这和知笑退走百步的兵士而不知鄙夷退走五十步的兵士有什么分别呢？

昔梅赜伪作《古文尚书》，欺世者且千年，自阎百诗之《古文尚书疏证》出，梅赜的伪书，才完全失其威权。《诗序》之乱诗，其祸且甚于伪《书》，我希望在最近的时候，能够也有人出来作这种工作，把《诗序》详细的攻驳一下，把他从《诗经》里永远逐出。

除去这个毫无根据的，伪托的，自相矛盾的，最为《诗经》之害的《诗序》，是可以丝毫不必迟疑的。我这篇文章意思极为浅近，且多前人已经说过的话，只可算是这种扫除运动里的小小的清道夫的先锋而已。

本文里第四节所引的几首诗的三个比较表，都是我的朋友顾颉刚先生制的，他允许我先在此处引用他们，这是我所最为感谢的。

什么是九歌

闻一多

一、神话的九歌

传说中九歌本是天乐。赵简子梦中升天所听到的"广乐九奏万舞"，即《九歌》与配合着《九歌》的韶舞。（《离骚》"奏《九歌》而舞韶兮"。）《九歌》自被夏后启偷到人间来，一场欢宴，竟惹出五子之乱而终于使夏人亡国。这神话的历史背景大概如下。《九歌》韶舞是夏人的盛乐，或许只郊祭上帝时方能使用。启曾奏此乐以享上帝，即所谓钧台之享。正如一般原始社会的音乐，这乐舞的内容颇为猥亵。只因原始生活中，宗教与性爱颇不易分，所以虽猥亵而仍不妨为享神的乐。也许就在那次郊天的大宴享中，启与太康父子之间，为着有仍二女（即"五子之母"）起了冲突。事态扩大到一种程度，太康竟领着弟弟们造起反来，结果敌人——夷羿乘虚而入，把有夏灭了。（关于此事，另有考证。）启享天神，本是启请客。传说把启请客弄成启被请，于是乃有启上天作客的故事。这大概是因为所谓"启宾天"的"宾"字，（《天问》"启棘宾商"即宾天，《大荒西经》"开上三嫔于天"，嫔宾同。）本有"请客"与"作客"二义，而造成的结果。请客既变为作客，享天所用的乐便变为天上的乐，而奏乐享客也就变为作客偷乐了。传说的错乱大概只在这一点上。其余部分说启因《九歌》而亡国，却颇合事实。我们特别提出这几点，是要指明《九歌》最古的用途及其带猥亵性的内容，因为这对于下文解释《楚辞·九歌》，是颇有帮助的。

二、经典的九歌

《左传》两处以九歌与八风，七音，六律，五声连举（昭二十年，二十五年），看去似乎九歌不专指某一首歌，而是歌的一种标准体裁。歌以九分，犹之风以八分，音以七分，……那都是标准的单位数量，多一则有余，少一则不足。歌的可能单位有字、句、章三项。以字为单位者又可分二种。（一）每句九字，这句法太长，古今都少见。（二）每章九字，实等于章三句，句三字。这句法又嫌太短。以上似乎都不可能。若以章为单位，则每篇九章，连《诗经》里都少有。早期诗歌似乎不能发展到那样长的篇幅，所以也不可能。我们以为最早的歌，如其是以九为标准的单位数，那单位必定是句——便是三章，章三句，全篇共九句，不但这样篇幅适中，可能性最大，并且就"歌"字的意义看，"九歌"也必须是每歌九句。"歌"的本音应与今语"啊"同，其意义最初也只是唱歌时每句中或句尾一声拖长的"啊，……"（后世歌辞多以兮或猗，为，我，乎等字拟其音。）故《尧典》曰"歌永言"，《乐记》曰"故歌之为言也，长言之也"。然则"九歌"即九"啊"。九歌是九声"啊"，而"啊"又必在句中或句尾，则九歌必然是九句了。《大风歌》三句共三用"兮"字，《史记·乐书》称之为"三侯之章"，兮侯音近，三侯犹言三兮。《五噫诗》五句，每句末于"兮"下复缀以"噫"，全诗共用五"噫"字，因名之曰"五噫"。九歌是九句，犹之三侯是三句，五噫是五句，都是可由其篇名推出的。

全篇九句即等于三章章三句。《皋陶谟》载有这样一首歌（下称《元首歌》）。

> 元首起哉！股肱喜哉！百工熙哉！
>
> 元首明哉！股肱良哉！庶事康哉！
>
> 元首丛脞哉！股肱惰哉！庶事隳哉！

唐立庵先生根据上文"箫韶九成""帝用作歌"二句，说它便是《九歌》。这是很重要的发现。不过他又说即《左传·文七年》郤缺引《夏书》"戒之用休，董之用威，劝之以九歌，勿使坏"之九歌，那却不然。因为上文已证明过，书传所谓九歌并不专指某一首歌，因之夏书"劝之以九歌"只等于说"劝之以歌"。并且《夏书》三句分指礼，刑，乐而言，三"之"字实谓在下的臣民，而《元首歌》则分明是为在上的人君和宰辅发的。实则《元首歌》是否即《夏书》所谓九歌，并不重要，反正它是一首典型的《九歌》体的歌（因为是九句），所以尽可称为《九歌》。

和《元首歌》格式相同的，在《国风》里有《麟之趾》《甘棠》《采葛》《著》《素冠》等五篇。这些以及古今任何同类格式的歌，实际上都可称为《九歌》。（就这意义说，九歌又相当于后世五律、七绝诸名词。）九歌既是表明一种标准体裁的公名，则神话中带猥亵性的启的九歌，和经典中教诲式的《元首歌》，以及《夏书》所称而郤缺所解为"九德之歌"的九歌，自然不妨都是九歌了。

神话的九歌，一方面是外形固守着僵化的古典格式，内容却在反动的方向发展成教诲式的"九德之歌"一类的九歌，一方面是外形几乎完全放弃了旧有的格局，内容则仍本着那原始的情欲冲动，经过文化的提炼作用，而升华为飘然欲仙的诗——那便是《楚辞》的《九歌》。

三、《东皇太一》《礼魂》何以是迎送神曲

前人有疑《礼魂》为送神曲的，近人郑振铎、孙作云、丁山诸氏又先

后一律主张《东皇太一》是迎神曲。他们都对，因为二章确乎是一迎一送的口气。除这内在的理由外，我们现在还可举出一般祭歌形式的沿革以为旁证。

迎神送神本是祭歌的传统形式，在《宋书·乐志》里已经讲得很详细了。再看唐代多数宗庙乐章，及一部分文人作品，如王维《祠渔山神女歌》等，则祭歌不但必须具有迎送神曲，而且有时只有迎送神曲。迎送的仪式在祭礼中的重要性于此可见了。本篇既是一种祭歌，就必须含有迎送神的歌曲在内，既有迎送神曲，当然是首尾两章。这是常识的判断，但也不缺少历史的证例。以内容论，汉《郊祀歌》的首尾两章——《练时日》与《赤蛟》相当于《九歌》的《东皇太一》与《礼魂》（参看原歌便知），谢庄又仿《练时日》与《赤蛟》作宋《明堂歌》的首尾二章（《宋书·乐志》"迎送神歌，依汉《郊祀》三言四句一转韵。"），而直题作《迎神歌》《送神歌》。由《明堂歌》上推《九歌》，《东皇太一》《礼魂》是迎送神曲，是不成问题的。

或疑《九歌》中间九章也有带迎送意味，甚至明出迎送字样的，（《湘夫人》"九嶷缤兮并迎"，《河伯》"送美人兮南浦"）怎见九章不也有迎送作用呢？答：九章中的迎送是歌中人物自相迎送，或对假想的对象迎送，与二章为致祭者对神的迎送迥乎不同，换言之，前者是粉墨登场式的表演迎送的故事，后者是实质的迎送的祭典。前人混为一谈，所以纠缠不清。

除去首尾两章迎送神曲，中间所余九章大概即《楚辞》所谓《九歌》。《九歌》本不因章数而得名，已详上文。但因文化的演进，文体的篇幅是不能没有扩充的。上古九句的《九歌》，到现在——战国，涨大到九章的《九歌》，乃是必然的趋势。

四、被迎送的神只有东皇太一

《东皇太一》既是迎神曲，而歌辞只曰"穆将愉兮上皇"（上皇即东皇太一），那么辞中所迎的，除东皇太一外，似乎不能再有别的神了。《礼魂》是作为《东皇太一》的配偶篇的送神曲，这里所送的，论理也不应超出先前所迎的之外。其实东皇太一是上帝，祭东皇太一即郊祀上帝。只有上帝才够得上受主祭者楚王的专诚迎送。其他九神论地位都在王之下，所以典礼中只为他们设享，而无迎送之礼。这样看来，在理论原则上，被迎送的又非只限于东皇太一不可。对于九神，既无迎送之礼，难怪用以宣达礼意的迎送神的歌辞中，绝未提及九神。

但请注意：我们只说迎送的歌辞，和迎送的仪式所指的对象，不包括那东皇太一以外的九神。实际上九神仍不妨和东皇太一同出同进，而参与了被迎送的经验，甚至可以说，被"饶"给一点那样的荣耀。换言之，我们讲九神未被迎送，是名分上的未被迎送，不是事实的。谈到礼仪问题，当然再没有比名分观念更重要的了。超出名分以外的事实，在礼仪的精神下，直可认为不存在。因此，我们还是认为未被迎送，而祭礼是专为东皇太一设的。

五、九神的任务及其地位

祭礼既非为九神而设，那么他们到底是干什么的？汉《郊祀歌》已有答案："合好效欢虞太一，……《九歌》毕奏斐然殊。"《郊祀歌》所谓"九歌"可能即《楚辞》十一章中之九章之歌（详下），九神便是这九章之歌中的主角，原来他们到场是为着"效欢"以"虞太一"的。这些神道们——实际是神所"凭依"的巫们——按照各自的身份，分班表演着程度不同的哀艳的，或悲壮的小故事，情形就和近世神庙中演戏差不多。不同的只是在当时，戏是由小神们做给大神瞧的，而参加祭礼的人们是沾了

大神的光而得到看热闹的机会；现在则专门给小神当代理人的巫既变成了职业戏班，而因尸祭制度的废弃，大神只是一只"土木形骸"的偶像，并看不懂戏，于是群众便索性把他撇开，自己霸占了戏场而成为正式的观众了。

九神之出现于祭场上，一面固是对东皇太一"效欢"，一面也是以东皇太一的从属的资格来受享。效欢时是立于主人的地位替主人帮忙，受享时则立于客的地位作陪客。作陪凭着身分（二三等的神），帮忙仗着伎能（唱歌与表情）。九神中身分的尊卑既不等，伎能的高下也有差，所以他们的地位有的作陪的意味多于帮忙，有的帮忙的意味多于作陪。然而作陪也是一种帮忙，而帮忙也有吃喝（受享），所以二者又似可分而不可分。

六、二章与九章

因东皇太一与九神在祭礼中的地位不同，所以二章与九章在十一章中的地位也不同。在说明这两套歌辞不同的地位时，可以有宗教的和艺术的两种相反的看法。就宗教观点说，二章是作为祭歌主体的迎送神曲，九章即真正的《九歌》，只是祭歌中的插曲。插曲的作用是凑热闹，点缀场面，所以可多可少，甚至可有可无。反之，就艺术观点说，九章是十一章中真正的精华，二章则是传统形式上一头一尾的具文。《楚辞》的编者统称十一章为"九歌"，是根据艺术观点，以中间九章为本位的办法。《楚辞》是文艺作品的专集，编者当然只好采取这种观点。如果他是《郊祀志》的作者，而仍采用了这样的标题，那便犯了反客为主和舍己从人的严重错误，因为根据纯宗教的立场，十一章应改称"楚《郊祀歌》"，或更详明点，"楚郊祀东皇太一《乐歌》"，而《九歌》这称号是只应限于中间的九章插曲。或许有人要说，启享天神的乐称《九歌》，《楚辞》概称祀东皇太一的全部乐章为《九歌》，只是沿用历史的旧名，并没有什么重视《九歌》艺术性的立场在背后。但他忘记诸书谈到启奏《九歌》时不满的态度。不是还说启因此亡国吗？须知说启奏《九歌》以享天神，是骂他胡闹，不应借了祭天的手段来达其"康娱而自纵"（《离骚》）的目的，所以又说"章闻于天，天用弗式"（《墨子·非乐篇》引《武观》）。他们言外之意，祭天自有规规矩矩的音乐，那太富娱乐性的《九歌》是不容搀进祭礼来以亵渎神明的。他们反对启，实即反对《九歌》，反对《九歌》的娱乐性，实即承认了它的艺术性。在认识《九歌》的艺术性这一点上，他们与《楚辞》的编者没有什么不同，不过在运用这认识的实践行为上，他们是凭那一点来攻击启，《楚辞》的编者是凭那一点来欣赏文艺而已。

七、九章的再分类

不但十一章中，二章与九章各为一题，若再细分下去，九章中，前八章与后一章（《国殇》）又当分为一类。八篇所代表的日、云、星（指司命，详后）、山、川一类的自然神，（《史记·留侯世家》"学者多言无鬼神，然言有物"，物即自然神。）依传统见解，仿佛应当是天神最贴身的一群侍从。这完全是近代人的想法。在宗教史上，因野蛮人对自然现象的不了解与畏惧，倒是自然神的崇拜发生得最早。次之是人鬼的崇拜，那是在封建型的国家制度下，随着英雄人物的出现而产生的一种宗教行为。最后，因封建领主的逐渐兼并，直至大一统的帝国政府行将出现，像东皇太一那样的一神教的上帝才应运而生。八章中尤其《湘君》《湘夫人》等章的猥亵性的内容（此其所以为淫祀），已充分暴露了这些神道的原始性和幼稚性。（苏雪林女士提出的人神恋爱问题，正好说明八章宗教方面的历史背景，详后。）反之，《国殇》却代表进一步的社会形态，与东皇太一的时代接近了。换言之，东君以下八神代表巫术降神的原始信仰，国殇与东皇太一则是进步了的正式宗教的神了。我们发觉国殇与东皇太一性质相近的种种征象，例如祭国殇是报功，祭东皇太一是报德，国殇在祀家的系统中当列为小祀，东皇太一列为大祀等等都是。这些征象都是国殇与东皇太一贴近，同时也使他去八神疏远。这就是我们将九章又分为八神与《国殇》二类的最雄辩的理由。甚至假如我们愿走极端，将全部十一章分为二章（《东皇太一》《礼魂》），一章（《国殇》），与八章三个平列的大类，似亦无不可。我们所以不那样做，是因为那太偏于原始论的看法。在历史上，东皇太一，国殇，与八神虽发生于三个不同的文化阶段，而各有其特殊的属性，但那究竟是历史。在《九歌》的时代，国殇恐怕已被降级而与八神同列了。至少楚国制定乐章的有司，为凑足九章之歌的数目以合传统《九歌》之名，已决意将国殇排入八神的班列，而让他在郊祀东皇太一的典礼里，分担着陪祀意味较多的助祀的工作。（看歌辞八章与《国殇》皆转韵，属于同一型类，制定乐章者的意向益明。）他这安排也许有点牵强，但我们研究的是这篇《九歌》，我们的任务是了解制定者用意，不是修改他的用意。这是我们不能不只认八章与《国殇》为一大类中之两小类的另一理由。

为醒目起见，我们再将上述主要各点依一种新的组织制成下表。有些意思，因行文的限制，上文来不及阐明的，大致已在表中补足了。

神道及其意义					歌辞				
					内容的特征与情调		外形		
客体	东君、云中君、湘君、湘夫人、大司命、少司命、河伯、山鬼	（自然神）物	淫祀	助祀	杂曲（九章）	用独白或对话的形式抒写悲欢离合的情绪	似风（恋歌）	哀艳	长短句	转韵
	国殇	鬼	小祀	陪祀 报功		叙述战争的壮烈，颂扬战争的英勇	似雅（挽歌）	悲壮	七字句	
主体	东皇太一	神	大祀	正祀 报德	迎神曲送神曲（二章）	铺叙祭礼的仪式和过程	似颂（祭歌）	肃穆	长短句	不转韵

八、"赵代秦楚之讴"

《汉书·礼乐志》曰：

> 武帝定郊祀之礼，词太一于甘泉，……乃立乐府，采诗夜诵，有赵代秦楚之讴。以李延年为协律都尉，多举司马相如等数十人造为诗赋，略论律吕，以合八音之调，作为十九章之歌。以正月上辛用事圜丘，使童男女七十人俱歌，昏祠至明。

"有赵代秦楚之讴"对我们是一句极关重要的话，因为经我们的考察，九章之歌所代表诸神的地理分布，恰恰是赵代秦楚。现在即依这国别的顺序，逐条分述如下：

1.《云中君》 罗膺中先生曾据"览冀州兮有余"及《史记·封禅书》"晋巫祠五帝东君、云中君，……"之语，说云中即云中郡之云中。这是一个重要的发现。云中是赵地，（《史记·赵世家》："武灵王……欲从

云中九原直南袭秦。"）赵是三晋之一，正当古冀州城。

2.《东君》 依照以东方殷民族为中心的汉族本位思想，日神羲和是女性，（《大荒南经》"有女子名羲和，……帝俊之妻，生十日"，《七发》"神归日母"。）但《九歌》的日神东君是男性，（《九歌》诸神凡称君的皆男性。）可能他是一位客籍的神。《史记·赵世家》索隐引谯周曰"余尝闻之，代俗以东西阴阳所出入，宗其神谓之王母父"，阴阳指日月，（《大戴记·曾子天圆篇》"阳之精气日神，阴之精气月灵"。）似乎以日为阳性的男神，本是代俗。据《封禅书》，东君也是晋巫所祠，代地本近晋，古本歌辞次第，《东君》在《云中君》前，（今本错置，详拙著《楚辞校补》。）是以二者相次为一组的。《史记·封禅书》及《索隐》引《归藏》亦皆东君、云中君连称。这种排列，大概是依农业社会观念，象征着两个对立的重要自然现象——晴与雨的。云中君在赵，东君的地望想必与他相近，不然是不会和他排在一起的。

3.《河伯》 《穆天子传》——"天子西征，骛行至阳纡之山，河伯无（冯）夷之所都"，据《尔雅·释地》与《淮南子·墬形篇》，阳纡是秦的泽薮，可见河泊本是秦地的神，所以祭河为秦国的常祀。《史记·六国年表》"秦灵公八年，初以君主妻河"，《封禅书》"及秦并天下，令祠官所常奉天地名山大川鬼神，……水曰河，祠临晋"是其证。《封禅书》又曰"昔秦文公出猎，获黑龙，（案即水神玄冥）此其水德之瑞，于是秦更命河曰德水"，这是秦祀河的理论根据。

4.《国殇》 歌曰"带长剑兮挟秦弓"，罗先生据此疑国殇即《封禅书》所谓"南山巫祠南山秦中。秦中者二世皇帝"。我们以为说国殇是秦人所祀则可，以为即二世则不可。二世是赵高逼死在望夷宫中的，并非死于疆场。且若是二世，《九歌》岂不降为汉代的作品？但截至目前，我们尚无法证明《九歌》必非先秦楚国的乐章。

5.6.《湘君》《湘夫人》　这还是南楚湘水的神。即令如钱宾四先生所说，湘水即汉水，那还是在楚境。

7.8.《大司命》《少司命》　大司命见于金文《洹子（即田桓子）孟姜壶》，而《风俗通·礼典篇》也说"司命……齐地大尊重之"，似乎司命本是齐地的神。但这时似乎已落籍在楚国了。歌中空桑、九坑皆楚地名可证。（《大招》"魂乎归徕，定空桑只"。九坑《文苑》作九冈，九冈山在今湖北松滋县，即昭十一年《左传》"楚子……用隐太子于冈山"之冈山。）《封禅书》且明说"荆巫祠司命"。

9.《山鬼》　顾天成《九歌解》主张《山鬼》即巫山神女，也是《九歌》研究中的一大创获。详孙君作云《〈九歌〉〈山鬼〉考》。我们也完全同意。然则山鬼也是楚神。

以上除2、4二项证据稍嫌薄弱，其余七项可算不成问题，何况以2属代，以4属秦，充其量只是缺证，并没有反证呢？"赵代秦楚之讴"是汉武因郊祀太一而立的乐府中所诵习的歌曲，《九歌》也是楚祭东皇太一时所用的乐曲，而《九歌》中九章的地理分布，如上文所证，又恰好不出赵代秦楚四国的范围，然则我们推测《九歌》中九章即《汉志》所谓"赵代秦楚之讴"，是不至离事实太远的。并且《郊祀歌》已有"《九歌》毕奏斐然殊"之语，这"《九歌》"当亦即"赵代秦楚之讴"。《礼乐志》称祭前在乐府中练习的为"赵代秦楚之讴"，《效祀歌》称祭时正式演奏的为"《九歌》"，其实只是一种东西。（《礼乐志》所以不称"《九歌》"而称"赵代秦楚之讴"，那是因为"有赵代秦楚之讴"一语是承上文"采诗夜诵"而言。上文说"采诗"，下文点明所采的地域，文意一贯。）由上言之，赵代秦楚既恰合九章之歌的地理分布，而《郊祀歌》又明说出"《九歌》"的名字，然则所谓"赵代秦楚之讴"即《九歌》，更觉可靠了。总之，今《楚辞》所载《九歌》中作为祀东皇太一乐章中的插曲的九章之歌，与夫汉《郊祀歌》所谓"合好效欢虞太一，……《九歌》毕奏斐然殊"的《九歌》，与夫《礼乐志》所谓因祠太一而创立的乐府中所"夜诵"的"赵代秦楚之讴"，都是一回事。

承认了九章之歌即"赵代秦楚之讴"，我们试细玩九章的内容，还可发现一个有趣的现象。九章之歌依地理分布，自北而南，可排列如下：

《东君》	代
《云中君》	赵
《河伯》（《国殇》）	秦
《大司命》《少司命》《山鬼》	楚
《湘君》《湘夫人》	南楚

国殇是人鬼，我们曾经主张将他和那八位自然神分开。现在我们即依这见解，暂时撇开他，而单独玩索那代表自然神的八章歌辞。这里我们可以察觉，地域愈南，歌辞的气息愈灵活，愈放肆，愈顽艳，直到那极南端的《湘君》《湘夫人》，例如后者的"捐余袂兮江中，遗余褋兮醴浦"二句，那猥亵的含义几乎令人不堪卒读了。以当时的文化状态而论，这种自北而南的气息的渐变，不是应有的现象吗？

九、楚《九歌》与汉《郊祀歌》的比较

虽然汉郊祀太一是沿用楚国的旧典，虽然汉祭礼中所用以娱神的《九歌》也就是楚人在同类情形下所用的《九歌》，但汉《郊祀歌》十九章与楚《九歌》十一章仍大有区别。汉歌十九章每章都是祭神的乐章，因为汉礼除太一外，还有许多次等的神受祭。但楚歌十一章中只首尾的《东皇太一》与《礼魂》（相当于汉歌首尾的《练时日》与《赤蛟》），是纯粹祭

神的乐章。其余九章，正如上文所说，都只是娱神的乐章。楚礼除东皇太一外，是否也有纯粹陪祭的次等神如汉制一样，今不可知。至少今《九歌》中不包含祭这类次等神的乐章是事实。反之，楚歌将娱神的乐章（九章）与祭神的乐章（二章）并列而组为一套歌辞。汉歌则将娱神的乐章完全摒弃，而专录祭神的乐章。总之楚歌与汉歌相同的是首尾都分列着迎送神曲，不同的是中间一段，一方是九章娱神乐章，一方是十七章祭次等神的乐章。这不同处尤可注意。汉歌中间与首尾全是祭神乐章（迎送神曲也是祭神乐章），他的内容本是一致的，依内容来命名，当然该题作"《郊祀歌》"。楚歌首尾是祭神，中间是娱神，内容既不统一，那么命名该以何者为准，便有选择的余地了。若以首尾二章为准，自然当题作"楚《郊祀歌》"。现在他不如此命名，而题作"《九歌》"，可见他是以中间九章娱神乐章为准的。以汉歌与楚歌的命名相比较，益可证所谓"《九歌》"者是指十一章中间的九章而言的。

怎样读《九歌》

闻一多

《九歌》需要解释的地方太多了，现在只谈一个"兮"字。为初步的欣赏《九歌》，这样谈谈不但尽可够用，说不定还是最有效的办法。

"兮"字就音乐或诗的声律说，是个"泛声"，就文法说，是个"虚字"，但文法家有时也称之为"语尾"，那似乎又在贴近音乐的立场说话了。总之，一般的印象，恐怕都以它为一个有声无义的字。"兮"在句末，如

帝高阳之苗裔兮。

诚然是那"兮"上一个字音的变质的延长，其作用纯是音乐性的。但如果在句中，如

吉日兮辰良。

作用便不能单是音乐的了。举一个简单的消极证明：上面那"兮"字不被放在句中任何地位，如"吉"或"辰"后，而必须在"吉日"——一个天然的文法段落后，便可见它的用途，是受着文法规律的支配的，因此我们就尽可疑心"兮"在这里是兼有文法作用的。一再比较下列二句：

遭吾道兮洞庭，（《九歌》）

遭吾道夫昆仑兮。（《离骚》）

在音乐上，前句的"兮"固不异于后句的"兮"。在文法上，则前句的"兮"分明相当后句的"夫"。至于

> 载云旗兮委蛇，（《九歌》）
>
> 载云旗之委蛇。（《离骚》）

或

> 九嶷缤兮并迎，（《九歌》）
>
> 九疑缤其并迎。（《离骚》）

前面"兮"当于"之"，后面的当于"其"，尤其明显。因上述诸例的鼓励，我曾将《九歌》中"兮"字，除少数例外（详后），都按他们在各句中应具的作用，拿当时通行的虚字代写出来（有时一兮字须释为二虚字），结果发现这里的"兮"竟可说是一切虚字的总替身。这是一个很有意思的现象。本来"诗的语言"之异于散文，在其弹性，而弹性的获得，端在虚字的节省。诗从《三百篇》《楚辞》进展到建安（《十九首》包括在内），五言句法之完成，不是一件了不得的大事，而句中虚字数量的减少，或完全退出，才是意义重大，因为，我们现在读到建安以后作品，每觉味道与《三百篇》《楚辞》迥乎不同，至少一部分原因就在这点炼句技巧的进步（此说本之季君镇淮）。《九歌》以一浑然的"兮"，代替了许多职责分明的虚字，这里虚字，似在省去与未省之间，正是炼句技巧在迈进途中的一种姿态。（《山鬼》《国殇》二篇的"兮"字，译成虚字，不如完全省去更为了当，那里节省虚字的趋势似乎又进了一步。）《九歌》的文艺价值所以超越《离骚》，意象之美，固是主要原因，但那"兮"字也在暗中出过大力，也是不能否认的。

不用讳言，语言增加了弹性，同时也增加了模糊性与游移性；艺术的收获，便是理性的损失。然而不要紧。虚字的空泛化（如《九歌》），或濒近敛迹（如一部分五言诗），诚给读者于辨文义时，平添了一道难关，但你

可猜到这难关是作者意匠的安排，为使你——读者好在克服困难中，赚得一点胜利的愉快。（一切艺术的欣赏中，都含有这类意味。）可是劳力虽即欣赏，过度的劳力又会妨碍欣赏，所以对于不惯阅读古代文艺的初学者，在钻求文义的劳役上，有给以相当扶助的必要。下面那篇"《九歌》兮字代释略说"，便是在这个目的下写成的，虽则我最初属稿的动机并不在此。

诚如上文所说，钻求文义以打通困难，是欣赏文艺必需的过程。但既是过程，便不可停留得过久，更不用提把它权当了归宿。所以在参详了那篇"代释"以后，我请读者还是马上回到《九歌》的原文，现在让"兮"字还是"兮"字——不，我想起来了，不能读"兮"如"兮"，要用它的远古音"啊"读它。（"兮"即最原始的"啊"字，理由我在别处谈过，这里且不必去管它。）因为"啊"这一个音是活的语言，自然载着活的感情；而活的感情，你知道，该是何等神秘的东西！不信，你试试

> 嫋嫋啊秋风，
>
> 洞庭波啊木叶下。

或

> 若有人啊山之阿，
>
> 被薜荔啊带女罗。

你是否就在那声"啊——"中"神往"了呢？若读如今音"兮"，有这效果吗？

先以各虚字代释"兮"，揭穿了它的文法作用，再读"兮"如"啊"，又发挥了它的音乐作用——如此一番玩索，一番朗诵，我想以后你必更爱《九歌》了！

孔雀东南飞

郑振铎

《孔雀东南飞》一诗，为中国最长的叙事诗。欧洲各国，前如希腊，后如英、德，其最初之文学皆为史诗。中国则史诗极不发达。《诗经》里的诗，以抒情诗及颂歌为最多。后来作者，只白居易最善于叙事诗，他所作的却都不很长。所以《孔雀东南飞》虽不及二千言，而已被称为古今第一长诗。

这首诗的字句，各本颇不同，文词也有费解的地方。最可怀疑的便是，前言："共事二三年，始尔未为久。"后言："新妇初来时，小姑始扶床。今日被驱遣，小姑如我长。"在二三年中小姑决不会由扶床而走的孩子，骤长至与新妇同长。即以二三为相乘之数，言新妇在焦仲卿家已六年，而六年的时间，也不能使小姑由扶床而走，而长至如新妇之长。《乐府诗集》载此诗，将"小姑始扶床，今日被驱遣"二句删除。宋本的《玉台新咏》也不曾载此二句（据丁福保《全汉魏六朝诗》附注）。但考《古诗纪》及通行本《玉台新咏》则皆有此二句。丁福保以为"此二句乃后人添入"，实为臆断之言，不足信。细读原诗，"新妇初来时，小姑始扶床，今日被驱遣，小姑如我长"四句，语气融成一片，决非后人添入，且后人也无故将前后矛盾之句添入之理。如删去"小姑始扶床，今日被驱

遣"二句，则"新妇初来时，小姑如我长"二句，便变为毫无意义了。宋人最好臆改古书。《乐府诗集》及宋刻《玉台新咏》见此处不可解，便删去二句，以求其无病。而不知斧痕显然，反失原诗低徊悲惋之意。丁氏不从《玉台新咏》，而信宋人，更强造后人添入之言，殊可笑！我以为古书偶有错，并不要紧，决不会因此便失其真价。我们遇到这种地方，只应该明明白白的把他举出，不宜巧辞强解，代古人掩护。这种无理的武断的掩护，中国人最喜为之。对于古书，是有害无益的。

类书与诗

闻一多

检讨的范围是唐代开国后约略五十年，从高祖受禅（618）起，到高宗武后交割政权（660）止。靠近那五十年的尾上，上官仪伏诛，算是强制的把"江左余风"收束了，同时新时代的先驱，四杰及杜审言，刚刚走进创作的年华，沈宋与陈子昂也先后诞生了，唐代文学这才扯开六朝的罩纱，露出自家的面目。所以我们要谈的这五十年，说是唐的头，倒不如说是六朝的尾。

寻常我们提起六朝，只记得它的文学，不知道那时期对于学术的兴趣更加浓厚。唐初五十年所以像六朝，也正在这一点。这时期如果在文学史上占有任何位置，不是因为它在文学本身上有多少价值，而是因为它对于文学的研究特别热心，一方面把文学当作学术来研究，同时又用一种偏向于文学的观点来研究其余的学术。给前一方面举个例，便是曹宪李善等的"选学"（这回文学的研究真是在学术中正式的分占了一席。）后一方面的例，最好举史学。许是因为他们有种特殊的文学观念（即《文选》所代表文学观念），唐初的人们对于《汉书》的爱好，远在爱好《史记》之上，在研究《汉书》时，他们的对象不仅是历史，而且是记载历史的文字。便拿李善来讲，他是注过《文选》的，也撰过一部《汉书辨惑》；

《文选》与《汉书》在李善眼里，恐怕真是同样性质，具有同样功用的物件，都是给文学家供驱使的材料。他这态度可以代表那整个时代。这种现象在修史上也不是例外。只把姚思廉除开，当时修史的人们谁不是借作史书的机会来叫卖他们的文藻——尤其是《晋书》的著者！至于音韵学与文学的姻缘，更是显著，不用多讲了。

当时的著述物中，还有一个可以称为第三种性质的东西，那便是类书，它既不全是文学，又不全是学术，而是介乎二者之间的一种东西，或是说兼有二者的混合体。这种畸形的产物，最足以代表唐初的那种太像文学的学术，和太像学术的文学了。所以我们若要明白唐初五十年的文学，最好的方法也是拿文学和类书排在一起打量。

现存的类书，如《北堂书钞》和《艺文类聚》，在当时所制造的这类出品中，只占极小部分。此外，太宗时编的，还有一千卷的《文思博要》，后来从龙朔到开元，中间又有官修的《累璧》六百三十卷、《瑶山玉彩》五百卷、《三教珠英》一千三百卷（《增广皇览》及《文思博要》）、《芳树要览》三百卷、《事类》一百三十卷、《初学记》三十卷、《文府》二十卷，私撰的《碧玉芳林》四百五十卷、《玉藻琼林》一百卷、《笔海》十卷。这里除《初学记》之外，如今都不存在。内中是否有分类的总集，像《文馆词林》似的，我们不知道。但是《文馆词林》的性质，离《北堂书钞》虽较远，离《艺文类聚》却接近些了。欧阳询在《艺文类聚》序里说是嫌"流别、《文选》，专取其文，《皇览》遍略，直书其事"的办法不妥，他们（《艺文类聚》的编者不只他一人）才采取了"事居其前，文列于后"的体例。这可见《艺文类聚》是兼有总集（流别《文选》）与类书（《皇览》遍略）的性质，也可见他们看待总集与看待类书的态度差不多。《文馆词林》是和流别《文选》一类的书，在他们眼里，当然也和《皇览》遍略差不多了。再退一步讲，《文馆词林》的性质与《艺文类聚》一半相同，后者既是类书，前者起码也有一半类书的资格。

上面所举的书名，不过是就新旧《唐书》和《唐会要》等书中随便摘下来的，也许还有遗漏。但只看这里所列的，已足令人惊诧了。特别是官修的占大多数，真令人不解。如果它们是《通典》一类的，或《大英百科全书》一类的性质，也许我们还会嫌它们的数量太小。但它们不过是"兔园册子"的后身，充其量也不过是规模较大品质较高的"兔园册子"。一个国家的政府从百忙中抽调出许多第一流人才来编了那许多的"兔园册子"（太宗时，房玄龄、魏征、岑文本、许敬宗等都参与过这种工作），这用现代人的眼光看来，岂不滑稽？不，这正是唐太宗提倡文学的方法，而他所谓的文学，用这样的方法提倡，也是很对的。沉思翰藻谓之文的主张，由来已久，加之六朝以来有文学嗜好的帝王特别多，文学要求其与帝王们的身分相称，自然觉得沉思翰藻的主义最适合他们的条件了。文学由太宗来提倡，更不能不出于这一途。本来这种专在词藻的量上逞能的作风，需用学力比需用性灵的机会多，这实在已经是文学的实际化了。南朝的文学既已经在实际化的过程中，隋统一后，又和北方的极端实际的学术正面接触了，于是依照"水流湿，火就燥"的物理的原则，已经实际化了的文学便不能不愈加实际化，以至到了唐初，再经太宗的怂恿，便终于被学术同化了。

文学被学术同化的结果，可分三方面来说。一方面是章句的研究，可以李善为代表，另一方面是类书的编纂，可以号称博学的《兔园册子》与《北堂书钞》的编者虞世南为代表。第三方面便是文学本身的堆砌性，这方面很难推出一个代表来，因为当时一般文学者的体干似乎是一样高矮，挑不出一个特别魁梧的例子来。没有办法，我们只好举唐太宗。并不是说太宗堆砌的成绩比别人精，或是他堆砌得比别人更甚，不过以一个帝王的

地位，他的影响定不是一般人所能比的，而且他也曾经很明白的为这种文体张目过（这证据我们不久就要提出）。我们现在且把章句的研究、类书的纂辑与夫文学本身的堆砌性三方面的关系谈一谈。

李善绰号"书簏"，因为，据史书说，他是一个"淹贯古今，不能属辞"的人。史书又说他始初注《文选》，"释事而忘意"，经他儿子李邕补益一次，才做到"附事以见义"的地步。李善这种只顾"事"，不顾"意"的态度，其实是与类书家一样的。章句家是书簏，类书家也是书簏，章句家是"释事而忘意"，类书家便是"采事而忘意"了。我这种说法并不苛刻。只消举出《群书治要》来和《北堂书钞》或《艺文类聚》比一比，你便明白。同是钞书，同是一个时代的产物，但拿来和《治要》的"主意"的质素一比，《书钞》《类聚》"主事"的质素便显着格外分明了。章句家与类书家的态度，根本相同，创作家又何尝两样？假如选出五种书，把它们排成下面这样的次第：

《文选注》《北堂书钞》《艺文类聚》《初学记》，初唐某家的诗集。

我们便看出一首初唐诗在构成程式中的几个阶段。劈头是"书簏"，收尾是一首唐初五十年间的诗，中间是从较散漫、较零星的"事"，逐渐的整齐化与分化。五种书同是"事"（文家称为词藻）的征集与排比，同是一种机械的工作，其间只有工作精粗的程度差别，没有性质的悬殊。这里《初学记》虽是开元间的产物，但实足以代表较早的一个时期的态度。在我们讨论的范围内，这部书的体裁，看来最有趣。每一项题目下，最初是"叙事"，其次"事对"，最后便是成篇的诗赋或文。其实这三项中减去"事对"，就等于《艺文类聚》，再减去诗赋文便等于《北堂书钞》。所以我们由《书钞》看到《初学记》，便看出了一部类书的进化史，而在这类书的进化中，一首初唐诗的构成程序也就完全暴露出来了。你想，一首

173

诗作到有了"事对"的程度，岂不是已经成功了一半吗？余剩的工作，无非是将"事对"装潢成五个字一幅的更完整的对联，拼上韵脚，再安上一头一尾罢了。（五言律是当时最风行的体裁，但这里，我没有把调平仄算进去，因为当时的诗，平仄多半是不调的）这样看来，若说唐初五十年间的类书是较粗糙的诗，他们的诗是较精密的类书，许不算强词夺理吧？

《旧唐书·文苑传》里所收的作家，虽有着不少的诗人，但除了崔信明的一句"枫落吴江冷"是类书的范围所容纳不下的，其余作家的产品不干脆就是变相的类书吗？唐太宗之不如隋炀帝，不仅在没有作过一篇《饮马长城窟行》而已，便拿那"南化"了的隋炀帝，和"南化"了的唐太宗打比，像前者的

　　暮江平不动，春花满正开；流波将月去，潮水带星来。

甚至

　　鸟击初移树，鱼寒不隐苔。

又何尝是后者有过的？不但如此，据说炀帝为妒嫉"空梁落燕泥"和"庭草无人随意绿"两句诗，曾经谋害过两条性命。"枫落吴江冷"比起前面那两只名句如何？不知道崔信明之所以能保天年，是因为太宗的度量比炀帝大呢，还是他的眼力比炀帝低。这不是说笑话。假如我们能回答这问题，那么太宗统治下的诗作的品质之高低，便可以判定了。归真的讲，崔信明这人，恐怕太宗根本就不知道，所以他并没有留给我们那样测验他的度量或眼力的机会。但这更足以证明太宗对于好诗的认识力很差。假如他是有眼力的话，恐怕当日撑持诗坛的台面的，是崔信明、王绩，甚至王梵志，而不是虞世南、李百药一流人了。

讲到这里，我们许要想到前面所引时人批评李善"释事而忘意"，和我批评类书家"采事而忘意"两句话。现在我若给那些作家也加上一句"用事而忘意"的案语，我想读者们必不以为过分。拿虞世南、李百药来

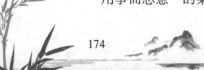

和崔信明、王绩、王梵志比，不简直是"事"与"意"的比照吗？我们因此想到魏征的《述怀》，颇被人认作这时期中的一首了不得的诗，《述怀》在唐代开国时的诗中所占的地位，据说有如魏征本人在那时期政治上的地位一般的优越。这意见未免有点可笑，而替唐诗设想，居然留下生这意见的余地，也就太可怜了。平心说，《述怀》是一首平庸的诗，只因这作者不像一般的作者，他还不曾忘记那"诗言志"的古训，所以结果虽平庸而仍不失为"诗"。选家们搜出魏征来代表初唐诗，足见那一个时代的贫乏。太宗和虞世南、李百药，以及当时成群的词臣，做了几十年的诗，到头还要靠这诗坛的局外人魏征，来维持一点较清醒的诗的意识，这简直是他们的耻辱！

不怕太宗和他率领下的人们为诗干的多热闹，究竟他们所热闹的，与其说是诗，无宁说是学术。关于修辞立诚四个字，即算他们做到了修辞（但这仍然是疑问），那立诚的观念，在他们的诗里可说整个不存在。唐初人的诗，离诗的真谛是这样远，所以，我若说唐初是个大规模征集词藻的时期。我所谓征集词藻者，实在不但指类书的纂辑，连诗的制造也是应属于那个范围里的。

上述的情形，太宗当然要负大部分的责任。我们曾经说到太宗为堆砌式的文体张目过，不错，看他亲撰的《晋书·陆机传论》便知道：

观夫陆机、陆云，实荆衡之杞梓，挺珪璋于秀实，驰英华于早年。风鉴澄爽，神情俊迈；文藻宏丽，独步当时；言论慷慨，冠乎终古。高词迥映，如朗月之悬光；叠意回舒，若重岩之积秀。千条析理，则电拆霜开；一绪连文，则珠流璧合。其词则深而雅，其义则博而显。故足远超枚马，高蹑王刘，百代文宗，一人而已。

因为他崇拜的陆机，是"文藻宏丽"，与夫"叠意回舒，若重岩之积秀""一绪连文，则珠流璧合"的陆机，所以太宗于他的群臣中就最钦佩虞世南。褚亮在《十八学士赞》中，是这样赞虞世南的：

　　笃行扬声，雕文绝世，网罗百家，并包六艺。

两《唐书·虞世南传》都说，他与兄世基同入长安，时人比作晋之二陆，新传又品评这两弟兄说：

　　世基辞章清劲过世南，而赡博不及也。

这样的虞世南，难怪太宗要认为是"与我犹一体"，并且在世南死后，还有"钟子期死，伯牙不复鼓琴"之叹。这虞世南，我们要记住，便是《兔园册子》和《北堂书钞》的著者。这一点极其重要。这不啻明白的告诉我们，太宗所鼓励的诗，是"类书家"的诗，也便是"类书式"的诗。总之，太宗毕竟是一个重实际的事业中人；诗的真谛，他并没有，恐怕也不能参透。他对于诗的了解，毕竟是个实际的人的了解。他所追求的只是文藻，是浮华，不，是一种文辞上的浮肿，也就是文学的一种皮肤病。这种病症，到了上官仪的"六对""八对"，便严重到极点，几乎有危害到诗的生命的可能，于是因察觉了险象而愤激的少年"四杰"，便不得不大声急呼，抢上来施以针砭了。

初唐四杰

闻一多

　　继承北朝系统而立国的唐朝的最初五十年代，本是一个尚质的时期。王、杨、卢、骆都是文章家，"四杰"这徽号，如果不是专为评文而设的，至少它的主要意义是指他们的赋和四六文。谈诗而称四杰，虽是很早的事，究竟只能算借用。是借用，就难免有"削足适履"和"挂一漏万"的毛病了。

　　按通常的了解，诗中的四杰是唐诗开创期中负起了时代使命的四位作家，他们都年少而才高，官小而名大，行为都相当浪漫，遭遇尤其悲惨（四人中三人死于非命）——因为行为浪漫，所以受尽了人间的唾骂，因为遭遇悲惨，所以也赢得了不少的同情。依这样一个概括、简明，也就是肤廓的了解，"四杰"这徽号是满可以适用的，但这也就是它的适用性的最大限度。超过了这限度，假如我们还问到：这四人集团中每个单元的个别情形，和相互关系，尤其他们在唐诗发展的路线网里，究竟代表着那一条，或数条线，和这线在网的整个体系中所担负的任务——假如问到这些方面，"四杰"这徽号的功用与适合性，马上就成问题了。因为诗中的四杰，并非一个单纯的、统一的宗派，而是一个大宗中包孕着两个小宗，而两小宗之间，同点恐怕还不如异点多，因之，在讨论问题时，"四杰"这名词所能给我们的方便，恐怕也不如纠葛多。数字是个很方便的东西，也是个很麻烦的东西。既在某一观点下凑成了一个数目，就不能由你在另一观点下随便拆开它。不能拆开，又不能废弃它，所以就麻烦了。"四杰"这徽号，我们不能、也不想废弃，可是我承认我是抱着"息事宁人"的苦衷来接受它的。

四杰无论在人的方面，或诗的方面，都天然形成两组或两派。先从人的方面讲起。

将四人的姓氏排成"王、杨、卢、骆"这特定的顺序，据说寓有品第文章的意义，这是我们熟知的事实。但除这人为的顺序外，好像还有一个自然的顺序，也常被人采用——那便是序齿的顺序。我们疑心张说《裴公神道碑》"在选曹见骆宾王、卢照邻、王勃、杨炯"，和郗云卿《骆丞集序》"与卢照邻、王勃、杨炯文词齐名"，乃至杜诗"纵使卢王操翰墨"等语中的顺序，都属于这一类。严格的序齿应该是卢、骆、王、杨，其间卢、骆一组，王、杨一组，前者比后者平均大了十岁的光景。然则卢、骆的顺序，在上揭张、郗二文里为什么都颠倒了呢？郗序是为了行文的方便，不用讲。张碑，我想是为了心理的缘故，因为骆与裴（行俭）交情特别深，为裴作碑，自然首先想起骆来。也许骆赴选曹本在先，所以裴也先见到他。果然如此，则先骆后卢，是采用了另一事实作标准。但无论依那个标准说，要紧的还是在张、郗两文里，前二人（骆、卢）与后二人（王、杨）之间的一道鸿沟（即平均十岁左右的差别），依然存在。所以即使张碑完全用的另一事实——赴选的先后作为标准，我们依然可以说，王、杨赴选在卢、骆之后，也正说明了他们年龄小了许多。实在，卢、骆与王、杨简直可算作两辈子人。据《唐会要》卷八二，"显庆二年，诏征太白山人孙思邈入京，卢照邻、宋令文、孟诜皆执师赞之礼"。令文是宋之问的父亲，而之问是杨炯同僚的好友。卢与之问的父亲同辈，而杨与之

问本人同辈，那么卢与杨岂不是不能同辈了吗？明白了这一层，杨炯所谓"愧在卢前，耻居王后"，便有了确解。杨年纪比卢小得多，名字反在卢前，有愧不敢当之感，所以说"愧在卢前"，反之，他与王多分是同年，名字在王后，说"耻居王后"，正是不甘心的意思。

比年龄的距离更重要的一点，便是性格的差异。在性格上四杰也天然形成两个类型，卢、骆一类，王、杨一类。诚然，四人都是历史上著名的"浮躁浅露"不能"致远"的殷鉴，每人"丑行"的事例，都被谨慎的保存在史乘里了，这里也毋庸赘述。但所谓"浮躁浅露"者，也有程度深浅的不同。杨炯，相传据裴行俭说，比较"沉静"。其实王勃，除擅杀官奴那不幸事件外（杀奴在当时社会上并非一件太不平常的事），也不能算过分的"浮躁"。一个人在短短二十八年的生命里，已经完成了这样多方面的一大堆著述：

《舟中纂序》五卷，《周易发挥》五卷，《次论语》十卷，《汉书指瑕》十卷，《大唐千岁历》若干卷，《黄帝八十一难经注》若干卷，《合论》十卷，《续文中子书序诗序》若干篇，《玄经传》若干卷，《文集》三十卷。

能够浮躁到那里去呢？同王勃一样，杨炯也是文人而兼有学者倾向的，这满可以从他的《天文大象赋》和《驳孙茂道苏知几冕服议》中看出。由此看来，王、杨的性格确乎相近。相应的，卢、骆也同属于另一类型，一种在某项观点下真可目为"浮躁"的类型。久历边塞而屡次下狱的博徒革命家，骆宾王，不用讲了。看《穷鱼赋》和《狱中学骚体》，卢照邻也不像是一个安分的分子。骆宾王在《艳情代郭氏答卢照邻》里，便控告过他的薄幸。然而按骆宾王自己的口供，

但使封侯龙额贵，讵随中妇凤楼寒？

他原也是在英雄气概的烟幕下实行薄幸而已。看《忆蜀地佳人》一类诗，

他并没有少给自己制造薄幸的机会。在这类事上，卢、骆恐怕还是一丘之貉。最后，卢照邻那悲剧型的自杀，和骆宾王的慷慨就义，不也还是一样？同是用不平凡的方式自动的结束了不平凡的一生，只是一悱恻，一悲壮，各有各的姿态罢了。

这几乎是不可避免的发展：由年龄的两辈，和性格的两类型，到友谊的两个集团。果然，卢、骆二人的交情，可凭骆的《艳情代郭氏答卢照邻》诗来坐实，而王、杨的契合，则有王的《秋日饯别序》和杨的《王勃集序》可证。反之，卢或骆与王或杨之间，就看不出这样紧凑的关系来。就现存各家集中所可考见的说，卢、王有两首同题分韵的诗，卢、杨有一首同题同韵的诗，可见他们两辈人确乎在文酒之会中常常见面。可是太深的交情，恐怕谈不到。他们绝少在作品里互相提到彼此的名字，有之，只杨在《王勃集序》中说到一次"薛令公朝右文宗，托末契而推一变，卢照邻人间才杰，览清规而辍九攻"，这反足以证明卢、骆与王、杨属于两个壁垒，虽则是两个对立而仍不失为友军的壁垒。

于是，我们便可谈到他们——卢、骆与王、杨——另一方面的不同了。年龄的不同辈，性格的不同类型，友谊的不同集团，和作风的不同派，这些不也正是一贯的现象吗？其实，不待知道"人"方面的不同，我们早就应该发觉"诗"方面的不同了。假如不受传统名词的蒙蔽，我们早就该惊讶，为什么还非维持这"四"字不可，而不仿"前七子""后七子"的例，称卢、骆为"前二杰"，王、杨为"后二杰"？难道那许多迹象，还不足以证明他们两派的不同吗？

首先，卢、骆擅长七言歌行，王、杨专攻五律，这是两派选择形式的不同，当然卢、骆也作五律，甚至大部分篇什还是五律，而王、杨一派中至少王勃也有些歌行流传下来，但他们的长处决不在这些方面。像卢集中的

> 风摇十洲影，日乱九江文。（《赠李荣道士》）

> 川光摇水箭，山气上云梯。（《山庄休沐》）

和骆集中这样的发端

> 故人无与晤，安步陟山椒，……（《冬日野望》）

在那贫乏的时代，何尝不是些夺目的珍宝？无奈这些有句无章的篇什，除声调的成功外，还是没有超过齐、梁的水准。骆比较有些"完璧"，如《在狱咏蝉》之类，可是又略无警策。同样，王的歌行，除《滕王阁歌》外，也毫不足观。便说《滕王阁歌》，和他那典丽凝重，与凄情流动的五律比起来，又算得了什么呢！

杜甫《戏为六绝句》第三首说："纵使卢王操翰墨，劣于汉魏近《风骚》。"这里是以卢代表卢、骆，王代表王、杨，大概不成问题。至于"劣于汉魏近《风骚》"，假如可以解作王、杨"劣于汉魏"，卢、骆"近《风骚》"，倒也有它的妙处，因为卢、骆那用赋的手法写成的粗线条的宫体诗，确乎是《风骚》的余响，而王、杨的五言，虽不及汉魏，却越过齐、梁，直接上晋、宋了。这未必是杜诗的原意，但我们不妨借它的启示来阐明一个真理。

卢、骆与王、杨选择形式不同，是由于他们两派的使命不同。卢、骆的歌行，是用铺张扬厉的赋法膨胀过了的乐府新曲，而乐府新曲又是宫体诗的一种新发展，所以卢、骆实际上是宫体诗的改造者。他们都曾经是两京和成都市中的轻薄子，他们的使命是以市井的放纵改造宫廷的堕落，以大胆代替羞怯，以自由代替局缩，所以他们的歌声需要大开大阖的节奏，他们必需以赋为诗。正如宫体诗在卢、骆手里是由宫廷走到市井，五律到王、杨的时代是从台阁移至江山与塞漠。台阁上只有仪式的应制，有"绮句绘章，揣合低卬"。到了江山与塞漠，才有低徊与怅惘，严肃与激昂，例如王的《别薛昇华》《送杜少府之任蜀州》和杨的《从军行》《紫骝马》一类的抒情诗。抒情的形式，本无须太长，五言八句似乎恰到好处。前乎王、杨，尤其应制的作品，五言长律用的还相当多。这是该注意的！五言八句的五律，到王、杨才正式成为定型，同时完整的真正唐音的抒情诗也是这时才出现的。

将卢、骆与王、杨对照着看，真是一个说不尽的话题。我在旁处曾说明过从卢、骆到刘（希夷）、张（若虚）是一贯的发展，现在还要点醒，王、杨与沈、宋也是一脉相承。李商隐早无意的道着了秘密：

沈宋裁辞矜变律，王杨落笔得良朋。当时自谓宗师妙，今日惟观属对能。（《漫成章》）

以沈、宋与王、杨并举，实在是最自然、最合理的看法。"律"之"变"，本来在王、杨手里已经完成了，而沈、宋也是"落笔得良朋"的妙手。并且我们已经提过，杨炯和宋之问是好朋友。如果我们再知道他们是好到如之问《祭杨盈川文》所说的那程度，我们便更能了然于王、杨与沈、宋所以是一脉相承之故。老实说，就奠定五律基础的观点看，王、杨与沈、宋未尝不可视为一个集团，因此也有资格承受"四杰"的徽号。而卢、骆与刘、张也同样有理由，在改良宫体诗的观点下，被称为另一组"四杰"。一定要墨守着先入为主的传统观点，只看见"王、杨、卢、骆"之为四杰，而抹杀了一切其他的观点，那只是拘泥、顽冥，甘心上传统名词的当罢了。

将卢、骆与王、杨分别的划归了刘、张与沈、宋两个集团后，再比较一下刘、张与沈、宋在唐诗中的地位，便也更能了解卢、骆与王、杨的地位了。五律无疑是唐诗最主要的形式，在那时人心目中，五律才是诗的正宗。沈、宋之被人推重，理由便在此。按时人安排的顺序，王、杨的名字列在卢、骆之上，也正因他们的贡献在五律，何况王、杨的五律是完全成熟了的五律，而卢、骆的歌行还不免于草率、粗俗的"轻薄为文"呢？

论内在价值，当然王、杨比卢、骆高。然而，我们不要忘记卢、骆曾用以毒攻毒的手段，凭他们那新式宫体诗，一举摧毁了旧式的"江左余风"的宫体诗，因而给歌行荛除了芜秽，开出一条坦途来。若没有卢、骆，那会有刘、张，那会有《长恨歌》《琵琶行》《连昌宫词》和《秦妇吟》，甚至于李、杜、高、岑呢？看来，在文学史上，卢、骆的功绩并不亚于王、杨。后者是建设，前者是破坏，他们各有各的使命。负破坏使命的，本身就得牺牲，所以失败就是他们的成功。人们都以成败论事，我却愿向失败的英雄们多寄予点同情。

孟浩然

闻一多

当年孙润夫家所藏王维画的孟浩然像，据《韵语阳秋》的作者葛立方说，是个很不高明的摹本，连所附的王维自己和陆羽、张洎等三篇题识，据他看，也是一手摹出的。葛氏的鉴定大概是对的，但他并没有否认那"俗工"所据的底本——即张洎亲眼见到的孟浩然像，确是王维的真迹。这幅画，据张洎的题识说，

虽轴尘缣古，尚可窥览。观右丞笔迹，穷极神妙。襄阳之状顾而长，峭而瘦，衣白袍，靴帽重戴，乘款段马——一童总角，提书笈负琴而从——风仪落落，凛然如生。

这在今天，差不多不用证明，就可以相信是逼真的孟浩然。并不是说我们知道浩然多病，就可以断定他当瘦。实在经验告诉我们，什九人是当如其诗的。你在孟浩然诗中所意识到的诗人那身影，能不是"顾而长，峭而瘦"的吗？连那件白袍，恐怕都是天造地设，丝毫不可移动的成分。白袍靴帽固然是"布衣"孟浩然分内的装束，尤其是诗人孟浩然必然的扮相。编《孟浩然集》的王士源应是和浩然很熟的人，不错，他在序文里用来开始介绍这位诗人的"骨貌淑清，风神散朗"八字，与夫陶翰《送孟六入蜀序》所谓"精朗奇素"，无一不与画像的精神相合，也无一不与孟浩

然的诗境一致。总之，诗如其人，或人就是诗，再没有比孟浩然更具体的例证了。

张祜曾有过"襄阳属浩然"之句，我们却要说：浩然也属于襄阳。也许正惟浩然是属于襄阳的，所以襄阳也属于他。大半辈子岁月在这里度过，大多数诗章是在这地方，因这地方，为这地方而写的。没有第二个襄阳人比孟浩然更忠于襄阳，更爱襄阳的。晚年漫游南北，看过多少名胜，到头还是

山水观形胜，襄阳美会稽。

实在襄阳的人杰地灵，恐怕比它的山水形胜更值得人赞美。从汉阴丈人到庞德公，多少令人神往的风流人物，我们简直不能想像一部《襄阳耆旧传》，对于少年的孟浩然是何等深厚的一个影响。了解了这一层，我们才可以认识孟浩然的人、孟浩然的诗。

隐居本是那时代普遍的倾向，但在旁人仅仅是一个期望，至多也只是点暂时的调济，或过期的赔偿，在孟浩然却是一个完完整整的事实。在构成这事实的复杂因素中，家乡的历史地理背景，我想，是很重要的一点。

在一个乱世，例如庞德公的时代，对于某种特别性格的人，入山采药，一去不返，本是唯一的出路。但生在"开元全盛日"的孟浩然，有那必要吗？然则为什么三番两次朋友伸过援引的手来，都被拒绝，甚至最后和本州采访使韩朝宗约好了一同入京，到头还是喝得酩酊大醉，让韩公等烦了，一赌气独自先走了呢？正如当时许多有隐士倾向的读书人，孟浩然原来是为隐居而隐居，为着一个浪漫的理想，为着对古人的一个神圣的默契而隐居。在他这回，无疑的那成立默契的对象便是庞德公。孟浩然当然不能为韩朝宗背弃庞公。鹿门山不许他，他自己家园所在，也就是"庞公栖隐处"的鹿门山，决不许他那样做。

鹿门月照开烟树，忽到庞公栖隐处，岩扉松径长寂寥，惟有幽人自来

去。

这幽人究竟是谁？庞公的精灵，还是诗人自己？恐怕那时他自己也分辨不出，因为心理上他早与那位先贤同体化了。历史的庞德公给了他启示，地理的鹿门山给了他方便，这两项重要条件具备了，隐居的事实便容易完成得多了。实在，鹿门山的家园早已使隐居成为既成事实，只要念头一转，承认自己是庞公的继承人，此身便俨然是《高士传》中的人物了。总之，是襄阳的历史地理环境促成孟浩然一生老于布衣的。孟浩然毕竟是襄阳的孟浩然。

我们似乎为奖励人性中的矛盾，以保证生活的丰富，几千年来一直让儒道两派思想维持着均势，于是读书人便永远在一种心灵的僵局中折磨自己，巢由与伊皋、江湖与魏阙、永远矛盾着、冲突着，于是生活便永远不谐调，而文艺也便永远不缺少题材。矛盾是常态，愈矛盾则愈常态。今天是伊皋，明天是巢由，后天又是伊皋，这是行为的矛盾。当巢由时向往着伊皋，当了伊皋，又不能忘怀于巢由，这是行为与感情间的矛盾。在这双重矛盾的夹缠中打转，是当时一般的现象。反正用诗一发泄，任何矛盾都注销了。诗是唐人排解感情纠葛的特效剂，说不定他们正因有诗作保障，才敢于放心大胆的制造矛盾，因而那时代的矛盾人格才特别多。自然，反过来说，矛盾愈深愈多，诗的产量也愈大了。孟浩然一生没有功名，除在张九龄的荆州幕中当过一度清客外，也没有半个官职，自然不会发生第一项矛盾问题。但这似乎就是他的一贯性的最高限度。因为虽然身在江湖，他的心并没有完全忘记魏阙。下面不过是许多显明例证中之一：

　　欲济无舟楫，端居耻圣明，坐观垂钓者，徒有羡鱼情。

然而"羡鱼"毕竟是人情所难免的，能始终仅仅"临渊羡鱼"，而并不"退而结网"，实在已经是难得的一贯了。听李白这番热情的赞叹，便知道孟浩然超出他的时代多么远：

　　吾爱孟夫子，风流天下闻。红颜弃轩冕，白首卧松云。醉月频中圣，迷花不事君。高山安可仰，徒此揖清芬。

　　可是我们不要忘记矛盾与诗的因果关系，许多诗是为给生活的矛盾求统一，求调和而产生的。孟浩然既免除了一部分矛盾，对于他，诗的需要便当减少了。果然，他的诗是不多，量不多，质也不多。量不多，有他的同时人作见证，杜甫讲过的："吾怜孟浩然……赋诗虽不多，往往凌鲍谢。"质不多，前人似乎也早已见到。苏轼曾经批评他"韵高而才短，如造内法酒手，而无材料"。这话诚如张戒在《岁寒堂诗话》里所承认的，是说尽了孟浩然，但也要看才字如何解释。才如果是指才情与才学二者而言，那就对了，如果专指才学，还算没有说尽。情当然比学重要得多。说一个人的诗缺少情的深度和厚度，等于说他的诗的质不够高。孟浩然诗中质高的有是有些，数量总是太少。"气蒸云梦泽，波撼岳阳城"式的和"微云淡河汉，疏雨滴梧桐"式的句子，在集中几乎都找不出第二个例子。论前者，质和量当然都不如杜甫，论后者，至少在量上不如王维。甚至"不材明主弃，多病故人疏"，质量都不如刘长卿和十才子。这些都不是真正的孟浩然。真孟浩然不是将诗紧紧的筑在一联或一句里，而是将它冲淡了，平均的分散在全篇中，

　　出谷未停午，到家日已曛。回瞻下山路，但见牛羊群。樵子暗相失，草虫寒不闻。衡门犹未掩，伫立望夫君。
甚至淡到令你疑心到底有诗没有。

　　垂钓坐盘石，水清心亦闲。鱼行潭树下，猿挂岛藤闲。游女昔解佩，传闻于此山。求之不可得，沿月棹歌还。
淡到看不见诗了，才是真正孟浩然的诗，不，说是孟浩然的诗，倒不如说是诗的孟浩然，更为准确。在许多旁人，诗是人的精华，在孟浩然，诗纵非人的糟粕，也是人的剩余。在最后这首诗里，孟浩然几曾做过诗？他只

是谈话而已。甚至要紧的还不是那些话，而是谈话人的那副"风神散朗"的姿态。读到"求之不可得，沼月棹歌还"，我们得到一如张泊从画像所得到的印象，"风仪落落，凛然如生"。得到了象，便可以忘言，得到了"诗的孟浩然"便可以忘掉"孟浩然的诗"了。这是我们前面所提到的"诗如其人"或"人就是诗"的另一解释。

超过了诗也好，够不上诗也好，任凭你从环子的那一点看起。反正除了孟浩然，古今并没有第二个诗人到过这境界。东坡说他没有才，东坡自己的毛病，就在才太多。

庄子笑曰："周将处乎材与不材之间。材与不材之间，似之而非也，故未免乎累。"
谁能了解庄子的道理，就能了解孟浩然的诗，当然也得承认那点"累"。至于"似之而非"，而又能"免乎累"，那除陶渊明，还有谁呢？

贾岛

闻一多

　　这像是元和长庆间诗坛动态中的三个较有力的新趋势。这边老年的孟郊，正哼着他那沙涩而带芒刺感的五古，恶毒的咒骂世道人心，夹在咒骂声中的，是卢仝、刘叉的"插科打诨"和韩愈的宏亮的嗓音，向佛老挑衅。那边元稹、张籍、王建等，在白居易的改良社会的大纛下，用律动的乐府调子，对社会泣诉着他们那各阶层中病态的小悲剧。同时远远的，在古老的禅房或一个小县的廨署里，贾岛、姚合领着一群青年人做诗，为各人自己的出路，也为着癖好，做一种阴暗情调的五言律诗（阴暗由于癖好，五律为着出路）。

　　老年中年人忙着挽救人心，改良社会，青年人反不闻不问，只顾躲在幽静的角落里做诗，这现象现在看来不免新奇，其实正是旧中国传统社会制度下的正常状态。不像前两种人，或已"成名"，或已通籍，在权位上有说话做事的机会和责任，这般没功名，没宦籍的青年人，在地位上职业上可说尚在"未成年"时期，种种对国家社会的崇高责任是落不到他们肩上的。越俎代庖的行为是情势所不许的，所以恐怕谁也没想到那头上来。有抱负也好，没有也好，一个读书人生在那时代，总得做诗。做诗才有希望爬过第一层进身的阶梯。诗做到合乎某种程式，如其时运也凑巧，果然溷得一"第"，到那时，至少在理论上你才算在社会中"成年"了，才有说话做事的资格。否则万一你的诗做得不及或超过了程式的严限，或诗无问题而时运不济，那你只好做一辈子的诗，为责任做诗以自课，为情绪做诗以自遣。贾岛便是在这古怪制度之下被牺牲，也被玉成了的一个。在这种情形下，你若还怪他没有服膺孟郊到底，或加入白居易的集团，那你也可算不识时务了。

贾岛和他的徒众，为什么在别人忙着救世时，自己只顾做诗，我们已经明白了；但为什么单做五律呢？这也许得再说明一下。孟郊等为便于发议论而做五古，白居易等为讲故事而做乐府，都是为了各自特殊的目的，在当时习惯以外，匠心的采取了各自特殊的工具。贾岛一派人则没有那必要。为他们起见，当时最通行的体裁——五律就够了。一则五律与五言八韵的试帖最近，做五律即等于做功课，二则为拈拾点景物来烘托出一种情调，五律也正是一种标准形式。然而做诗为什么老是那一套阴霾、凛冽、峭硬的情调呢？我们在上文说那是由于癖好，但癖好又是如何形成的呢？这点似乎尤其重要。如果再明白了这点，便明白了整个的贾岛。

我们该记得贾岛曾经一度是僧无本。我们若承认一个人前半辈子的蒲团生涯，不能因一旦返俗，便与他后半辈子完全无关，则现在的贾岛，形貌上虽然是个儒生，骨子里恐怕还有个释子在。所以一切属于人生背面的、消极的、与常情背道而驰的趣味，都可溯源到早年在禅房中的教育背景。早年记忆中

坐学白骨塔，

或

三更两鬓几枝雪，一念双峰四祖心，

的禅味，不但是

独行潭底影，数息树边身，

…………

月落看心次，云生闭目中，

一类诗境的蓝本，而且是

瀑布五千仞，草堂瀑布边，

…………

孤鸿来夜半，积雪在诸峰，

甚至

怪禽啼旷野，落日恐行人

的渊源。他目前那时代——一个走上了末路的，荒凉、寂寞、空虚，一切罩在一层铅灰色调中的时代，在某种意义上与他早年记忆中的情调是调和，甚至一致的。惟其这时代的一般情调，基于他早年的经验，可说是先天的与他不但面熟，而且知心，所以他对于时代，不至如孟郊那样愤恨，或白居易那样悲伤，反之，他却能立于一种超然地位，藉此温寻他的记忆，端详它，摩挲它，仿佛一件失而复得的心爱的什物样。早年的经验使他在那荒凉得几乎狞恶的“时代相”前面，不变色，也不伤心，只感着一种亲切，融洽而已。于是他爱静、爱瘦、爱冷，也爱这些情调的象征——鹤、石、冰雪。黄昏与秋是传统诗人的时间与季候，但他爱深夜过于黄昏，爱冬过于秋。他甚至爱贫、病、丑和恐怖。他看不出

鹦鹉惊寒夜唤人

句一定比

山雨滴栖鸱

更足以令人关怀，也不觉得

牛羊识僮仆，既夕应传呼，

较之

归吏封宵钥，行蛇入古桐

更为自然。也不能说他爱这些东西。如果是爱，那便太执著而邻于病态了。（由于早年禅院的教育，不执著的道理应该是他早已懂透了的。）他只觉得与它们臭味相投罢了。更说不上好奇。他实在因为那些东西太不奇，太平易近人，才觉得它们"可人"，而喜欢常常注视它们。如同一个三棱镜，毫无主见的准备接受并解析日光中各种层次的色调，无奈"世纪末"的云翳总不给他放晴，因此他最热闹的色调也不过

　　杏园啼百舌，谁醉在花傍！

……………

　　身事岂能遂？兰花又已开，

和

　　柳转斜阳过水来

之类。常常是温馨与凄清揉合在一起，

　　芦苇声兼雨，芰荷香绕灯，

春意留恋在严冬的边缘上，

　　旧房山雪在，春草岳阳生。

他瞥见的"月影"偏偏不在花上而在"蒲根"，"栖鸟"不在绿杨中而在"棕花上"。是点荒凉感，就逃不脱他的注意，哪怕琐屑到

　　湿苔粘树瘿。

　　以上这些趣味，诚然过去的诗人也偶尔触及到，却没有如今这样大量的、彻底的被发掘过，花样、层次也没有这样丰富。我们简直无法想象他给予当时人的，是如何深刻的一个刺激。不，不是刺激，是一种酣畅的满足。初唐的华贵，盛唐的壮丽，以及最近十才子的秀媚，都已腻味了，而且容易引起一种幻灭感。他们需要一点清凉，甚至一点酸涩来换换口味。在多年的热情与感伤中，他们的感情也疲乏了。现在他们要休息。他们所熟习的禅宗与老庄思想也这样开导他们。孟郊、白居易鼓励他们再前进。

眼看见前进也是枉然，不要说他们早已声嘶力竭。况且有时在理论上就释道二家的立场说，他们还觉得"退"才是正当办法。正在苦闷中，贾岛来了，他们得救了，他们惊喜得像发现了一个新天地，真的，这整个人生的半面，犹如一日之中有夜，四时中有秋冬，——为什么老被保留着不许窥探？这里确乎是一个理想的休息场所，让感情与思想都睡去，只感官张着眼睛往有清凉色调的地带涉猎去。

　　叩齿坐明月，撋颐望白云，

休息又休息。对了，惟有休息可以驱除疲惫，恢复气力，以便应付下一场的紧张。休息，这政治思想中的老方案，在文艺态度上可说是第一次被贾岛发现的。这发现的重要性可由它在当时及以后的势力中窥见。由晚唐到五代，学贾岛的诗人不是数字可以计算的，除极少数鲜明的例外，是向着词的意境与词藻移动的，其余一般的诗人大众，也就是大众的诗人，则全属于贾岛。从这观点看，我们不妨称晚唐五代为贾岛时代。他居然被崇拜到这地步：

　　李洞……酷慕贾长江，遂铜写岛像，戴之巾中，常持数珠念贾岛佛。人有喜贾岛诗者，洞必手录岛诗赠之，叮咛再四曰："此无异佛经，归焚香拜之。"（《唐才子传》九）

　　南唐孙晟……尝画贾岛像，置于屋壁，晨夕事之。（《郡斋读书志》十八）

上面的故事，你尽可解释为那时代人们的神经病的象征，但从贾岛方面看，确乎是中国诗人从未有过的荣誉，连杜甫都不曾那样老实的被偶像化过，你甚至说晚唐五代之崇拜贾岛是他们那一个时代的偏见和行动，但为什么几乎每个朝代的末叶都有回向贾岛的趋势？宋末的四灵，明末的钟谭，以至清末的同光派，都是如此。不宁惟是。即宋代江西派在中国诗史上所代表的新阶段，大部分不也是从贾岛那分遗产中得来的赢余吗？可见每个在动乱中灭毁的前夕都需要休息，也都要全部的接受贾岛，而在平时，也未尝不可以部分的接受他，作为一种调济，贾岛毕竟不单是晚唐五代的贾岛，而是唐以后各时代共同的贾岛。

《唐诗三百首》指导大概

朱自清

有些人在生病的时候或烦恼的时候，拿过一本诗来翻读，偶尔也朗吟几首，便会觉得心上平静些，轻松些。这是一种消遣，但跟玩骨牌或纸牌等等不同，那些大概只是碰碰运气。跟读笔记一类书也不同，那些书可以给人新的知识和趣味，但不直接调平情感。读小说在这些时候大概只注意在故事上，直接调平情感的效用也不如诗。诗是抒情的，直接诉诸情感，又是节奏的，同时直接诉诸感觉，又是最经济的，语短而意长。具备这些条件，读了心上容易平静轻松，也是当然。自来说，诗可以陶冶性情，这句话不错。

但是诗决不只是一种消遣，正如笔记一类书和小说等不是的一样。诗调平情感，也就是节制情感。诗里的喜怒哀乐跟实生活里的喜怒哀乐不同。这是经过"再团再炼再调和"的。诗人正在喜怒哀乐的时候，决想不到作诗。必得等到他的情感平静了，他才会吟味那平静了的情感想到作诗；于是乎运思造句，作成他的诗，这才可以供欣赏。要不然，大笑狂号只教人心紧，有什么可欣赏的呢？读诗所欣赏的便是诗里所表现的那些平静了的情感。假如是好诗，说的即使怎样可气可哀，我们还是不厌百回读的。在实生活里便不然，可气可哀的事我们大概不愿重提。这似乎是有私无私或有我无我的分别，诗里无我，实生活里有我。别的文学类型也都有这种情形，不过诗里更容易见出。读诗的人直接吟味那无我的情感，欣赏它的发而中节，自己也得到平静，而且也会渐渐知道节制自己的情感。一方面因为诗里的情感是无我的，欣赏起来得设身处地，替人着想。这也可以影响到性情上去。节制自己和替人着想这两种影响都可以说是人在模仿诗。诗可以陶冶性情，便是这个意思。所谓温柔敦厚的诗教，也只该是这个意思。

部定初中国文课程标准"目标"里有"养成欣赏文艺之兴趣"一项，略读教材里有"有注释之诗歌选本"一项。高中国文课程标准"目标"里又有"培养学生欣赏中国文学名著之能力"一项，关于略读教材也有"选读整部或选本之名著"的话。欣赏文艺，欣赏中国文学名著，都不能忽略读诗。读诗家专集不如读诗歌选本。读选本虽只能"尝鼎一脔"，却能将各家各派鸟瞰一番；这在中学生是最适宜的，也最需要的。有特殊的选本，有一般的选本。按着特殊的作派选的是前者，按着一般的品味选的是后者。中学生不用说该读后者。《唐诗三百首》正是一般的选本。这部诗选很著名，流行最广，从前是家弦户诵的书，现在也还是相当普遍的书。但这部选本并不成为古典；它跟《古文观止》一样，只是当年的童蒙书，等于现在的小学用书。不过在现在的教育制度下，这部书给高中学生读才合式。无论它从前的地位如何，现在它却是高中学生最合式的一部诗歌选本。唐代是诗的时代，许多大诗家都在这时代出现，各种诗体也都在这时代发展。这部书选在清代中叶，入选的差不多都是经过一千多年淘汰的名作，差不多都是历代公认的好诗。虽然以明白易解为主，并限定诗篇的数目，规模不免狭窄些，却因此成为道地的一般的选本，高中学生读这部书，靠着注释的帮忙，可以吟味欣赏，收到陶冶性情的益处。

本书是清乾隆间一位别号"蘅塘退士"的人编选的。卷头有《题辞》，末尾记着"时乾隆癸未年春日，蘅塘退士题"。乾隆癸未是西元一七六三年，到现在快一百八十年了。有一种刻本"题"字下押了一方印章，是"孙洙"两字，也许是选者的姓名。孙洙的事迹，因为眼前书少，还不能考出、印证。这件事只好暂时存疑。《题辞》说明编选的旨趣，很简短，抄在这里：

世俗儿童就学，即授《千家诗》，取其易于成诵，故流传不废。但其诗随手掇拾，工拙莫辨。且止五七言律绝二体，而唐宋人又杂出其间，殊乖体制。因专就唐诗中脍炙人口之作，择其尤要者，每体得数十首，共三百余首，录成一编，为家塾课本。俾童而习之，白首亦莫能废。较《千家诗》不远胜耶？谚云，"熟读唐诗三百首，不会吟诗也会吟"，请以是编验之。

这里可见本书是断代的选本，所选的只是"唐诗中脍炙人口之作"，就是唐诗中的名作。而又只是"择其尤要者"，所以只有三百余首，实数是三百一十首。所谓"尤要者"大概着眼在陶冶性情上。至于以明白易解的为主，是"家塾课本"的当然，无须特别提及。本书是分体编的，所以说"每体得数十首"。引谚语一方面说明为什么只选三百余首。但编者显然同时在模仿"三百篇"，《诗经》三百零五篇，连那有目无诗的六篇算上，共三百一十一篇；本书三百一十首，决不是偶然巧合。编者是怕人笑他僭妄，所以不将这番意思说出。引谚语另一方面叫人熟读，学会吟诗。我们现在也劝高中学生熟读，熟读才真是吟味，才能欣赏到精微处。但现在却无须再学作旧体诗了。

本书流传既广，版本极多。原书有注释和评点，该是出于编者之手。注释只注事，颇简当，但不释义。读诗首先得了解诗句的文义；不能了解文义，欣赏根本说不上。书中各诗虽然比较明白易懂，又有一些注，但在初学还不免困难。书中的评，在诗的行旁，多半指点作法，说明作意，偶尔也品评工拙。点只有句圈和连圈，没有读点和密点——密点和连圈都表示好句和关键句，并用的时候，圈的比点的更重要或更好。评点大约起于南宋，向来认为有伤雅道，因为妨碍读者欣赏的自由，而且免不了成见或偏见。但是谨慎的评点对于初学也未尝没有用处。这种评点可以帮助初学了解诗中各句的意旨并培养他们欣赏的能力。本书的评点似乎就有这样的效用。

但是最需要的还是详细的注释。道光间，浙江省建德县（？）人章燮鉴于这个需要，便给本书作注，成《唐诗三百首注疏》一书。他的自跋作于道光甲午，就是西元一八三四年，离蘅塘退士题辞的那年是七十一年。这注本也是"为家塾子弟起见"，很详细。有诗人小传，有事注，有意疏，并明作法，引评语；其中李白诗用王琦《李太白集注》，杜甫诗用仇兆鳌《杜诗详注》。原书的旁评也留着，但连圈没有——原刻本并句圈也没有。书中还增补了一些诗，却没有增选诗家。以注书的体例而论，这部书可以说是驳杂不纯，而且不免繁琐疏漏附会等毛病。书中有"子墨客卿"（名翰，姓不详）的校正语十来条，都确切可信。但在初学，这却是一部有益的书。这部书我只见过两种刻本。一种是原刻本。另一种是坊刻本，四川常见。这种刻本有句圈，书眉增录各家评语，并附道光丁酉（西元一八三七）印行的江苏金坛于庆元的《续选唐诗三百首》。读《唐诗三百首》用这个本子最好。此外还有商务印书馆铅印本《唐诗三百首》，根据蘅塘退士的原本而未印评语。又，世界书局石印《新体广注唐诗三百首读本》，每诗后有"注释"和"作法"两项。"注释"注事比原书详细些；兼释字义，却间有误处。"作法"兼说明作意，还得要领。卷首有"学诗浅说"，大致简明可看。书中只绝句有连圈，别体只有句圈；绝句连圈处也跟原书不同，似乎是抄印时随手加上，不足凭信。

　　本书编配各体诗，计五言古诗三十三首、乐府七首，七言古诗二十八首、乐府十四首，五言律诗八十首，七言律诗五十首、乐府一首，五言绝句二十九首、乐府八首，七言绝句五十一首、乐府九首，共三百一十首。五言古诗和乐府，七言古诗和乐府，两项总数差不多。五言律诗的数目超出七言律诗和乐府很多；七言绝句和乐府却又超出五言绝句和乐府很多。这不是编者的偏好，是反映着唐代各体诗发展的情形。五言律诗和七言绝句作的多，可选的也就多。这一层下文还要讨论。五、七、古、律、绝的分别都在形式，乐府是题材和作风不同。乐府也等下文再论，先说五、七、古、律、绝的形式。这些又大别为两类：古体诗和近体诗。五、七言古诗属于前者，五、七言律、绝属于后者。所谓形式，包括字数和声调（即节奏），律诗再加对偶一项。五言古诗全篇五言句，七言古诗或全篇七言句，或在七言句当中夹着一些长短句。如李白《庐山谣》开端道：

　　我本楚狂人，凤歌笑孔丘。

　　手持绿玉杖，朝别黄鹤楼。

　　五岳寻仙不辞远，一生好入名山游。

又如他的《宣州谢朓楼饯别校书叔云》开端道：

　　弃我去者昨日之日不可留，乱我心者今日之日多烦忧。

　　长风万里送秋雁，对此可以酣高楼。

这些都是五七言古诗。五七古全篇没有一定的句数。古近体诗都得用韵，通常两句一韵，押在双句末字；有时也可以一句一韵，开端时便多如此。上面引的第一例里"丘""楼""游"是韵，两句间见；第二例里

"留"和"忧"是逐句韵，"忧"和"楼"是隔句韵。古体诗的声调比较近乎语言之自然，七言更其如此，只以读来顺口听来顺耳为标准。但顺口顺耳跟着训练的不同而有等差，并不是一致的。

近体诗的声调却有一定的规律；五、七言绝句还可以用古体诗的声调，律诗老得跟着规律走。规律的基础在字调的平仄，字调就是平上去入四声，上去入都是仄声。五七言律诗基本的平仄式之一如次：

五律

仄仄平平仄　平平仄仄平

平平平仄仄　仄仄仄平平

仄仄平平仄　平平仄仄平

平平平仄仄　仄仄仄平平

七律

平平仄仄仄平平　仄仄平平仄仄平

仄仄平平平仄仄　平平仄仄仄平平

平平仄仄平平仄　仄仄平平仄仄平

仄仄平平平仄仄　平平仄仄仄平平

即使不懂平仄的人也能看出律诗是两组重复、均齐的节奏所构成，每组里又自有对称、重复、变化的地方。节奏本是异中有同，同中有异，律诗的平仄式也不外这个理。即使不懂平仄的人只默诵或朗吟这两个平仄式，也会觉得顺口顺耳；但这种顺口顺耳是音乐性的，跟古体诗不同，正和语言跟音乐不同一样。律诗既有平仄式，就只能有八句，五律是四十

字，七律是五十六字——排律不限句数，但本书里没有。绝句的平仄式照律诗减半——七绝照七律的前四句——，就是只有一组的节奏。这里所举的平仄式只是最基本的，其中有种种重复的变化。懂得平仄的自然渐渐便会明白。不懂平仄的，只要多读，熟读，多朗吟，也能欣赏那些声调变化的好处，恰像听戏多的人不懂板眼也能分别唱的好坏，不过不大精确就是了。四声中国人人语言中有，但要辨别某字是某声，却得受过训练才成。从前的训练是对对子跟读四声表，都在幼小的时候。现在高中学生不能辨别四声也就是不懂平仄的，大概有十之八九。他们若愿意懂，不妨试读四声表。这只消从《康熙字典》卷首附载的《等韵切音指南》里选些容易读的四声如"巴把霸捌""庚梗更格"之类，得闲就练习，也许不难一旦豁然贯通。（中华书局出版的《学诗入门》里有一个四声表，似乎还容易读出，也可用。）律诗还有一项规律，就是中四句得两两对偶，这层也在下文论。

初学人读诗，往往给典故难住。他们一回两回不懂，便望而生畏，因畏而懒；这会断了他们到诗去的路。所以需要注释。但典故多半只是历史的比喻和神仙的比喻；用典故跟用比喻往往是一个理，并无深奥可畏之处。不过比喻多取材于眼前的事物，容易了解些罢了。广义的比喻连典故在内，是诗的主要的生命素；诗的含蓄，诗的多义，诗的暗示力，主要的建筑在广义的比喻上。那些取材于经验和常识的比喻——一般所谓比喻只指这些——，可以称为事物的比喻，跟历史的比喻、神仙的比喻是鼎足而三。这些比喻（广义，后同）都有三个成分：一、喻依，二、喻体，三、意旨。喻依是作比喻的材料，喻体是被比喻的材料，意旨是比喻的用意所在。先从事物的比喻说起。如"天边树若荠"（五古，孟浩然，《秋登兰山寄张五》），荠是喻依，天边树是喻体，登山望远树，只如荠菜一般，足见树的小和山的高，是意旨。意旨却没有说出。又，"今朝此为别，何处还相遇？世事波上舟，沿洄安得住！"（五古，韦应物，《初发扬子寄元大校书》）世事是喻体，沿洄不得住的波上舟是喻依，惜别难留是意旨——也没有明白说出。又，"吴姬压酒劝客尝"（七古，李白，《金陵酒肆留别》），当垆是喻体，压酒是喻依，压酒的"压"和所谓"压装"的"压"用法一样，压酒是使酒的分量加重，更值得"尽觞"（原诗，"欲行不行各尽觞"）。吴姬当垆，助客酒兴是意旨。这里只说出喻依。又，"辞严义密读难晓，字体不类隶与蝌。年深岂免有缺画？快剑斫断生蛟鼍。鸾翔凤翥众仙下，珊瑚碧树交枝柯。金绳铁索锁纽壮，古鼎跃水龙腾梭。"（七古，韩愈，《石鼓歌》）"快剑"以下五句都是描写石鼓的字体的。这又分两层。第一，专描写残缺的字。缺画是喻体，"快剑"句是喻依，缺画依然劲挺有生气是意旨。第二，描写字体的一般。字体便是喻体，"鸾翔"以下四句是五个喻依——"古鼎跃水"跟"龙腾梭"各是一个喻依。意旨依次是隽逸，典丽，坚壮，挺拔——末两个喻依只一个意旨——，都指字体而言，却都未说出。又，"大弦嘈嘈如急雨，小弦切切如私语；嘈嘈切切错杂弹，大珠小珠落玉盘。间关莺语花底滑，幽咽泉流冰下难"（原作"水下滩"，依段玉裁说改——七古，白居易，《琵琶行》）。这几句都描写琵琶的声音。大弦嘈嘈跟小弦切切各是喻体，急雨跟私语各是喻依，意旨一个是高而急，一个是低而急。"嘈嘈"句又是喻体，"大珠"句是喻依，圆润是意旨。"间关"二句各是一个喻依，喻体是琵琶的声音；前者的意旨是明滑，后者是幽涩。头两层的意旨未说出，这一层喻体跟意旨都未说出。事物的比喻虽然取材于经验和常识，却得新鲜，才能增强情感的力量；

这需要创造的工夫。新鲜还得入情入理，才能让读者消化；这需要雅正的品味。

有时全诗是一套事物的比喻，或者一套事物的比喻渗透在全诗里。前者如朱庆余《近试上张水部》：

> 洞房昨夜停红烛，待晓堂前拜舅姑。
>
> 妆罢低声问夫婿，"画眉深浅入时无？"（七绝）

唐代士子应试，先将所作的诗文呈给在朝的知名人看。若得他赞许宣扬，登科便不难。宋人诗话里说，"庆余遇水部郎中张籍，因索庆余新旧篇什，寄之怀袖而推赞之，遂登科"。这首诗大概就是呈献诗文时作的。全诗是新嫁娘的话，她在拜舅姑以前问夫婿，画眉深浅合式否？这是喻依。喻体是近试献诗文给人，朱庆余是在应试以前问张籍，所作诗文合式否？新嫁娘问画眉深浅，为的请夫婿指点，好让舅姑看得入眼。朱庆余问诗文合式与否，为的请张籍指点，好让考官看得入眼。这是全诗的主旨。又，骆宾王《在狱咏蝉》：

> 西陆蝉声唱，南冠客思深。
>
> 不堪玄鬓影，来对白头吟。
>
> 露重飞难进，风多响易沉。
>
> 无人信高洁，谁为表予心！（五律）

这是闻蝉声而感身世。蝉的头是黑的，是喻体，玄鬓影是喻依，意旨是少年时不堪回首。"露重"一联是蝉，是喻依，喻体是自己，身微言轻是意旨。诗有长序，序尾道："庶情沿物应，哀弱羽之飘零，道寄人知，悯余声之寂寞。"正指出这层意旨。"高洁"是蝉，也是人，是自己；这个词是双关的，多义的。又，杜甫《古柏行》（七古）咏夔州武侯庙和成都武侯祠的古柏，作意从"君臣已与时际会，树木犹为人爱惜"二语见出。篇末道：

大厦如倾要梁栋，万牛回首丘山重。

不露文章世已惊，未辞剪伐谁能送？

苦心岂免容蝼蚁？香叶终经宿鸾凤。

志士幽人莫怨嗟，古来材大难为用。

大厦倾和梁栋虽已成为典故，但原是事物的比喻。两者都是喻依。前者的喻体是国家乱；大厦倾会压死人，国家乱人民受难，这是意旨。后者的喻体是大臣，梁栋支柱大厦，大臣支持国家，这是意旨。古柏是栋梁材，虽然"不露文章世已惊"，也乐意供世用，但是太重了，太大了，谁能送去供用呢？无从供用，渐渐心空了，蚂蚁爬进去了；但是"香叶终经宿鸾凤"，它的身份还是高的。这是喻依。喻体是怀才不遇的志士幽人。志士幽人本有用世之心，但是才太大了，无人真知灼见，推荐入朝。于是贫贱衰老，为世人所揶揄，但是他们的身份还是高的。这是材大难为用，是意旨。

典故只是故事的意思。这所谓故事包罗的却很广大。经史子集等等可以说都是的；不过诗文里引用，总以常见的和易知的为主。典故有一部分原是事物的比喻，有一部分是事迹，另一部分是成辞。上文说典故是历史的比喻和神仙的比喻，是专从诗文的一般读者着眼，他们觉得诗文里引用史事和神话或神仙故事的地方最困难。这两类比喻都应该包括着那三部分。如前节所引《古柏行》里的"大厦如倾要梁栋"，"大厦之倾，非一木所支"，见《文中子》；"柽柏豫章虽小，已有栋梁之器"，是袁粲叹美王俭的话，见《晋书》。大厦倾和梁栋都是历史的比喻，同时可还是事物的比喻。又，"乾坤日夜浮"（五律，杜甫，《登岳阳楼》）是用《水经注》。《水经注》道："洞庭湖广五百里，日月若出没其中。"乾坤是喻体，日夜浮是喻依。天地中间好像只有此湖；湖盖地，天盖湖，天地好像只是日夜飘浮在湖里。洞庭湖的广大是意旨。又，"古调虽自爱，今人多不弹"（五绝，刘长卿，《弹琴》），用魏文侯听古乐就要睡觉的话，见《礼记》。两句是喻依，世人不好古是喻体，自己不合时宜是意旨。这三例不必知道出处便能明白；但知道出处，句便多义，诗味更厚些。

引用事迹和成辞不然，得知道出处，才能了解正确。如"圣代无隐者，英灵尽来归。遂令东山客，不得顾采薇。"（五古，王维，《送綦毋潜落第还乡》）谢安曾隐居会稽东山。东山客是喻依，喻体是綦毋潜，意旨是大才隐处。采薇是伯夷、叔齐的故事，他们义不食周粟，隐于首阳山，采薇而食。采薇是喻依，隐居是喻体，自甘淡泊是意旨。又，"客心洗流水"（五律，李白，《听蜀僧浚弹琴》），流水用俞伯牙、钟子期的故事，俞伯牙弹琴，志在流水。钟子期就听出了，道："洋洋乎，若江河！"诗句是倒装，原是说流水洗客心。流水是喻依，喻体是蜀僧浚的琴曲，意旨是曲调高妙。洗流水又是双关的，多义的。洗是喻依，净是喻体，高妙的琴曲涤净客心的俗虑是意旨。洗流水又是喻依，喻体是客心；听琴而客心清净，像流水洗过一般，是意旨。又，钱起《送僧归日本》（五律）道："……浮天沧海远，去世法舟轻。……惟怜一灯影，万里眼中明。"一灯影用《维摩经》。经里道："有法门，名无尽灯。譬如一灯燃百千灯，冥者皆明，明终不尽。夫一菩萨开导千百众生，令发阿耨多罗三藐三菩提心（译言"无上正等正觉心"），其于道意亦不灭尽。是名无尽灯。"这儿一灯是喻依，喻体是觉者；一灯燃千百灯，一觉者造成千百觉者，道意不灭是意旨。但在诗句里，一灯影却指舟中禅灯的光影，是喻依，喻体是那日本僧，意旨是他回国传法，辗转无尽。——"惟怜"是"最爱"的意思。又，"后来鞍马何逡巡，当轩下马入锦茵。杨花雪落覆白蘋，青鸟飞去衔红巾。炙手可热势绝伦，慎莫近前丞相嗔！"（七言乐府，杜甫，《丽人行》）全诗咏三月三日长安水边游乐的情形，以杨国忠兄妹为主。诗中上文说到虢国夫人和秦国夫人，这几句说到杨国忠——他那时是丞相。"杨花"二语正是暮春水边的景物。但是全诗里只在这儿插入两句景语，奇特的安排暗示别有用意。北魏胡太后私通杨华作《杨白花歌辞》，有"杨花飘荡落南家""愿衔杨花入窠里"等语。白蘋，旧说是杨花入水所化。杨国忠也和虢国夫人私通。"杨花"句一方面是个喻依，喻体便是这件事实。杨国忠兄妹相通，都是杨家人，所以用杨花覆白蘋为喻，暗示讥刺的意旨，青鸟是西王母传书带信的侍者。当时总该有些侍婢是给那兄妹二人居间。"青鸟"句一方面也是喻依，喻体便是这些居间的侍婢，意旨还是讥刺杨国忠不知耻。青鸟是神仙的比喻。这两句隐约其辞，虽志在讥刺，而言之者无罪。又杜甫《登楼》（七律）：

花近高楼伤客心，万方多难此登临。

锦江春色来天地，玉垒浮云变古今。

北极朝廷终不改，西山寇盗莫相侵。

可怜后主还祠庙，日暮聊为《梁父吟》。

旧注说本诗是代宗广德二年在成都作。元年冬，吐蕃陷京师，郭子仪收复京师，请代宗反正。所以有"北极"二句。本篇组织用赋体，以四方为骨干。锦江在东，玉垒山在西，"北极"二句是北眺所思。当时后主附祀先主庙中，先主庙在成都城南。"可怜"二句正是南瞻所感（罗庸先生说，见《国文月刊》九期）。可怜后主还有祠庙，受祭享；他信任宦官，终于亡国，辜负了诸葛亮出山一番。《三国志》里说"亮躬耕陇亩，好为《梁父吟》"，《梁父吟》的原辞不传（流传的《梁父吟》决不是诸葛亮的《梁父吟》），大概慨叹小人当道。这二语一方面又是喻依，喻体是代宗和郭子仪；代宗也信任宦官，杜甫希望他"亲贤臣，远小人"（诸葛亮《出师表》中语），这是意旨。"日暮"句又是一喻依，喻体是杜甫自己；想用世是意旨。又，"今朝郡斋冷，忽念山中客。洞底束荆薪，归来煮白石"（五古，韦应物，《寄全椒山中道士》）。煮白石用鲍靓事。《晋书》："靓学兼内外，明天文河洛书。尝入海，遇风。饥甚，取白石煮食之。"煮白石是喻依，喻体是那山中道士，他的清苦生涯是意旨。这也是神仙的比喻。又，"总为浮云能蔽日，长安不见使人愁"（七律，李白，《登金陵凤凰台》），两句一贯，思君的意思似甚明白。但乐府《古杨柳行》道，"谗邪害公正，浮云冷白日"，古句也道，"浮云蔽白日，游子不顾反"，本诗显然在引用成辞。陆贾《新语》说："邪官之蔽贤，犹浮云之障日月。"本诗的"浮云能蔽日"一方面也是喻依，喻体大概是杨国忠等遮塞贤路。意旨是邪臣蔽君误国；所以有"长安"句。历史的比喻和神仙的比喻引用故事，得增减变化，才能新鲜入目。宋人所谓"以旧为新"，便是这意思。所引各例可见。

典故渗透全诗的，如孟浩然《临洞庭上张丞相》（五律）：

八月湖水平，涵虚混太清。

气蒸云梦泽，波撼岳阳城。

欲济无舟楫，端居耻圣明。

坐观垂钓者，徒有羡鱼情。

张丞相是张九龄，那时在荆州。前四语描写洞庭湖，三四是名句。后四语蝉联而下，还是就湖说，只"端居"句露出本意，这一语便是《论语》"邦有道，贫且贱焉，耻也"的意思。"欲济"句一方面说想渡湖上荆州去，却没有船，一方面是一喻依。伪《古文尚书·说命》殷高宗命傅说道，若济巨川，"用汝作舟楫"。本诗用这喻依，喻体却是欲用世而无引进的人，意旨是希望张丞相援手。"坐观"二语是一喻依。《汉书》用古人言，"临渊羡鱼，不如退而结网"。本诗里网变为钓。这一联的喻体是羡人出仕而得行道。自己无钓具，只好羡人家钓得的鱼，自己不得仕，只好羡人家行道。意旨同上。

全诗用典故最多的，本书中推杜甫《寄韩谏议注》一首(七古)：

> 今我不乐思岳阳，身欲奋飞病在床。
>
> 美人娟娟隔秋水，濯足洞庭望八荒。
>
> 鸿飞冥冥日月白，青枫叶赤天雨霜。
>
> 玉京群帝集北斗，或骑麒麟翳凤凰。
>
> 芙蓉旌旗烟雾落，影动倒景摇潇湘。
>
> 星宫之君醉琼浆，羽人稀少不在旁。
>
> 似闻昨者赤松子，恐是汉代韩张良。
>
> 昔随刘氏定长安，帷幄未改神惨伤。
>
> 国家成败吾岂敢，色难腥腐餐枫香。
>
> 周南留滞古所惜，南极老人应寿昌。
>
> 美人胡为隔秋水！焉得置之贡玉堂！

韩谏议的名字、事迹无考。从诗里看，他是楚人，住在岳阳。肃宗平定安史之乱，收复东西京，他大约也是参与机密的一人。后来去官归隐，修道学仙。这首诗是爱惜他，思念他。第一节说思念他，是秋日，自己是在病中。美人这喻依见《楚辞》，但在这儿喻体是韩谏议，意旨是他的才能出众。"鸿飞冥冥，弋人何篡焉！"见扬雄《法言》。这儿一方面描写秋天的实景，一方面是喻依；喻体还是韩谏议，意旨是他已逃出世网。第二节说京师贵官声势煊赫，而韩谏议不在朝。本节差不多全是神仙的比喻，各有来历。"玉京"句一喻依，喻体是集于君侧的朝廷贵官，意旨是他们承君命掌大权。"或骑"二语一套喻依——"烟雾落"就是落在烟雾中，喻体同上句，意旨是他们的骑从仪卫之盛。影是芙蓉旌旗的影。"影动"句一喻依，喻体是声势煊赫，从京师传遍天下；意旨是在潇湘的韩谏议也必闻知这种声势。星宫之君就是玉京群帝，醉琼浆的喻体是宴饮，意旨是征逐酒食。羽人是飞仙，羽人稀少就是稀少的羽人；全句一喻依，喻体是一些远隐的臣僚不在这繁华场中，意旨是韩谏议没有分享到这种声势。第三节说韩谏议曾参与定乱收京大计，如今却不问国事，修道学仙。全节是神仙的比喻夹着历史的比喻。昨者是从前的意思。如今的赤松子，昨者"恐是汉代韩张良"。韩张良的跟赤松子的喻体都是韩谏议，前者的意旨是他有谋略，后者的意旨是他修道学仙。别的喻依可以准此类推下去。第四节说他闲居不出很可惜，祝他老寿，希望朝廷再起用他来匡君济世。太史公司马谈因病留滞周南，不得参与汉武帝的封禅大典，引为平生恨事。诗中"周南留滞"是喻依，喻体是韩谏议，意旨是他闲居乡里。南极老人就是寿星，是喻依，喻体同，意旨便是"应寿昌"。以上只阐明大端，细节从略。

诗和文的分别，一部分是在词句篇段的组织上，诗的组织比文的组织要经济些。引用比喻或典故，一个原因便是求得经济的组织。在旧体诗里，有字数声调对偶等制限，有时更不得不铸造一些特别经济的组织来适应。这种特殊的组织在文里往往没有，至少不常见。初学遇到这种地方也感困难，或误解，或竟不懂。这得去看详细的注释。但读诗多了，常常比较着看，也可明白。这种特殊的组织也常利用比喻或典故组成，那便更复杂些。如刘长卿《送李中丞归汉阳别业》（五律）：

流落征南将，曾驱十万师。

> 罢归无旧业，老去恋明时。
>
> 独立三边静，轻生一剑知。
>
> 茫茫江汉上，日暮欲何之！

"轻生一剑知"就是一剑知轻生的意思；轻生是说李中丞作征南将时不顾性命杀敌人。一剑知就是自己知；剑是杀敌所用，是自己的一部分，部分代全体是修辞格之一。自己知又有两层用意：一是问心无愧，忠可报君，二是只有自己知，别人不知。上下文都可印证。又，"即此羡闲逸，怅然吟式微"（五古，王维，《渭川田家》），式微用《诗经》。《式微》篇道："式微，式微，胡不归！"本诗的《式微》是篇名，指的是这篇诗。吟《式微》，只是取"胡不归"那一语，用意是"何不归田呢"。又，"惟将迟暮供多病，未有涓埃答圣朝"（七律，杜甫，《野望》），"恐美人之迟暮"见《楚辞》，迟暮是老大无成的意思。"惟将"句是说自己已老大，不曾有所建树报答圣朝，加上迟暮的年光又都消磨在多病里，虽然"海内风尘"（见本诗第三句），却丝毫的力量也不能尽。"供"是喻依，杜甫自己是喻体，消磨在里面是意旨。这三例都是用辞格（也是一种比喻）或典故组成的。又如李颀《送陈章甫》（七古）末尾道，"闻道故林相识多，罢官昨日今如何？"昨日罢官，想到就要别了许多朋友归里，自然不免一番寂寞；但是"闻道故林相识多"，今日临行，想到就要会见着那些故林相识的朋友，又觉如何呢？——该不会寂寞了吧？昨今对照，用意是安慰。——昨日是日前的意思。又刘长卿《寻南溪常道士》：

> 一路经行处，莓苔见屐痕。
>
> 白云依静渚，芳草闭闲门。
>
> 过雨看松色，随山到水源。

溪花与禅意，相对亦忘言。

去寻常道士，他不在寓处；"随山到水源"才寻着。对着南溪边的花和常道士的禅意，却不觉忘言。相对是和"溪花与禅意"相对着。禅意给人妙悟，溪花也给人妙悟——禅家有拈花微笑的故事，那正是妙悟的故事——，所以说"与"。妙悟是忘言的。寻着了常道士，却被溪花与禅意吸引住！只顾欣赏那无言之美，不想多交谈，所以说"亦"忘言。又，韦应物《送杨氏女》（五古），是送女儿出嫁杨家，前面道："女子今有行，大江溯轻舟。尔辈苦无恃，抚念益慈柔。幼为长所育，两别泣不休。"篇尾道："归来视幼女，零泪缘缨流。"全诗不曾说出杨氏女是长女，但读了这几句关系自然明白。

倒装这特殊的组织，诗里也常见。如"竹喧归浣女，莲动下渔舟"（五律，王维，《山居秋暝》），"归浣女""下渔舟"就是浣女归，渔舟下。又，"家书到隔年"（五律，杜牧，《旅宿》）就是家书隔年到。又，"东门酤酒饮我曹"（七古，李颀，《送陈章甫》），"饮我曹"就是我曹饮，从上下文可知。又，"名岂文章著，官应老病休"（五律，杜甫，《旅夜书怀》），就是文章岂著名，老病应休官。又，"幽映每白日"（五律，刘眘虚，《阙题》），就是白日每幽映。又，"徒劳恨费声"（五律，李商隐，《蝉》），就是费声恨徒劳。又，"竹怜新雨后，山爱夕阳时"（五律，钱起，《谷口书斋寄杨补阙》），就是怜新雨后之竹，爱夕阳时之山——怜爱之意。又，"独夜忆秦关，听钟未眠客"（五古，韦应物，《夕次盱眙县》）就是听钟未眠客，独夜忆秦关。这些倒装句里纯然为了适应字数、声调、对偶等制限的却没有，它们主要的作用还在增强语气。

此外如"何因不归去，淮上对秋山？"（五律，韦应物，《淮上喜会梁州故人》）这是诘问自己，"何因"直贯下句，二语合为一句。这也为了经济的缘故。——至如"少陵无人谪仙死"（七古，韩愈，《石鼓歌》），"无人"也就是"死"。这是求新，求惊人。又，"百年多是几多时"（七律，元稹，《遣悲怀》之三），是说百年虽多，究竟又有多少时候呢？这也许是当时口语的调子。又如"云中君不见"（五律，马戴，《楚江怀古》），云中君是一个词，这句诗上三字下二字，跟一般五言句上二下三的不同，但似乎只是个无意为之的例外，跟古诗里"出郭门直视"一般。可是如"永夜角声悲自语，中天月色好谁看"（七律，杜甫，《宿府》），"五更鼓角声悲壮，三峡星河影动摇"（七律，杜甫，《阁夜》），都是上五下二，跟一般七言句上四下三或上二下五的不同；又，"近寒食雨草萋萋，著麦苗风柳映堤"（七绝，无名氏，《杂诗》），每句上四字作一二一，而一般作二二或三一。这些却是有意变调求新了。

本书选诗，各方面的题材大致都有，分配又匀称，没有单调或琐屑的弊病。这也是唐代生活小小的一个缩影。可是题材的内容虽反映着时代，题材的项目却多是汉魏六朝诗里所已有。只有音乐图画似乎是新的。赋里有以音乐为题材的，但晋以来就少。唐代音乐图画特别发达，反映到诗里，便增加了题材的项目。这也是时势使然。在各种题材里，"出处"是一重大的项目。从前读书人唯一的出路是出仕，出仕为了行道，自然也为了衣食。出仕以前的隐居、干谒、应试（落第）等，出仕以后的恩遇、迁谪，乃至忧民、忧国，思林栖、思归田等，乃至真个辞官归田，都是常见的诗的题目，本书便可作例。仕君行道是儒家的思想，隐居和归田都是道家的思想。儒道两家的思想合成了从前的读书人。但是现在时势变了，读书人不一定出仕，林栖、归田等思想也绝无仅有。有些人读这些诗，也许会觉得不真切，青年学生读书，往往只凭自己的狭隘的兴趣，更容易有此感。但是会

读诗的人，多读诗的人能够设身处地，替古人着想，依然觉得这些诗真切。这是情感的真切，不是知识的真切。这些人不但对于现在有情感，对于过去也有情感。他们知道唐人的需要，唐人的得失，和现代人不一样，可是在读唐诗的时候，只让那对于过去的情感领着走；这种无私、无我、无关心的同情，教他们觉到这些诗的真切。这种无关心的情感需要慢慢调整自己，扩大自己，才能养成。多读史，多读诗，是一条修养的途径，就是那些比较有普遍性的题材，如相思、离别、慈幼、慕亲、友爱等，也还是需要无关心的情感。这些题材的节目多少也跟着时代改变一些，固执"知识的真切"的人读古代的这些诗，有时也不能感到兴趣。

至于咏古之作，如唐玄宗《经鲁祭孔子而叹之》（五律），是古人敬慕古人，纪时之作；如李商隐《韩碑》（七古），是古人论当时事。虽然我们也敬慕孔子，替韩愈抱屈，但知识的看，古人总隔一层。这些题材的普遍性比前一类低减些，不过还在"出处"那项目之上。还有，朝会诗，如岑参、王维《和贾至舍人早朝大明宫之作》（七律），见出一番堂皇富丽的气象；又，宫词，往往见出一番怨情，宛转可怜。可是这些题材现代生活里简直没有。最别扭的是边塞和从军之作，唐人很喜欢作这类诗，而悯苦寒讥黩武的居多数，跟现代人冒险尚武的精神恰恰相反。但荒寒的边塞自是一种新境界，从军苦在当时也是一种真情的流露；若能节取，未尝没有是处。要能欣赏这几类诗，那得靠无关心的情感。此外，唐人酬应的诗很多，本书里也可见。有些人觉得作诗该等候感兴，酬应的诗不会真切。但仞兴而作的人向来大概不多；据现在所知，只有孟浩然是如此。作诗都在情感平静了的时候，运思造句都得用到理智；仞兴而作是无所为，酬应而作是有所为，在工力深厚的人其实无多差别。酬应的诗若能恰如分际，也就见得真切。况是这种诗里也不短至情至性之作。总之，读诗得除去偏见和成见，放大眼光，设身处地看去。

明代高棅编选《唐诗品汇》，将唐诗分为四期。后来虽有种种批评，这分期法却渐被一般沿用。初唐是高祖武德元年（西元六一八）至玄宗开元初（西元七一三），约一百年。盛唐是玄宗开元元年至代宗大历初（西元七六六），五十多年。中唐是代宗大历元年至文宗太和九年（西元八三五），七十年。晚唐是文宗开成元年（西元八三六）至昭宗天祐三年（西元九○六），七十年。初唐诗还是齐梁的影响，题材多半是艳情和风云月露，讲究声调和对偶。到了沈佺期、宋之问手里，便成立了律诗的体制。这是唐代诗坛一件大事，影响后世最大。当时有个陈子昂，独主张复古，扩大诗的境界。但他死得早，成就不多。盛唐诗李白努力复古，杜甫努力开新。所谓复古，只是体会汉魏的作风和借用乐府诗的题目，并非模拟词句。所以陈子昂、李白都能够创一家，而李白的成就更大。他的成就主要的在七言乐府；绝句也独步一时。杜甫却各体诗都是创作，全然不落古人窠臼。他以时事入诗，议论入诗，使诗散文化，使诗扩大境界；一方面研究律诗的变化，用来表达各种新题材。他的影响的久远，似乎没有一个诗人比得上。这时期作七古体的最多，为的这一体比较自由，又刚在开始发展。而王维、孟浩然专用五律写山水，也能变古成家。中唐诗韦应物、柳宗元的五古以复古的作风创作，各自成家。古文家韩愈继承杜甫，更使诗向散文化的路上走。宋诗受他的影响极大。他的门下作诗，有词句冷涩的，有题材诡僻的；本书里只选了贾岛一首。另一面有些人描写一般的社会生活；这原是乐府精神，却也是杜甫开的风气。元稹、白居易主张诗该写社会生活而有规讽的作意，才是正宗。但他们的成就却不在此而在情景深切，明白如话。他们不避俗，

跟韩愈一派恰相对照；可也出于杜甫。晚唐诗刻画景物，雕琢词句，题材又回到风云月露和艳情上，只加了一些雅事。诗境重趋狭窄，但精致过于前人。这时期的精力集中在近体诗。精致的只是词句，全篇组织往往配合不上。就中李商隐、温庭筠虽咏艳情，却有大处奇处，不踽踽在绮靡的圈子里；而李商隐学杜学韩境界更广阔些。学杜、韩而兼受温、李熏染的是杜牧，豪放之余，不失深秀。本书选诗七十七家，初唐不到十家，盛中晚三期各二十多家。入选的诗较多的八家。盛唐四家：杜甫三十六首，王维二十九首，李白二十九首，孟浩然十五首。中唐二家：韦应物十二首，刘长卿十一首。晚唐二家：李商隐二十四首，杜牧十首。

李白诗，书中选五古三首、乐府三首，七古四首、乐府五首，五律五首，七律一首，五绝二首、乐府一首，七绝二首、乐府三首。各体都备，七古和乐府共九首，最多，五七绝和乐府共八首，居次。李白，字太白，蜀人，玄宗时作供奉翰林，触犯了杨贵妃，不能得志。他是个放浪不羁的人，便辞了职，游山水，喝酒，作诗。他的态度是出世的，作诗全任自然。当时称他为"天上谪仙人"，这说明了他的人和他的诗。他的乐府很多，取材很广；他其实是在抒写自己的生活，只借用乐府的旧题目而已。他的七古和乐府篇幅恢张，气势充沛，增进了七古体的价值。他的绝句也奠定了一种新体制。绝句最需要经济的写出，李白所作，自然含蓄，情韵不尽。书中所收《下江陵》一首，有人推为唐代七绝第一。杜甫诗，计五古五首，七古五首、乐府四首，五七律各十首，五七绝各一首。只少五言乐府，别体都有。律诗共二十首，最多；七古和乐府共九首，居次。杜甫，字子美，河南巩县人。安禄山陷长安，肃宗在灵武即位。他从长安逃到灵武，作了左拾遗的官。后因事被放，辗转流落到成都，依故人严武，作到"检校工部员外郎"。世称杜工部。他在蜀住的很久。他是儒家的信徒，一辈子惦着仕君行道；又身经乱离，亲见民间疾苦。他的诗努力描写当时的情形，发抒自己的感想。唐代用诗取士，诗原是应试的玩意儿；诗又是供给乐工歌妓唱来伺候宫廷和贵人的玩意儿。李白用来抒写自己的生活，杜甫用来抒写那个大时代，诗的境界扩大了，地位也增高了。而杜甫抓住了广大的实在的人生，更给诗开辟了新世界。他的诗可以说是写实的；这写实的态度是从乐府来的。他使诗历史化，散文化，正是乐府的影响。七古体到他手里正式成立，律诗到他手里应用自如——他的五律极多，差不多穷尽了这一体的变化。

王维诗，计五古五首，七言乐府三首，五律九首，七律四首，五绝五首，七绝和乐府三首，五律最多。王维，字摩诘，太原人，试进士，第一，官至尚书右丞。世称王右丞。他会草书隶书，会画画。有别墅在辋川，常和裴迪去游览作诗。沈、宋的五律还多写艳情，王维改写山水，选词造句都得自出心裁。从前虽也有山水诗，但体制不同，无从因袭。苏轼说他"诗中有画"。他是苦吟的，宋人笔记里说他曾因苦吟走入醋缸里；他的《渭城曲》（乐府），有人也推为唐代七绝压卷之作。他的诗是精致的。孟浩然诗，计五古三首，七古一首，五律九首，五绝二首，也是五律最多。孟浩然，名浩，以字行，襄州襄阳人，隐居鹿门山，四十岁才游京师。张九龄在荆州，召为僚属。他用五律写江湖，却不苦吟，伫兴而作。他专工五言，五言各体都擅长。山水诗不但描写自然，还欣赏自然；王维的描写比孟浩然多些。

韦应物诗，五古七首，五律二首，七律一首，五七绝各一首，五古多。韦应物，京兆长安人，作滁州刺史，改江州，入京作左司郎中，又出作苏州刺史。世称韦左司或韦苏州。他为人少食寡欲，常焚香扫地而坐。

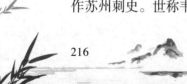

诗淡远如其人。五古学古诗，学陶诗，指事述情，明白易见——有理语也有理趣，正是陶渊明所长。这些是淡处。篇幅多短，句子浑含不刻画，是远处。朱子说他的诗无一字造作，气象近道。他在苏州所作《郡斋雨中与诸文士燕集》诗开端道："兵卫森画戟，宴寝凝清香；海上风雨至，逍遥池阁凉。"诗话推为一代绝唱，也只是为那肃穆清华的气象。篇中又道，"自渐居处崇，未睹斯民康"，《寄李儋元锡》（七律）也道，"邑有流亡愧俸钱"，这是忧民；识得为政之体，才能有些忠君爱民之言。刘长卿诗，计五律五首，七律三首，五绝三首，五律最多。刘长卿，字文房，河间人，登进士第，官终随州刺史。世称刘随州。他也是苦吟的人，律诗组织最为精密整炼；五律更胜，当时推为"五言长城"。上文曾举过两首作例，可见出他的用心处。

李商隐诗，计七古一首，五律五首，七律十首，五绝一首，七绝七首，七律最多，七绝居次。李商隐，字义山，河内人，登进士第。王茂元镇河阳，召他掌书记，并使他作女婿。王茂元是李德裕同党；李德裕和令狐楚是政敌。李商隐和令狐楚本有交谊，这一来却得罪了他家。后来令狐楚的儿子令狐绹作了宰相，李商隐屡次写信表明心迹，他只是不理。这是李商隐一生的失意事，诗中常常涉及，不过多半隐约其辞。后来柳仲郢镇东蜀，他去作过节度判官。他博学强记，又有隐衷，诗里的典故特别多。他的七律里有好些《无题》诗，一方面像是相思不相见的艳情诗，另一方面又像是比喻，咏叹他和令狐绹的事，寄托那"不遇"的意旨。还有那篇《锦瑟》，虽有题，解者也纷纷不一。那或许是悼亡诗，或许也是比喻。又有些咏史诗，如《隋宫》，或许不只是咏古，还有刺时的意旨。他的诗语既然是一贯的隐约，读起来便只能凭文义、典故和他的事迹作一些可能的概括的解释。他的七绝里也有这种咏史或游仙诗，如《隋宫》《瑶池》等。这些都是奇情壮采之作——一方面七律的组织也有了进步——，所以入选的多。他的七绝最著名的可是《寄令狐郎中》一首。杜牧诗，五律一首，七绝九首，几乎是专选一体。杜牧，字牧之，登进士第。牛僧孺镇扬州，他在节度府掌书记，又作过司勋员外郎。世称杜司勋，又称小杜——杜甫称老杜。他很有政治的眼光，但朝中无人，终于是个失意者。他的七绝感慨深切，情辞新秀。《泊秦淮》一首也曾被推为压卷之作。

唐以前的诗，可以说大多数是五古，极少数是七古；但那些时候并没有体制的分类。那些时候诗的分类，大概只从内容方面看，最显著的一组类别是五言诗和乐府诗。五言诗虽也从乐府转变而出，但从阮籍开始，已经高度的文人化，成为独立的抒情写景的体制。乐府原是民歌，叙述民间故事，描写各社会的生活，有时也说教，东汉以来文人仿作乐府的很多，大都沿用旧题旧调，也是五言的体制。汉末旧调渐亡，文人仿作，便只沿用旧题目；但到后来诗中的话也不尽合于旧题目。这些时候有了七言乐府，不过少极；汉魏六朝间著名的只有曹丕的《燕歌行》，鲍照的《行路难》十八首等。乐府多朴素的铺排，跟五言诗的浑含不露有别。五言诗经过汉魏六朝的演变，作风也分化。阮籍是一期，陶渊明、谢灵运是一期，"宫体"又是一期。阮籍抒情，"志在刺讥而文多隐避"（颜延年、沈约等注《咏怀诗》语），最是浑含不露。陶谢抒情、写景、说理，渐趋详切，题材是田园山水。宫体起于梁简文帝时，以艳情为主，渐讲声调对偶。

初唐五古还是宫体余风，陈子昂、张九龄、李白主张复古，虽标榜"建安"（汉献帝年号，建安体的代表是曹植），实是学阮籍。本书张九龄《感遇》二首便是例子。但盛唐五古，张九龄以外，连李白所作（《古风》除外）在内，可以说都是陶谢的流派。

中唐韦应物、柳宗元也如此。陶谢的详切本受乐府的影响。乐府的影响到唐代最为显著。杜甫的五古便多从乐府变化。他第一个变了五古的调子，也是创了五古的新调子。新调子的特色是散文化。但本书所选他的五古还不是新调子，读他的长篇才易见出。这种新调子后来渐渐代替了旧调子。本书里似乎只有元结《贼退示官吏》一首是新调子；可是散文化太过，不是成功之作。至于唐人七古，却全然从乐府变出。这又有两派。一派学鲍照，以慷慨为主；另一派学晋《白纻（舞名）歌辞》（四首，见《乐府诗集》）等，以绮艳为主。李白便是著名学鲍照的；盛唐人似乎已经多是这一派。七言句长，本不像五言句的易加整炼，散文化更方便些。《行路难》里已有散文句。李白诗里又多些，如，"我欲因之梦吴越"（《梦游天姥吟留别》），又如上文举过的"弃我去者"二语。七古体夹长短句原也是散文化的一个方向。初唐陈子昂《登幽州台歌》全首道："前不见古人，后不见来者。念天地之悠悠，独怆然而涕下。"简直没有七言句，却也可以算入七古里。到了杜甫，更有意的以文为诗，但多七言到底，少用长短句。后来人作七古，多半跟着他走。他不作旧题目的乐府而作了许多叙述时事，描写社会生活的诗。这正是乐府的本来面目。本书据《乐府诗集》将他的《哀江头》《哀王孙》等都放在七言乐府里，便是这个理。从他以后，用乐府旧题作诗的就渐渐的稀少了。另一方面，元稹、白居易创出一种七古新调，全篇都用平仄调协的律句，但押韵随时转换，平仄相间，各句安排也不像七律有一定的规矩。这叫长庆体。长庆是穆宗的年号，也是元白的集名。本书白居易的《长恨歌》《琵琶行》都是的。古体诗的声调本来比较近乎语言之自然，长庆体全用律句，反失自然，只是一种变调。但却便于歌唱。《长恨歌》可以唱，见于记载，可不知道是否全唱。五七古里律句多的本可歌唱，不过似乎只唱四句，跟唱五七绝一样。古体诗虽不像近体诗的整炼，但组织的经济也最著重。这也是它跟散文的一个主要的分别。前举韦应物《送杨氏女》便是一例。又如李白《宣州谢朓楼饯别校书叔云》里道，"蓬莱文章建安骨，中间小谢又清发"，一方面说谢朓（小谢），一方面是比喻。且不说喻旨，只就文义看，"蓬莱"句又有两层比喻，全句的意旨是后汉文章首推建安诗。"中间"句说建安以后"大雅久不作"（见李白《古风》第一首），小谢清发，才重振遗绪；"中间""又"三个字包括多少朝代，多少诗家，多少诗，多少议论！组织有时也变换些新方式，但得出于自然。如李白《梦游天姥吟留别》（七古）用梦游和梦醒作纲领，韩愈《八月十五夜赠张功曹》用唱歌跟和歌作纲领，将两篇歌辞穿插在里头。

　　律诗出于齐梁以来的五言诗和乐府。何逊、阴铿、徐陵、庾信等的五言都已讲究声调和对偶。庾信的《乌夜啼》乐府简直像七律一般；不过到了沈宋才成定体罢了。律首声调，前已论及。对偶在中间四句，就是第一组节奏的后两句，第二组节奏的前两句，也是异中有同，同中有异。这样，前四句由散趋整，后四句由整复归于散，增前两组节奏的往复回还的效用。这两组对偶又得自有变化，如一联写景，一联写情，一联写见，一联写闻之类，才不至板滞，才能和上下打成一片。所谓情景或见闻，只是从浅处举例，其实这中间变化很多，很复杂。五律如"地犹鄹氏邑，宅即鲁王宫。叹凤嗟身否，伤麟怨道穷"（唐玄宗，《经鲁祭孔子而叹之》）。四句虽两两平列，可是前一联上句范围大，下句范围小，后一联上句说平时，下句说将死，便见流走。又，"为我一挥手，如听万壑松。客心洗流水，余响入霜钟"（李白，《听蜀僧浚弹琴》）。前联一弹一听，后联一在弹，一已止，各是一串儿。又，"遥怜小儿女，未解忆长安；香雾云鬟湿，清辉玉臂寒"（杜甫，《月夜》）。"遥怜"直贯四句。小儿女"未解忆长安"固然可怜，"香雾"云云的人（杜甫妻）解得忆长安，也许更可怜些。前联只是一句话，后联平列；两相调剂着。律诗多在四句分段，但也不尽然，从这一首可见。又，前面引过的刘长卿《寻南溪常道士》次联"白云依静渚，芳草闭闲门"，似乎平列，用意却侧重寻常道士不遇，侧重在下句。三联"过雨看松色，随山到水源"，上句景物，下句动作，虽然平列而不是一类。再说"过雨"，暗示忽然遇雨，雨住后松色才更苍翠好看，这就兼着叙事，跟单纯写景又不同。

七律如"云边雁断胡天月，陇上羊归塞草烟。回日楼台非甲帐，去时冠剑是丁年"（温庭筠，《苏武庙》）。前联平列，但不是单纯的写景句；这中间引用着《汉书·苏武传》，上句意旨是和汉朝音信断绝（雁足传书事），下句意旨是无归期（匈奴使苏武牧牡羊，说牡羊有乳才许归汉）。后联说去汉时还是冠剑的壮年，回汉时武帝已死；"丁年奉使"见李陵《答苏武书》，甲帐是头等帐，是武帝作来敬神的，见《汉武故事》。这一联是倒装，为的更见出那"不堪回首"的用意。又，"玉玺不缘归日角，锦帆应是到天涯。于今腐草无萤火，终古垂杨有暮鸦。"（李商隐，《隋宫》）日角是额骨隆起如日，是帝王之相，这儿是根据《旧唐书》，用来指太宗。锦帆指隋炀帝的游船，见《开河记》。这一联说若不因为太宗得了天下，炀帝还该游得远呢。上句是因，下句是果。放萤火，种垂杨，都是炀帝的事。后联平列，上句说不放萤火，下句说垂杨栖鸦，一有一无，却见出"而今安在"一个用意。又，李商隐《筹笔驿》中二联道："徒令上将挥神笔，终见降王走传车。管乐有才真不忝，关张无命欲何如！"筹笔驿在绵州绵谷县，诸葛武侯曾在那里驻军筹画。上将指武侯，降王指后主；管乐是管仲、乐毅，武侯早年曾自比这二人。前联也是倒装，因为"终见"，才觉"徒令"。但因"筹笔"想到"降王"，即景生情，虽倒装还是自然。后联也将"有""无"对照，见出本诗末句"恨有余"的用意。七律对偶用倒装句，因果句，到晚唐才有。七言句长，整炼较难，整炼而能变化如意更难。唐代律诗刚创始，五言比较容易些，发展得自然快些。作五律的大概多些，好诗也多些，本书五律多，便是这个缘故。律诗也有不对偶或对偶不全的，如李白《夜泊牛渚怀古》（五律），又如崔颢《黄鹤楼》（七律）的次联，这些只算例外。又有不调平仄的，如《黄鹤楼》和王维《终南别业》（五律），也是例外。——也有故意这样作的，后来称为拗体，但究竟是变调。本书不选排律。七言排律本来少，五言的却多，也推杜甫为大家。排律将律诗的节奏重复多次，便觉单调，教人不乐意读下去。但本书不选，恐怕是为了典故多。晚唐律诗着重一句一联，忽略全篇的组织，因此后人评论律诗，多爱摘句，好像律诗篇幅完整的很少似的。其实不然，这只是偏好罢了。

绝句不是截取律诗的四句而成。五绝的源头在六朝乐府里。六朝五言四句的乐府很多，《子夜歌》最著名。这些大都是艳情之作，诗中用谐声辞格很多。谐声辞格如"蟢子"谐"喜"声，"藁砧"就是"铁"（铡刀）谐"夫"声。本书选了权德舆《玉台体》一首，就是这种诗。也许因为诗体太短，用这种辞格来增加它的内容，这也是多义的一式。但唐代五绝已经不用谐声辞格，因为不大方，范围也窄。唐代五绝有调平仄的，有不调平仄而押仄声韵的；后者声调上也可以说是古体诗，但题材和作风不同。所以容许这种声调不谐的五绝，大约也是因为诗体太短，变化少；多一些自由，可以让作者多一些回旋的地步。但就是这样，作的还是不多。

七言四句的诗，唐以前没有，似乎是唐人的创作。这大概是为了当时流行的西域乐调而作；先有调，后有诗。五七绝都能歌唱，七绝歌唱的更多——该是因为声调曼长，好听些。作七绝的比作五绝的多得多，本书选得也多。唐人绝句有两种作风：一是铺排，一是含蓄。前者如柳宗元《江雪》：

> 千山鸟飞绝，万径人踪灭。
>
> 孤舟蓑笠翁，独钓寒江雪。

又，韦应物《滁州西涧》：

> 独怜幽草涧边生，上有黄鹂深树鸣。
>
> 春潮带雨晚来急，野渡无人舟自横。

柳诗铺排了三个印象，见出"江雪"的幽静，韦诗铺排了四个印象，见出西涧的幽静；但柳诗有"千山""万径""绝""灭"等词，显得那幽静更大些。所谓铺排，是平排（或略参差，如所举例）几个同性质的印象，让它们集合起来，暗示一个境界。这是让印象自己说明，也是经济的组织，但得选择那些精的印象。后者是说要从浅中见深，小中见大；这两者有时是一回事。含蓄的绝句，似乎是正宗，如杜牧《秋夕》：

> 银烛秋光冷画屏，轻罗小扇扑流萤。
>
> 天街夜色凉如水，卧看牵牛织女星。

是说宫人秋夕的幽怨，可作浅中见深的一例。又，刘禹锡《乌衣巷》：

> 朱雀桥边野草花，乌衣巷口夕阳斜。
>
> 旧时王谢堂前燕，飞入寻常百姓家。

乌衣巷是晋代王导、谢安住过的地方，唐代早为民居。诗中只用野花、夕阳、燕子，对照今昔，便见出盛衰不常一番道理。这是小中见大，也是浅中见深。又，王之涣《登鹳雀楼》：

　　　　　　　白日依山尽，黄河入海流。

　　　　　　　欲穷千里目，更上一层楼。

鹳雀楼在平阳府蒲州城上。白日依山，黄河入海，一层楼的境界已穷，若要看得更远，更清楚，得上高处去。三四句上一层楼，穷千里目，是小中见大；但另一方面，这两句可能是个比喻，喻体是人生，意旨是若求远大得向高处去。这又是浅中见深了。但这一首比较前二首明快些。

　　论七绝的称含蓄为"风调"。风飘摇而有远情，调悠扬而有远韵，总之是余味深长。这也配合着七绝的曼长的声调而言，五绝字少节促，便无所谓风调。风调也有变化，最显著的是强弱的差别，就是口气否定、肯定的差别。明清两代论诗家推举唐人七绝压卷之作共十一首，见于本书的八首。就是：王维《渭城曲》（乐府），王昌龄《长信怨》和《出塞》（皆乐府），王翰《凉州曲》，李白《下江陵》，王之涣《出塞》（乐府，一作《凉州词》），李益《夜上受降城闻笛》，杜牧《泊秦淮》。这中间四首是乐府，乐府的措辞总要比较明快些。其余四首虽非乐府，也是明快一类。只看八首诗的末二语便可知道。现在依次抄出：

　　　　　　　劝君更尽一杯酒，西出阳关无故人。

　　　　　　　玉颜不及寒鸦色，犹带昭阳日影来。

　　　　　　　但使龙城飞将在，不教胡马度阴山。

　　　　　　　醉卧沙场君莫笑，古来征战几人回？

　　　　　　　两岸猿声啼不住，轻舟已过万重山。

　　　　　　　羌笛何须怨杨柳？春风不度玉门关。

　　　　　　　不知何处吹芦管，一夜征人尽望乡。

　　　　　　　商女不知亡国恨，隔江犹唱后庭花。

这些都用否定语作骨子，所以都比较明快些。这些诗也有所含蓄，可是强调。七绝原来专为歌唱而作，含蓄中略求明快，听者才容易懂，适应需要，本当如此。弱调的发展该是晚点儿。——不见于本书的三首，一首也是强调，二首是弱调。十一首中共有九首强调，可算是大多数。

当时为人传唱的绝句见于本书的，五言有王维的《相思》，七言有他的《渭城曲》，王昌龄的《芙蓉楼送辛渐》和《长信怨》，王之涣的《出塞》。《相思》道：

> 红豆生南国，春来发几枝？
>
> 愿君多采撷！此物最相思。

《芙蓉楼送辛渐》道：

> 寒雨连江夜入吴，平明送客楚山孤。
>
> 洛阳亲友如相问，一片冰心在玉壶。

除《长信怨》外，四首都是对称的口气，——王之涣的"羌笛"句是说"你何须吹羌笛的《折柳词》来怨久别？"——那不见于本书的高适的"开箧泪沾臆，见君前日书"一首也是的（这一首本是一首五古的开端四语，歌者截取，作为绝句）。歌词用对称的口气，唱时好像在对听者说话，显得亲切。绝句用对称口气的特别多；有时用问句，作用也一般。这些原都是乐府的老调儿，绝句只是推广应用罢了。——风调转而为才调，奇情壮采依托在艳辞和故事上，是李商隐的七绝。这些诗虽增加了些新类型，却非七绝的本色。他又有《夜雨寄北》一绝：

> 君问归期未有期，巴山夜雨涨秋池。
>
> 何当共剪西窗烛，却话巴山夜雨时！

这也是对称的口气。设想归后向那人谈此时此地的情形，见出此时此地思归和相念的心境，回环含蓄，却又亲切明快。这种重复的组织极精练可喜。但绝句以自然为主。像本诗的组织，精练不失自然，是可遇而不可求的。

朱宝莹先生有《诗式》《中华版），专释唐人近体诗的作法作意，颇切实，邵祖平先生有《唐诗通论》（《学衡》十二期），颇详明，都可参看。